Noviembre 20~~~16~~
2014

MAZE RUNNER
LA CURA MORTAL

Título original: *The Death Cure*
Traducción: Silvina Poch
Dirección de proyecto editorial: Cristina Alemany
Adaptación y edición: Roxanna Erdman
Dirección de proyecto gráfico: Trini Vergara
Dirección de arte: Paula Fernández
Armado y adaptación de diseño: Cristina Carmona
Ilustración de cubierta: Marcelo Orsi Blanco (Depeapá Contenidos)

© 2011 James Dashner
© 2012 V&R Editoras
www.vreditoras.com

Argentina: San Martín 969 10º (C1004AAS) Buenos Aires
Tel./Fax: (54-11) 5352-9444 y rotativas
e-mail: editorial@vreditoras.com

México: Dakota 274, Colonia Nápoles
CP 03810 - Del. Benito Juárez, México D. F.
Tel./Fax: (5255) 5220-6620/6621
e-mail: editoras@vergarariba.com.mx

ISBN: 978-987-612-423-2

Impreso en México, diciembre de 2015
Grupo Gama Impresores

Dashner, James
    Maze Runner, la cura mortal. – 1a ed. 3a reimp. – Ciudad Autónoma de Buenos Aires : V&R, 2015.
    360 p. ; 20x14 cm.

    ISBN 978-987-612-423-2

    1. Narrativa Estadounidense. I. Título
    CDD 813

MAZE RUNNER
LA CURA MORTAL

JAMES DASHNER

V&R
EDITORAS

1

Fue el olor lo que comenzó a enloquecer a Thomas.

No el estar solo durante más de tres semanas. Ni el blanco de las paredes, el techo y el piso. No fue la falta de ventanas o el hecho de que nunca apagaran las luces. Nada de eso. Le habían quitado el reloj; le daban la misma comida tres veces por día: un trozo de jamón, puré de papa, zanahorias crudas, una rebanada de pan y agua; no le hablaban ni permitían que nadie ingresara en la habitación. No había libros ni películas ni juegos.

El aislamiento era total. Ya habían pasado más de tres semanas, aunque había comenzado a dudar de su registro del tiempo, que era puramente instintivo. Trató de calcular cuándo se había hecho de noche y asegurarse así de dormir una cantidad de horas normal. Las comidas ayudaban, a pesar de que no parecían llegar en forma regular. Como si quisieran desorientarlo deliberadamente.

Solo. En una habitación de paredes acolchadas, desprovista de color con excepción de un pequeño retrete de acero inoxidable escondido en el rincón y un viejo escritorio de madera, de ninguna utilidad para Thomas. Solo, en medio de un silencio insoportable, con tiempo ilimitado para pensar en la enfermedad arraigada en su interior: la Llamarada, ese virus mudo y sigiloso que se llevaba lentamente todo lo que había de humano en una persona.

Nada de eso lo volvió loco.

Pero él apestaba y, por algún motivo, eso convertía sus nervios en púas filosas que atravesaban la solidez de su cordura. No lo dejaban darse una ducha, desde su llegada no le habían proporcionado una muda de ropa ni algo con lo cual higienizarse el cuerpo. Un simple trapo habría bastado.

Podría haberlo mojado en el agua que le daban para beber y al menos limpiarse el rostro. Pero no tenía nada más que la ropa sucia que llevaba cuando lo encerraron. Ni siquiera una cama: dormía acurrucado contra el rincón de la habitación, con los brazos cruzados, intentando atrapar un poco de calor, temblando de vez en cuando.

No entendía por qué el hedor de su propio cuerpo era lo que más lo asustaba. Tal vez porque era la señal de que había perdido el juicio. Pero, por alguna extraña razón, el deterioro de su higiene presionaba su cerebro, provocándole pensamientos horrendos. Como si se estuviera pudriendo, como si sus entrañas estuvieran descomponiéndose al igual que el exterior.

Por irracional que pareciera, esa era su gran preocupación. Tenía comida en abundancia y agua suficiente para saciar la sed; lograba descansar bien y hacer ejercicio en la pequeña habitación. Con frecuencia corría en el mismo lugar durante horas. La lógica le decía que estar sucio no tenía por qué afectar la resistencia del corazón o el funcionamiento de los pulmones. Sin embargo, su mente había comenzado a creer que su persistente mal olor representaba la irrupción de la muerte, que estaba a punto de devorarlo entero.

A su vez, esos pensamientos tenebrosos lo habían llevado a cuestionarse si, después de todo, Teresa no habría mentido la última vez que hablaron, cuando dijo que era muy tarde para Thomas y enfatizó que había sucumbido rápidamente a la Llamarada y se había vuelto loco y violento. Que él *ya* había perdido la razón antes de llegar a ese espantoso lugar. Hasta Brenda le había advertido que las cosas se iban a poner complicadas para él. Quizá las dos habían estado en lo cierto.

Y por debajo de esas maquinaciones yacía la preocupación por sus amigos. ¿Qué les había sucedido? ¿Dónde se encontraban? ¿Qué estaba haciendo la Llamarada con sus mentes? Después de las torturas a las que habían sido sometidos, ¿acaso ese era el final?

La furia se deslizó en su interior como una rata temblorosa buscando un sitio cálido, unas migajas. Y con el transcurso de los días fue brotando una ira de tal intensidad que Thomas se encontró a veces sacudiéndose descontroladamente hasta lograr contener la rabia y esconderla dentro de sí. No quería que desapareciera por completo: sólo deseaba guardarla y dejarla crecer. Esperar el momento y el lugar apropiados para liberarla. CRUEL le había hecho eso. Les había arrebatado la vida a él y a sus amigos y los estaba usando para cumplir los propósitos que ellos consideraban necesarios. Sin importar las consecuencias.

Y por eso iban a pagar. Thomas se lo juraba a sí mismo mil veces por día.

Su mente reflexionaba de esa manera mientras se hallaba sentado con la espalda contra la pared, frente a la puerta –y al horrible escritorio de madera ubicado delante de ella– en lo que suponía debía ser la mañana del día número veintidós como cautivo en la habitación blanca. Siempre repetía esa rutina –después de desayunar y de hacer ejercicio–, esperando contra todo pronóstico que la puerta se abriera de verdad, por completo, y no sólo esa pequeña ranura en la parte de abajo, por donde le pasaban la comida.

Ya había intentado abrirla infinidad de veces. Y los cajones del escritorio estaban vacíos, no tenían más que olor a cedro y a moho. Los revisaba cada mañana por si algo hubiera aparecido mágicamente mientras él dormía. Esas cosas solían ocurrir a menudo cuando tratabas con CRUEL.

De modo que permanecía ahí, sentado. Esperando. Silencio y paredes blancas. El olor de su propio cuerpo. Se ponía a pensar en sus amigos: Minho, Newt, Sartén y los pocos Habitantes que habían sobrevivido. Brenda y Jorge, que se habían esfumado después del rescate en el gigantesco Berg. Harriet y Sonia, las otras chicas del Grupo B, Aris. En Brenda y la advertencia que le había hecho después de que él despertó por primera vez en esa habitación. ¿Cómo había podido hablarle adentro de su mente? ¿Estaba de su lado o no?

Pero más que nada, pensaba en Teresa. No podía quitársela de la cabeza a pesar de que la odiaba un poquito más con el correr de las horas. Las últimas palabras que ella le había dicho fueron *CRUEL es bueno* y, tuviera razón o no, para Thomas ella había pasado a representar todas las cosas terribles que habían sucedido. Cada vez que se acordaba de ella, la ira se desataba en su interior.

Quizá toda esa furia eran los últimos resabios de cordura que quedaban en su interior.

Comer. Dormir. Hacer gimnasia. Tener ansias de venganza. Eso fue lo que hizo durante tres días más. En soledad.

Al día veintiséis, la puerta se abrió.

2

Thomas se había imaginado ese momento en incontables ocasiones. Qué haría, qué diría. Correría hacia adelante, derribaría al que entrara e intentaría huir, escapar. Pero esos pensamientos no eran más que una distracción. Sabía que CRUEL nunca permitiría que sucediera algo así. No, tendría que planear cada detalle antes de actuar.

Cuando el hecho *realmente* ocurrió –la puerta se abrió de golpe dejando pasar una ráfaga ligera–, Thomas se asombró de su reacción: permaneció inmóvil. Algo le dijo que una barrera invisible había surgido entre el escritorio y él, como aquella vez en la residencia después del Laberinto. Aún no había llegado el momento de entrar en acción.

Sintió apenas un dejo de sorpresa al ver entrar a la Rata: el hombre que les había informado a los Habitantes acerca de la última prueba que habían tenido que atravesar en el Desierto. La misma nariz larga, los mismos ojos de comadreja; ese pelo grasiento, peinado por encima de una zona obviamente calva que ocupaba la mitad de la cabeza. El mismo ridículo traje blanco. No obstante, lucía más pálido que la última vez. Con la parte interior del codo sostenía una abultada carpeta llena de papeles arrugados y desordenados; arrastraba una silla de respaldo recto.

–Buenos días, Thomas –dijo con un rígido movimiento de cabeza. Sin esperar respuesta, cerró la puerta, colocó la silla detrás del escritorio y tomó asiento. Puso la carpeta frente a sí y comenzó a pasar las hojas. Al encontrar lo que había estado buscando, se detuvo y apoyó las manos encima. Después esbozó una mueca patética y clavó los ojos en él.

Cuando Thomas finalmente habló, su voz brotó como un graznido, pues llevaba semanas sin decir una palabra.

—Serían buenos días si me dejaran salir de aquí.

El hombre ni siquiera parpadeó.

—Sí, lo sé. No te preocupes. Hoy recibirás un montón de noticias positivas. Te lo aseguro.

Thomas lo pensó y se sintió avergonzado por dejarse ilusionar, aunque sólo fuera por un segundo. A esas alturas ya debería haber aprendido.

—¿Noticias *positivas*? ¿Acaso no nos eligieron porque creyeron que éramos inteligentes?

Antes de responder, la Rata permaneció unos segundos en silencio.

—Inteligentes, sí. Entre otras razones más importantes —hizo una pausa y, antes de continuar, estudió la expresión de Thomas—. ¿Piensas que estamos *disfrutando* de lo que hacemos? ¿Que nos agrada verlos sufrir? Todo esto responde a un propósito y pronto lo comprenderás —la intensidad de su voz había ido en aumento hasta pronunciar la última palabra casi en un grito, con el rostro enrojecido.

—Guau —dijo Thomas, envalentonándose cada vez más—. Viejo, más vale que se calme. Me parece que está a un paso del infarto —exclamó. Le hizo bien dejar que semejantes palabras fluyeran de su interior.

El hombre se levantó de la silla y se inclinó sobre el escritorio. Las venas del cuello sobresalían como cuerdas tensas. Volvió a sentarse pausadamente y respiró hondo varias veces.

—Uno pensaría que casi cuatro semanas dentro de esta caja blanca te habrían enseñado un poco de humildad, pero pareces más arrogante que nunca.

—¿Así que me dirá que no estoy loco? ¿Que no tengo la Llamarada y nunca la tuve? —preguntó Thomas sin poder contenerse. La furia comenzó a despertarse dentro de él y sintió que iba a explotar. Pero se esforzó por que su voz aparentara tranquilidad—. Eso es lo que me mantuvo cuerdo durante todo este tiempo: en el fondo sé que le mintieron a Teresa y que esta no es más que otra de sus pruebas. ¿Qué tengo que hacer ahora? ¿Me enviarán a la luna? ¿Me harán nadar por el mar en ropa interior? —concluyó con una sonrisa para enfatizar el dramatismo.

Mientras Thomas despotricaba, la Rata lo miraba fijamente, con rostro inexpresivo.

—¿Ya terminaste?

—No. Todavía no he terminado —repuso. Había estado esperando la oportunidad de hablar durante días, pero cuando finalmente había llegado, su mente estaba en blanco. Había olvidado todos los discursos que había repetido en su cabeza—. Yo... quiero que me cuente todo. Ahora.

—Ay, Thomas —dijo la Rata suavemente, como si estuviera dándole noticias tristes a un niño—. No te mentimos. Es cierto que tienes la Llamarada.

Thomas se quedó desconcertado y un escalofrío corrió a través del ardor de su ira. *¿Acaso la Rata seguía mintiendo?*, se preguntó. Sin embargo, se encogió de hombros como si esas noticias ya no le resultaran sorprendentes.

—Bueno, al menos todavía no he empezado a volverme loco —afirmó. En un momento determinado, después del tiempo transcurrido en el Desierto, en compañía de Brenda y rodeado de Cranks, había aceptado que, a la larga, se contagiaría del virus. Pero se dijo a sí mismo que ahora estaba bien. Todavía no había perdido la razón. Y eso era lo único que importaba.

La Rata suspiró.

—No es eso. No entendiste lo que vine a decirte.

—¿Por qué habría de creer una sola de las palabras que salen de su boca? ¿Cómo puede esperar semejante cosa?

Thomas descubrió que estaba de pie a pesar de que no recordaba haberse movido. Su pecho se agitaba y respiraba con dificultad. Tenía que controlarse. La mirada de la Rata era fría; sus ojos, dos agujeros negros. Más allá del hecho de que ese hombre le estuviera mintiendo o no, sabía que tenía que escucharlo si quería salir alguna vez de esa habitación blanca. Hizo un esfuerzo para relajar la respiración y esperó.

Después de varios segundos, su visitante prosiguió.

—Yo sé que te mentimos. Muchas veces. Te hemos hecho cosas horrendas a ti y a tus amigos. Pero todo formaba parte de un plan, con el cual no sólo estuviste de acuerdo sino que también colaboraste para realizarlo. No cabe duda de que hemos tenido que llevar las cosas un poco más lejos de lo que pensamos en un principio. Sin embargo, todo se ha mantenido fiel al espíritu de aquello que los Creadores imaginaron, de lo que tú imaginaste en su lugar, después de que se hizo la… purga.

Thomas sacudió la cabeza despacio: sabía que había estado involucrado de alguna manera con esa gente, pero la sola idea de exponer a alguien a todo lo que él había sufrido le resultaba incomprensible.

—No me respondió. ¿Cómo puede pretender que yo crea algo de lo que está diciendo? —repitió. Por supuesto que él recordaba más de lo que dejaba entrever. A pesar de que la ventana que lo unía a su pasado estaba empañada y no revelaba más que atisbos de su memoria, él sabía que había trabajado para CRUEL. Y que Teresa también lo había hecho y que ambos habían ayudado a crear el Laberinto. Había recuperado otros breves fragmentos de sus recuerdos.

—Porque, Thomas, no nos sirve de nada mantenerte en la oscuridad —respondió la Rata—. Ya no.

Sintió un cansancio repentino, como si le hubieran drenado toda su fuerza, dejándolo sin nada. Con un profundo suspiro, se desplomó en el suelo y sacudió la cabeza.

—Ni siquiera sé qué significa eso —afirmó. ¿Qué sentido tenía mantener una conversación cuando no podía confiar en ninguna de sus palabras?

La Rata continuó hablando, pero su tono cambió: se volvió menos frío y distante, más pedagógico.

—Es obvio que sabes perfectamente que existe una horrible enfermedad que está devorando la mente de los seres humanos de todo el mundo. Todo lo que hemos hecho hasta ahora ha sido programado con una sola intención: analizar los Paradigmas de sus cerebros y, a partir de ellos, armar un plano. El objetivo es utilizar ese plano para desarrollar una cura para la Llamarada. Las vidas perdidas, el dolor y el sufrimiento… tú sabías lo que estaba en juego cuando todo esto empezó. Todos lo sabíamos.

La intención era asegurar la supervivencia de la raza humana. Y estamos muy cerca. Muy muy cerca.

En muchas oportunidades, Thomas había recuperado algunos recuerdos. La Transformación, los sueños que había tenido desde entonces, destellos fugaces aquí y allá, como rayos huidizos dentro de su mente. Y en ese instante, mientras escuchaba al hombre del traje blanco, tuvo la sensación de que se hallaba al borde de un precipicio y todas las respuestas estaban a punto de brotar de las profundidades para que él las contemplara en su totalidad. El impulso de aferrar esas respuestas era demasiado fuerte como para resistirlo.

Igualmente, sentía cierto recelo. Sabía que había participado de todo eso y que había ayudado a diseñar el Laberinto. Después de la muerte de los Creadores originales, se había hecho cargo y había permitido que el programa siguiera en funcionamiento reclutando gente nueva.

—Recuerdo lo suficiente como para sentirme avergonzado —admitió—. Pero padecer todos estos sufrimientos es muy distinto que planearlos. Creo que no está bien.

La Rata se rascó la nariz y se removió en el asiento. Algo de lo que Thomas había dicho lo había afectado.

—Ya veremos si sigues pensando así al finalizar el día, Thomas. Por supuesto que lo veremos. Pero déjame hacerte una pregunta: ¿me estás diciendo que no vale la pena perder unas pocas vidas para salvar infinitas más? —el hombre volvió a hablar apasionadamente, inclinándose hacia adelante—. Sé que es un antiguo proverbio pero, ¿no crees que el fin puede justificar los medios? ¿Cuando ya no hay alternativa?

Thomas se quedó observándolo. No le agradaba la respuesta.

Tal vez la Rata esbozó una sonrisa, pero pareció más bien una mueca de desprecio.

—Sólo recuerda, Thomas, que alguna vez pensaste que era así —comenzó a recoger los papeles como si fuera a marcharse, pero no se movió—. Vine a comunicarte que todo está listo y que nuestra información está casi completa. Nos encontramos a las puertas de algo grandioso. Una vez que tengamos el plano, puedes ir con tus amigos a quejarte todo lo que desees acerca de lo *injustos* que fuimos.

Thomas tenía ganas de herir a la Rata con palabras duras, pero se contuvo.

—¿Y cómo es que las torturas conducen a ese plano que mencionó? Enviar a un grupo de adolescentes en contra de su voluntad a lugares terribles y ver cómo mueren algunos de ellos, ¿de qué forma puede eso tener algo que ver con hallar la cura para una enfermedad?

—Tiene *muchísimo* que ver —dijo el hombre con un profundo suspiro—. Jovencito, pronto recordarás todo y me temo que tendrás mucho que lamentar. Mientras tanto, hay algo que debes saber y que quizá te haga recapacitar.

—¿Y se puede saber qué es? —preguntó. No tenía la menor idea de lo que diría.

El visitante se puso de pie, alisó las arrugas de los pantalones y se acomodó el saco. Luego, juntó las manos en la espalda.

—El virus de la Llamarada se ha diseminado por todo tu cuerpo; sin embargo, no puede afectarte ahora y nunca lo hará. Formas parte de un grupo de personas extremadamente raro. Eres *inmune* a la Llamarada.

Thomas tragó saliva y enmudeció.

—Afuera, en las calles, a los que son como tú los llaman Munis —continuó la Rata—. Y los detestan profundamente.

3

Thomas se quedó mudo. A pesar de todas las mentiras que le habían contado, sabía que lo que acababa de escuchar era cierto. Analizándolo a la luz de sus experiencias recientes, resultaba muy razonable. Él, y probablemente los demás Habitantes y todo el Grupo B, eran inmunes a la Llamarada. Por ese motivo habían sido elegidos para las Pruebas. Todo lo que les habían hecho −cada truco cruel, cada engaño, cada uno de los monstruos que les habían arrojado en el camino− formaba parte de un experimento elaborado. Y, de alguna forma, eso llevaría a CRUEL hacia una cura.

Todo encajaba. Y más aún: esa revelación agitó sus recuerdos. Le pareció familiar.

−Veo que me crees −dijo finalmente la Rata, rompiendo el largo silencio−. Cuando descubrimos que existían otros como tú, con el virus arraigado en su interior pero sin mostrar síntomas, buscamos a los mejores y a los más brillantes. Así fue como nació CRUEL. Claro que hay varios en tu grupo de prueba que no son inmunes y fueron elegidos para tareas de control. Thomas, cuando realizas un experimento, necesitas un grupo de control que mantenga la información dentro del contexto.

Cuando escuchó la última parte, a Thomas se le cayó el alma a los pies.

−¿Quiénes no son… ? −no logró terminar la pregunta. Temía demasiado escuchar la respuesta.

−¿Quiénes no son inmunes? −exclamó la Rata, arqueando las cejas−. Ah, me parece que ellos lo descubrirán antes que tú, ¿no crees? Pero primero lo más importante: hueles como un cadáver que lleva una semana en descomposición. Tienes que ir a las duchas y ponerte ropa limpia −una vez dicho eso, tomó la carpeta y se dirigió hacia la puerta. Cuando estaba a punto de salir, la mente de Thomas se aclaró.

—¡Un momento! —gritó.

El visitante se dio vuelta hacia él.

—¿Sí?

—Cuando estábamos en el Desierto, ¿por qué nos dijo que habría una cura al arribar al refugio, si no era cierto?

La Rata alzó los hombros.

—No creo en absoluto que les haya mentido. Al completar las Pruebas con la llegada al refugio, nos ayudaron a reunir más información. Y gracias a eso conseguiremos una cura. Tarde o temprano y para todos.

—¿Y por qué me está diciendo todo esto? ¿Por qué ahora? ¿Por qué me mantuvieron encerrado acá durante cuatro semanas? —preguntó Thomas mientras señalaba la habitación, el techo y las paredes acolchadas y el patético retrete del rincón. Sus escasos recuerdos no eran suficientemente sólidos como para entender las cosas extrañas que le habían hecho—. ¿Por qué le mintieron a Teresa diciéndole que yo me había vuelto loco y violento, y por qué me encerraron aquí todo este tiempo? ¿Con qué finalidad?

—Las Variables —contestó la Rata—. Todo lo que te hemos hecho fue calculado cuidadosamente por nuestros psicólogos y médicos para estimular respuestas en la zona de muerte, donde la Llamarada ataca y causa graves daños. Para estudiar los patrones de diferentes emociones, reacciones y pensamientos, y observar cómo trabajan dentro de los confines del virus que se encuentra en tu interior. Hemos tratado de entender por qué no hay en ti un efecto debilitante. Todo tiene que ver con los Paradigmas de la Zona Letal, Thomas. Estudiar tus respuestas cognitivas y fisiológicas para construir un mapa que conducirá a una cura potencial. El objetivo es la cura.

—¿Qué *es* la Zona Letal? —preguntó Thomas intentando en vano recordar—. Si me dice eso, iré con usted.

—Es extraño, Thomas —respondió el hombre—. Me sorprende que cuando te pinchó el Penitente no recordaras al menos eso. La Zona Letal es tu cerebro, donde el virus se instala para dominarte. Cuanto más infectada esté esa zona de muerte, tanto más paranoica y violenta será la conducta del infectado. CRUEL está utilizando tu cerebro, y el de algunos pocos más, para ayudarnos a solucionar el problema. No sé si lo recuerdas, pero en el mismo nombre de nuestra organización, hay una declaración de propósitos: Catástrofe y Ruina Universal: Experimento Letal –concluyó la Rata con expresión satisfecha. Casi feliz–. Ahora vamos, que tienes que higienizarte. Y para que lo tengas claro, nos están vigilando. Si intentas algo, tendrás que atenerte a las consecuencias.

Thomas permaneció sentado, tratando de procesar lo que acababa de oír. Una vez más, todo sonaba verdadero, tenía sentido. Encajaba bien con los recuerdos que habían regresado en las últimas semanas. Sin embargo, la desconfianza que le despertaban la Rata y CRUEL seguía llenándolo todo de dudas.

Finalmente, se puso de pie y dejó que su mente elaborara las nuevas revelaciones, imaginando que éstas se clasificarían solas en ordenados montoncitos para su posterior análisis. Sin proferir una palabra, caminó por la habitación, cruzó la puerta detrás de la Rata y abandonó la celda de paredes blancas.

El edificio donde se encontraba era común y corriente. Un pasillo largo, pisos de baldosas, paredes color beige con cuadros de escenas naturales: olas rompiendo contra la playa, un colibrí aleteando alrededor de una flor roja, un bosque envuelto en la lluvia y la neblina. Los tubos fluorescentes zumbaban sobre su cabeza. La Rata lo condujo por un pasillo con varios recodos, y finalmente se detuvo ante una puerta. La abrió y le hizo una seña para que entrara. Era un baño enorme, con hileras de duchas y armarios. Uno de los lockers estaba abierto y tenía ropa limpia y un par de zapatos. Hasta un reloj.

–Tienes unos treinta minutos –dijo la Rata–. Cuando hayas terminado, quédate sentado y yo vendré a buscarte. Después te reunirás con tus amigos.

Por alguna razón, al escuchar la palabra *amigos,* Teresa surgió en la mente de Thomas. Trató de llamarla otra vez con sus pensamientos, pero seguía sin responder. A pesar de su creciente desprecio por ella, el vacío que había dejado al irse seguía flotando en su interior como una burbuja irrompible. Ella representaba un eslabón con su pasado y, sin lugar a dudas, había sido alguna vez su mejor amiga. Era una de las pocas cosas de las que estaba seguro y le resultaba muy difícil olvidarse de eso para siempre.

La Rata sacudió la cabeza.

–Nos vemos en media hora –dijo. Después cerró la puerta tras de sí, dejándolo nuevamente solo.

Thomas no tenía otro plan que encontrar a sus amigos, pero por lo menos ya se encontraba más cerca de lograrlo. Y aunque no tenía la menor idea de lo que le esperaba, estaba fuera de esa habitación. Finalmente. De momento, una ducha caliente, la oportunidad de refregarse hasta quedar limpio: nada le había sonado tan agradable. Dejando que sus preocupaciones se esfumaran por un rato, Thomas se quitó la ropa sucia y se entregó de lleno a convertirse nuevamente en un ser humano.

4

Camiseta y jeans. Calzado deportivo igual al que había usado en el Laberinto. Calcetines suaves y limpios. Después de bañarse de pies a cabeza por lo menos cinco veces, se sintió como nuevo. No pudo evitar pensar que de ahí en adelante las cosas mejorarían y tomaría el control de su vida. Si al menos el espejo no le hubiera recordado su tatuaje, el que le habían hecho antes del Desierto. Era un símbolo permanente de lo que había sufrido y deseó poder olvidarse de todo.

Apoyado contra la pared, con los brazos cruzados, permaneció de pie junto a la puerta del baño, esperando. Se preguntó si la Rata regresaría o si se trataba de una nueva prueba y debía salir a recorrer el sitio. Apenas se le había cruzado esa idea por la cabeza cuando oyó pasos y divisó a la blanca comadreja que daba vuelta en la esquina del corredor.

–Bueno, bueno. Luces estupendo –comentó la Rata. Los bordes de su boca estiraron las mejillas y esbozaron una sonrisa incómoda.

En la mente de Thomas brotaron cientos de respuestas sarcásticas, pero sabía que debía actuar correctamente. Lo único importante era reunir toda la información posible y encontrar a sus amigos.

–Realmente me siento bien. De modo que… gracias –repuso con una sonrisa despreocupada–. ¿Cuándo podré ver a los otros Habitantes?

–Ahora mismo –respondió la Rata, nuevamente concentrado en sus actividades. Apuntó con la cabeza hacia el lugar de donde había venido y le hizo una seña a Thomas para que lo siguiera–. Para la Fase Tres de las Pruebas, cada uno pasó por diferentes tests. Habíamos esperado tener terminados los Paradigmas de la Zona Letal al final de la segunda fase, pero para seguir adelante tuvimos que improvisar. No obstante, como ya dije, estamos muy cerca. Ahora todos ustedes serán socios en esta tarea y nos ayudarán a afinar y examinar con mayor profundidad hasta aclarar este misterio.

Thomas entornó los ojos. Sospechó que su Fase Tres había sido la habitación blanca, pero ¿qué les habría pasado a los demás? Por mucho que hubiera odiado su prueba, podía imaginarse cuánto peor podría haber sido si CRUEL se lo hubiera propuesto. Casi deseó no enterarse nunca de lo que habían ideado para sus amigos.

Por fin, la Rata se detuvo ante una puerta y la abrió sin vacilar.

Al ingresar en un pequeño auditorio, Thomas sintió que el alivio lo embargaba. Desparramados entre unas doce filas de asientos, estaban sus amigos, sanos y salvos. Los Habitantes y las chicas del Grupo B. Minho, Sartén, Newt, Aris, Sonia, Harriet. Todos parecían contentos, hablaban y se reían, aunque quizá estaban fingiendo un poco. Thomas supuso que a ellos también les habían dicho que todo estaba por terminar, pero dudó que alguien lo creyera. Desde luego, él no lo creía. Al menos, no todavía.

Echó una mirada por el recinto en busca de Jorge y Brenda. Tenía muchas ganas de verla. Desde que ella había desaparecido luego de que el Berg los rescatara, había estado muy inquieto y preocupado imaginando que CRUEL los habría enviado a ella y a Jorge de vuelta al Desierto, tal como habían amenazado que harían. No había rastro de ninguno de los dos. Sin embargo, antes de que pudiera preguntarle por ellos a la Rata, una voz sonó en medio del barullo y una gran sonrisa se dibujó en el rostro de Thomas.

—¡Shuck! No puedo creer lo que ven mis ojos. ¡Es Thomas! —gritó Minho. Su anuncio fue seguido de carcajadas, ovaciones y silbidos. Mientras continuaba recorriendo los rostros que había en la sala, una ola de alegría se unió a la preocupación que le oprimía el estómago. Sin poder hablar por la emoción, siguió sonriendo hasta que sus ojos se toparon con Teresa.

Ella se encontraba sentada al fondo y, al verlo, se puso de pie. El pelo negro y reluciente le caía sobre los hombros y enmarcaba su rostro pálido. Los labios rojos se abrieron en una gran sonrisa, que iluminó sus rasgos e hizo brillar sus ojos azules. Thomas casi avanzó hacia ella, pero se contuvo: estaba obnubilado por los vívidos recuerdos de lo que ella le había hecho, por haber afirmado que CRUEL era bueno aun después de todo lo que había sucedido.

¿Puedes oírme?, le preguntó dentro de su cabeza, sólo para averiguar si su capacidad de comunicarse había regresado.

Pero ella no respondió y él todavía no sentía su presencia en la mente. Se quedaron ahí, observándose, con los ojos fijos durante lo que pareció un minuto, aunque sólo debieron ser unos pocos segundos. Y después Minho y Newt ya estaban a su lado, dándole palmadas en la espalda, estrechándole la mano, empujándolo hacia el interior de la habitación.

—Bueno, al menos no te dejaste morir, Tommy —comentó Newt mientras le apretaba la mano con fuerza. Su tono sonó más malhumorado que de costumbre, en especial considerando que no se habían visto en semanas, pero estaba entero. Y eso ya era algo por lo cual sentirse agradecido.

Minho tenía una sonrisa burlona en la cara pero un destello helado en sus ojos revelaba que había vivido días terribles. Aún no estaba totalmente recuperado, pero hacía un gran esfuerzo por disimularlo.

—Los Habitantes súper poderosos otra vez juntos. Es bueno volver a verte, larcho. Te había imaginado muerto de múltiples maneras. Estoy seguro de que llorabas por las noches porque me extrañabas.

—Claro —masculló Thomas, feliz de verlos a todos pero luchando para vencer su mutismo. Se apartó del grupo y se dirigió hacia Teresa. Sentía un impulso irresistible de enfrentarla y encontrar un poco de paz hasta que pudiera decidir qué hacer.

—Hola.

—Hola —respondió ella—. ¿Te encuentras bien?

Thomas asintió.

—Supongo que sí. Fueron unas semanas un poco duras. ¿Pudiste...? —se detuvo. Había estado a punto de preguntarle si lo había oído cuando él se esforzaba por hablarle en la mente, pero no quiso darle la satisfacción de que supiera que lo había intentado.

–Yo traté, Tom. Todos los días probé hablar contigo. Nos cortaron la conexión, pero yo pienso que todo valió la pena –comentó. Luego se estiró y le tomó la mano, lo cual desató en los Habitantes una oleada de puñetazos burlones.

Al percibir que su rostro se encendía, Thomas se desprendió rápidamente de la mano de Teresa. Por algún motivo, las palabras de ella lo habían irritado, pero los demás malinterpretaron su gesto y creyeron que se trataba de vergüenza.

–Aahhhh –exclamó Minho–. Eso es casi tan romántico como la vez que te estampó la punta de una lanza en tu cara miertera.

–Es amor verdadero –comentó Sartén, seguido del profundo bramido de su risa–. No querría saber lo que puede ocurrir cuando estos dos tengan su primera pelea de *verdad*.

A Thomas no le importaba lo que ellos pensaran, pero estaba decidido a demostrarle a Teresa que no podía obviar todo lo que ella le había hecho. La confianza que habían compartido antes de las pruebas y la relación que habían tenido ya no significaban nada. Podría llegar a algún tipo de reconciliación con ella, pero en ese mismo instante resolvió que sólo confiaría en Minho y en Newt. En nadie más.

Estaba por responder cuando la Rata apareció por el pasillo dando palmadas.

–Tomen asiento. Antes de extraer el Neutralizador, nos quedan algunas cosas que aclarar.

Lo mencionó con tanta naturalidad que Thomas casi no llegó a captarlo. Cuando por fin registró las palabras *extraer el Neutralizador,* se quedó helado.

La habitación enmudeció mientras la Rata subía al escenario que se encontraba al frente del salón y se acercaba al atril. Sujetó los bordes, repitió la misma sonrisa forzada de antes, y luego habló.

–Muy bien, damas y caballeros. Están a punto de recobrar todos sus recuerdos. Del primero hasta el último.

5

Thomas estaba atónito. Con la mente hecha un torbellino, fue a sentarse junto a Minho.

Después de tanto luchar para recordar su vida, su familia y su infancia —incluso lo que había hecho el día antes de despertar en el Laberinto—, la idea de recuperarlo todo era muy difícil de asimilar. No obstante, a medida que iba aceptándola, se dio cuenta de que algo había cambiado. Volver a tener sus recuerdos ya no le parecía bueno. Y su instinto le confirmó lo que había sentido desde que la Rata afirmara que ya todo había terminado: parecía demasiado fácil.

El hombre se aclaró la garganta.

—Como ya se les informó en los encuentros individuales, las Pruebas han concluido. Una vez que recobren la memoria, pienso que confiarán en mí y podremos seguir adelante. Todos han recibido información sobre la Llamarada y el propósito de las Pruebas. Estamos a unos pasos de completar el plano de la zona letal. Lo que necesitamos para perfeccionar lo que ya tenemos se logrará más fácilmente si contamos con su completa colaboración y sus mentes inalteradas. De modo que los felicito.

—Yo debería subir y romperle esa nariz de garlopo —dijo Minho. Considerando la amenaza que tenía sus palabras, su voz era aterradoramente tranquila—. Estoy harto de que actúe como si todo estuviera genial, como si más de la mitad de nuestros amigos no estuvieran *muertos*.

—¡Me encantaría aplastarle esa nariz de rata! —soltó Newt bruscamente.

La rabia que había en su voz sobresaltó a Thomas y se preguntó qué cosas espantosas habría sufrido Newt durante la Fase Tres.

La Rata puso los ojos en blanco y suspiró.

—Antes que nada, a cada uno de ustedes se les ha advertido cuáles serán las consecuencias si intentan hacerme daño. Pueden estar seguros de que seguimos vigilándolos. En segundo lugar, lo siento mucho por aquellos que se han ido, pero al final habrá valido la pena. Sin embargo, lo que me preocupa es que tengo la impresión de que nada de lo que yo diga hará que ustedes comprendan lo que está en juego. Estamos hablando de la supervivencia de la raza humana.

Minho tomó una bocanada de aire como para empezar a discutir, pero se detuvo de golpe y cerró la boca.

Thomas sabía que por más sinceridad que aparentara la Rata, tenía que ser una trampa. Todo eso no era más que un gran engaño. De todas formas, no servía de nada pelear con él a estas alturas de los acontecimientos. Con palabras o con puños. Lo que más necesitaban en aquel momento era paciencia.

—Cerremos un poco la boca —exclamó Thomas con tranquilidad—. Y escuchemos lo que tenga que decir.

Cuando la Rata estaba por continuar, Sartén levantó la voz.

—¿Por qué deberíamos confiar en ustedes para que… cómo se llamaba?, ¿neutralizador? Después de todo lo que nos han hecho a nosotros y a nuestros amigos, ¿quieren quitarnos el Neutralizador? Me temo que no. Les agradezco muy amablemente pero prefiero ignorar mi pasado.

—CRUEL es bueno —observó Teresa de pronto, como si estuviera hablando consigo misma.

—¿Qué? —preguntó Sartén y todos los ojos se clavaron en ella.

—CRUEL es bueno —repitió en voz más alta mientras giraba en el asiento para devolver las miradas—. Entre todas las cosas que podría haber escrito en mi brazo cuando desperté del estado de coma, elegí esas tres palabras. No dejo de pensar en eso y creo que debe existir una razón para haberlo hecho. Yo propongo que nos callemos y hagamos lo que el hombre nos pide. Sólo podremos entenderlo cuando recobremos la memoria.

—¡Yo estoy de acuerdo! —gritó Aris, mucho más fuerte de lo necesario.

Thomas se quedó callado a medida que la habitación se fue llenando de discusiones. La mayoría era entre los Habitantes, que se pusieron del lado de Sartén, y los miembros del Grupo B, que apoyaron a Teresa. No podía existir un instante peor que ese para una puja de voluntades.

—¡Silencio! —rugió la Rata, aporreando el atril con los puños. Esperó que todos dejaran de hablar para continuar—. Miren, nadie los culpará por la desconfianza que sienten. Se les ha empujado hasta el límite, vieron morir gente, experimentaron el terror en su forma más pura. Pero yo les prometo que cuando todo esto termine, ninguno de ustedes mirará hacia atrás...

—¿Y qué pasa si yo no estoy dispuesto? —gritó Sartén—. ¿Y si no queremos recuperar nuestros recuerdos?

Sereno, Thomas desvió la vista hacia su amigo. Eso era exactamente lo que él estaba pensando.

La Rata volvió a suspirar.

—¿Es porque no tienen ningún interés en recordar o porque no confían en nosotros?

—Por favor, no *puedo imaginar* por qué no habríamos de confiar en ustedes —respondió Sartén.

—¿Acaso no se dan cuenta de que si quisiéramos hacerles daño, a estas alturas ya lo habríamos hecho? —el hombre bajó la mirada hacia el atril y luego volvió a levantarla—. Si no quieren extraer el Neutralizador, no lo hagan. Pueden quedarse a un lado y observar a los otros.

¿Era una opción o un engaño? A juzgar por el tono de voz, Thomas no lograba decidirse; de todas maneras la respuesta lo había sorprendido.

La habitación volvió a quedar en silencio y, antes de que nadie pudiera hablar, la Rata había bajado del escenario y caminaba hacia la puerta que se hallaba al fondo del recinto. Cuando la alcanzó, los encaró nuevamente.

—¿Realmente quieren pasar el resto de su vida sin ningún recuerdo de sus padres, de su familia y de sus amigos? ¿Desean dejar pasar la posibilidad de conservar al menos los pocos y buenos momentos que pueden haber tenido antes de que todo esto comenzase? Por mí pueden hacer lo que quieran. Pero es posible que nunca más vuelva a presentarse esta oportunidad.

Thomas meditó acerca de su decisión. Era cierto que anhelaba recordar a su familia. Había pensado tantas veces en eso. Pero también conocía muy bien a CRUEL y no iba a caer en otra trampa. Lucharía hasta morir antes de permitirle a esa gente juguetear con su cerebro otra vez. Además, ¿por qué habría de creer que los recuerdos recuperados serían verdaderos?

Y había otra cosa que lo inquietaba: el fogonazo que había sentido cuando la Rata había anunciado por primera vez que CRUEL extraería el Neutralizador. Más allá de saber que no podía aceptar nada de lo que ellos consideraran que eran sus recuerdos, estaba asustado. Si todo lo que habían afirmado que era cierto realmente lo fuera, él no quería enfrentar su pasado, aun teniendo la posibilidad de hacerlo. No entendía quién era esa persona que ellos decían que él había sido. Y para colmo, no le gustaba.

Observó cómo la Rata abría la puerta y abandonaba el salón. Tan pronto desapareció, Thomas se inclinó hacia Minho y Newt, para que sólo sus amigos pudieran oírlo.

—No vamos a hacer esto, de ninguna manera. Ni hablar.

—De acuerdo. Aun si confiara en esos larchos, ¿por qué querría recordar? Miren lo que les pasó a Ben y a Alby.

Newt asintió.

—Tenemos que hacer algo de una maldita vez. Y cuando eso ocurra, voy a golpear unas cuantas cabezas para sentirme bien.

Thomas pensaba lo mismo, pero sabía que debían ser cuidadosos.

—Sí, pero no tan rápido —dijo—. No podemos echar a perder esta oportunidad. Tenemos que elegir el momento apropiado —afirmó. Una sensación de fuerza largo tiempo olvidada comenzó a filtrase en su interior y lo tomó por sorpresa. Se había reunido con sus amigos y las Pruebas habían terminado, para siempre. De una manera u otra, ya no aceptarían más los mandatos de CRUEL.

Se levantaron y enfilaron hacia la puerta todos juntos, como grupo. Pero cuando Thomas tomó el picaporte para abrir, se detuvo. Lo que escuchó le produjo un gran desaliento. El resto del grupo seguía hablando y la mayoría había decidido recuperar la memoria.

★★★

La Rata estaba esperando afuera del auditorio. Los condujo por el sinuoso pasillo sin ventanas hasta una gran puerta de acero que tenía muchos cerrojos y parecía estar sellada herméticamente para no dejar entrar el aire del exterior. El líder del traje blanco sostuvo una tarjeta de acceso junto a un cuadrado oculto en el acero y, después de algunos clics, el gran bloque de metal comenzó a abrirse con un chirrido que le recordó a Thomas las puertas del Área.

Luego se encontraron con otra puerta más, y una vez que el grupo hubo entrado en fila en un pequeño vestíbulo, la Rata cerró la primera puerta y, con la misma tarjeta, desbloqueó la segunda. Al otro lado había una gran habitación, similar a las anteriores: el mismo piso de baldosas y las mismas paredes claras del pasillo. Gran cantidad de armarios y repisas. Y varias camas alineadas en la pared del fondo. Sobre cada una de ellas colgaba un dispositivo de metal brillante de aspecto amenazador y tubos de plástico con aspecto de máscara. Thomas pensó que no iba a permitirle a nadie que le colocara eso sobre el rostro.

La Rata señaló las camas con la mano.

—Esta es la forma en que vamos a extraer el Neutralizador de sus cerebros —anunció—. No se preocupen, yo sé que estos aparatos son un poco aterradores, pero el procedimiento no duele tanto como ustedes podrían creer.

—¿No *tanto*? —repitió Sartén—. No me gusta cómo suena eso. De modo que significa que *sí* duele.

—Claro que van a sentir una cierta molestia; después de todo *es* una cirugía —dijo la Rata mientras se encaminaba hacia una gran máquina situada a la izquierda de las camas. Tenía decenas de luces cintilantes, botones y monitores–. Lo que haremos es extraer un pequeño dispositivo de la zona del cerebro donde se encuentra la memoria a largo plazo. Pero les prometo que no es tan malo como parece –comenzó a presionar botones y un zumbido se extendió por la habitación.

–Espere un segundo –dijo Teresa–. ¿Esta operación también nos quitará lo que tenemos allí adentro que permite que ustedes nos controlen?

A Thomas lo invadieron las imágenes de Teresa dentro de aquella construcción en el Desierto, Alby retorciéndose en la cama de la Finca y Gally matando a Chuck. CRUEL los había dominado a todos. Por un brevísimo instante se cuestionó la decisión que había tomado. ¿Podía permitirse seguir a merced de ellos? ¿O debería dejar que le practicaran la operación? Sin embargo, pronto la duda se desvaneció: había un problema de desconfianza. Y se negó a entregarse.

Teresa continuó.

–¿Y qué pasará… ? –se detuvo y miró a Thomas.

Él sabía lo que ella estaba pensando: en su habilidad para comunicarse telepáticamente. Por no mencionar lo que eso traía aparejado: esa extraña conexión entre ellos, como si de alguna forma estuvieran compartiendo la mente. De repente, a Thomas le encantó la idea de perder eso para siempre. Tal vez el vacío que había producido la falta de Teresa desaparecería también.

Teresa se repuso y prosiguió.

–¿Quitarán todo lo que hay ahí? ¿*Todo?*

La Rata hizo un gesto afirmativo con la cabeza.

–Todo excepto el minúsculo dispositivo que nos permite trazar el mapa de los Paradigmas de la Zona Letal. Y no necesitas decir lo que estás pensando porque se te nota en la mirada: Thomas, Aris y tú ya no podrán hacer su pequeño truco. Lo cancelamos temporalmente, pero ahora desaparecerá para siempre. No obstante, recobrarán la memoria a largo plazo y nosotros no podremos manipular su mente. Me temo que el trato viene con todo incluido. Lo toman o lo dejan.

El resto de los chicos vagaba por el recinto susurrándose preguntas unos a otros. Un millón de interrogantes debían revolotear dentro de sus cabezas. Había mucho que pensar, tantas repercusiones y consecuencias, innumerables razones por las cuales estar enojados con CRUEL. Pero la confrontación parecía haber abandonado al grupo, reemplazada por un creciente afán de acabar con todo de una vez por todas.

—Me parece que la cosa es obvia —exclamó Sartén—. ¿No lo creen? No hay mucho que pensar.

Como única respuesta, sólo obtuvo uno que otro gruñido.

—Muy bien, me parece que ya estamos prácticamente listos —anunció la Rata—. Ah, falta un último tema. Algo que tengo que decirles antes de que recobren la memoria. Será mejor que se enteren por mí y no que… recuerden el análisis.

—¿De qué está hablando? —preguntó Harriet.

La Rata juntó las manos en la espalda y su expresión se tornó severa.

—Algunos de ustedes son inmunes a la Llamarada, pero… otros no. Voy a ir leyendo la lista… les pido que hagan un esfuerzo por tomarlo con calma.

6

La habitación quedó sumida en el silencio, roto únicamente por el murmullo de la maquinaria y el débil de un pitido. Thomas sabía que era inmune —al menos, eso le habían dicho— pero no tenía idea de qué pasaba con los demás y, en realidad, se había olvidado del asunto. El miedo aterrador que había sentido cuando se enteró por primera vez lo asaltó nuevamente.

—Para que un experimento brinde resultados exactos —explicó la Rata—, se necesita un grupo de control. Hicimos todo lo que estaba en nuestras manos para mantener al virus lejos de ustedes el mayor tiempo posible. Pero viaja por el aire y es altamente contagioso.

Hizo una pausa y abarcó a todos con la mirada.

—Continúe de una maldita vez —dijo Newt—. Ya todos nos dimos cuenta de que tenemos esa endiablada enfermedad. No nos va a romper el corazón.

—Es cierto —agregó Sonia—. No haga tanto drama y dígalo de una vez.

Thomas notó que Teresa se movía con nerviosismo. ¿Acaso a ella también le habían adelantado algo? Supuso que debería ser inmune, al igual que él, de lo contrario, CRUEL no los habría elegido para sus roles especiales.

La Rata se aclaró la garganta.

—Perfecto. La mayoría de los miembros del grupo son inmunes y nos han ayudado a recolectar información invaluable. Sólo dos de ustedes son considerados ahora como Candidatos, pero dejaremos ese tema para después. Vayamos a la lista. Las siguientes personas *no* son inmunes: Newt…

Thomas sintió una sacudida en el pecho. Dobló el cuerpo y clavó los ojos en el piso. La Rata dio varios nombres más, pero nadie a quien Thomas conociera. Apenas alcanzó a registrar sus nombres por encima del zumbido vertiginoso que parecía llenar sus oídos y nublar su mente. Estaba impresionado por su reacción; no se había dado cuenta de cuánto significaba Newt para él hasta que escuchó el anuncio. Se le ocurrió una idea: la Rata había dicho antes que los reclutados para control eran como los eslabones que evitaban que la información del proyecto se dispersara y le otorgaban coherencia y relevancia.

El Nexo. Ese era el nombre que le habían dado a Newt: el tatuaje que seguía grabado en su piel como una oscura cicatriz.

—Tommy, cálmate.

Cuando Thomas levantó la vista, se encontró a Newt frente a él, con los brazos cruzados y una sonrisa forzada en el rostro. Se enderezó.

—¿Que me calme? Ese viejo garlopo acaba de decir que no eres inmune a la Llamarada. ¿Cómo puedes…?

—No estoy preocupado por la maldita Llamarada, hermano. Ni siquiera pensé que iba a estar vivo a estas alturas. Y, de todas maneras, la vida tampoco ha sido precisamente maravillosa.

No sabía si Newt hablaba en serio o sólo estaba tratando de hacerse el fuerte. Pero la sonrisa escalofriante todavía no se había borrado de su rostro, de modo que Thomas hizo un esfuerzo por sonreír.

—Si te parece perfecto ir enloqueciendo poco a poco y tener ganas de devorar niños, entonces supongo que no te lloraremos —bromeó, pero tuvo la sensación de que nunca antes había pronunciado palabras tan huecas.

—Esa es buena —repuso Newt. La sonrisa ya había desaparecido.

Con la cabeza todavía confusa por esos pensamientos, Thomas desvió la atención al resto del grupo. Uno de los Habitantes —un chico que se llamaba Jackson, a quien nunca había llegado a conocer bien— se había quedado con la mirada perdida y otro estaba intentando esconder las lágrimas. Una de las chicas del Grupo B tenía los ojos enrojecidos, y un par de amigas la abrazaban tratando de consolarla.

—Quería dejar ese tema a un lado —dijo la Rata—. Fundamentalmente, para poder comunicárselos yo mismo y *recordarles* que el objetivo de toda esta operación ha sido conseguir una cura. La mayoría de los que no son inmunes se encuentran en las etapas iniciales de la Llamarada y confío plenamente en que recibirán el cuidado correspondiente antes de que la enfermedad esté muy avanzada. Pero las Pruebas requerían su participación.

—¿Y qué pasará si ustedes no encuentran una solución? —preguntó Minho.

La Rata lo ignoró. Se dirigió hasta la cama más cercana, extendió el brazo y apoyó la mano sobre uno de los extraños dispositivos metálicos que colgaban del techo.

—Esto es algo de lo que estamos muy orgullosos, una proeza de ingeniería médica y científica. Es un Retractor y será el encargado de realizar este procedimiento. Se les colocará en la cara y les prometo que seguirán luciendo igual de bonitos cuando todo termine. Unos cablecitos, que se encuentran en el interior del aparato, van a descender y penetrar en sus conductos auditivos. Desde ahí extraerán la maquinaria que se encuentra dentro del cerebro. Los doctores y las enfermeras les darán un sedante para calmar los nervios y aliviar la molestia.

Se detuvo para echar una mirada por la habitación.

—Van a caer en una especie de trance mientras los nervios se reparan a sí mismos y los recuerdos regresan: algo similar a lo que algunos de ustedes experimentaron durante lo que llamaron la Transformación, cuando estaban en el Laberinto. Pero les prometo que es muchísimo más leve. Una gran parte de eso se hizo para estimular los paradigmas del cerebro. Contamos con más habitaciones iguales a esta y un equipo completo de doctores listos para comenzar. Ahora supongo que tendrán un *millón* de preguntas, pero la mayoría de ellas serán respondidas por sus propios recuerdos, de modo que voy a esperar hasta después del procedimiento para contestarlas.

La Rata hizo una pausa y luego concluyó.

—Les pido sólo unos instantes para constatar que los equipos médicos estén preparados. Pueden tomarse ese tiempo para decidir qué hacer.

El único sonido que rasgó el silencio fue el roce de sus pantalones al atravesar el recinto y después desapareció por la primera puerta de acero cerrándola tras de sí. De inmediato, la habitación se llenó de ruido cuando todo el mundo se puso a hablar al mismo tiempo.

Teresa se acercó a Thomas, con Minho pisándole los talones. Éste se inclinó hacia Thomas para que pudiera escucharlo a pesar del murmullo frenético de las conversaciones.

—Shanks, ustedes saben y recuerdan mejor que nadie. Teresa, nunca mantuve en secreto que no me agradabas, pero de todas maneras quiero escuchar lo que piensas.

Thomas tenía la misma curiosidad por conocer la opinión de Teresa. Le hizo una seña a su antigua amiga y esperó a que hablara. Todavía subsistía en él un pequeño y estúpido anhelo de escucharla pronunciarse en contra de la propuesta de CRUEL.

—Creo que deberíamos hacerlo —dijo Teresa y Thomas no se sorprendió en lo más mínimo. La esperanza que había en su interior murió para siempre—. Para mí eso es lo correcto. Necesitamos recuperar nuestros recuerdos para entender lo que está pasando y decidir qué vamos a hacer.

La mente de Thomas giraba a toda velocidad, tratando de ordenar la información.

—Teresa, yo sé que no eres estúpida. Pero también sé que estás enamorada de CRUEL. No sé qué estás tramando, pero no voy a formar parte de ello.

—Yo tampoco —dijo Minho—. ¡Shuck, viejo! Ellos pueden manipularnos, jugar con nuestras mentes. ¿Y cómo habríamos de saber si nos están devolviendo nuestros propios recuerdos o metiéndonos otros nuevos dentro del cerebro?

Teresa lanzó un suspiro.

—¡Ustedes no entienden nada! Si ellos pueden controlarnos, si pueden hacer lo que se les ocurra con nosotros, *obligarnos* a hacer cualquier cosa, entonces ¿por qué habrían de molestarse con toda esta farsa de ofrecernos la posibilidad de elegir? Además, él dijo que también nos sacarían la parte que les permite dominarnos. Para mí está bien.

—Bueno, de todas maneras yo nunca confié en ti —dijo Minho sacudiendo lentamente la cabeza—. Y desde luego tampoco en ellos. Estoy con Thomas.

—¿Y qué pasa con Aris? —preguntó Newt, que había estado tan callado que Thomas ni siquiera había percibido que se había acercado por detrás, seguido de Sartén—. Teresa, ¿no mencionaste que había estado con ustedes antes de que llegaras al Laberinto? ¿Qué piensa él?

Thomas recorrió la habitación con la vista hasta que descubrió a Aris hablando con sus amigas del Grupo B. Desde que Thomas había llegado, se había mantenido con ese grupo, lo cual le pareció razonable, ya que esa era la gente con la que Aris había vivido su propia experiencia en el Laberinto. Sin embargo, Thomas nunca había logrado perdonarlo por el papel que había desempeñado al ayudar a Teresa en el Desierto, atrayéndolo a él hasta la cámara en las montañas y obligándolo a ingresar en ella.

—Voy a preguntarle —dijo Teresa.

Thomas y sus amigos la observaron mientras atravesaba la habitación y comenzaba a cuchichear violentamente con el grupo.

—*Odio* a esa chica —señaló Minho.

—Vamos, no es tan mala —acotó Sartén.

Minho puso los ojos en blanco.

—Si ella lo hace, yo no lo hago.

—Yo tampoco —coincidió Newt—. Y soy supuestamente el que tiene la maldita Llamarada, de modo que tengo más interés que nadie en esto. Pero no voy a tragarme ningún truco más.

Thomas ya había tomado la misma decisión.

—Sólo escuchemos lo que va a decir. Aquí viene.

La charla con Aris había sido breve.

—Él está todavía más seguro que nosotros. Todos ellos están dispuestos a hacerlo.

—Bueno, eso lo define todo —repuso Minho—. Si Aris y Teresa están a favor, yo estoy en contra.

Thomas no podría haberlo dicho mejor. Sus instintos le decían que Minho estaba en lo cierto, pero no dio su opinión en voz alta. En cambio, echó un vistazo al rostro de Teresa. Ella lo observó con esa mirada que él conocía tan bien: esperaba que él se pusiera de su lado. Pero la diferencia era que ahora Thomas sospechaba del motivo por el cual ella lo deseaba tan ardientemente.

Con rostro inexpresivo, le sostuvo la mirada hasta que Teresa bajó los ojos.

—Como quieran —repuso ella sacudiendo la cabeza, y enseguida se alejó.

A pesar de todo lo sucedido, el corazón de Thomas pegó un salto dentro de su pecho al verla atravesar la habitación.

—Ey, viejo —interrumpió Sartén, devolviéndolo a la realidad con su voz discordante—. No podemos permitirles que nos pongan esas cosas en la cara, ¿no creen? Les juro que estaría feliz si pudiera regresar a mi cocina en la Finca. Lo juro.

—¿Te olvidaste de los Penitentes? —preguntó Newt.

Sartén pensó unos segundos y después agregó:

—Ellos nunca invadieron mi cocina.

—Está bien. Tendremos que encontrarte un nuevo espacio para cocinar —respondió Newt mientras tomaba del brazo a Thomas y a Minho y los alejaba del grupo—. Ya escuché demasiado esos malditos argumentos. No pienso meterme en una de esas camas.

Minho estiró el brazo y apretó el hombro de Newt.

—Yo tampoco.

—Lo mismo digo —afirmó Thomas. Por fin había logrado expresar aquello que había ido fortaleciéndose en su interior durante semanas—. Nos quedamos acá, les seguimos la corriente y nos portamos bien —murmuró—. Pero tan pronto como surja una oportunidad, lucharemos para escapar de aquí.

7

Antes de que Newt y Minho pudieran responder, la Rata ya estaba de
vuelta. Pero a juzgar por la expresión de los rostros de sus amigos, Thomas
tuvo la certeza de que estaban de acuerdo. Totalmente.

Más gente se fue amontonando en la habitación y Thomas desvió su
atención a lo que estaba ocurriendo. Las personas que se habían unido a
ellos llevaban un overol verde y holgado con la palabra CRUEL escrita
en el pecho. De pronto, se sorprendió por el cuidado que habían puesto en
la elaboración de cada detalle de ese juego o *experimento*. ¿Acaso el nombre
elegido para la organización podría haber sido una de las Variables? ¿Una
palabra obviamente amenazante y, sin embargo, una entidad que ellos sostenían que era buena? Probablemente se trataba de otra provocación para
ver cómo reaccionaban sus cerebros, qué sentían.

No era más que un juego de adivinanzas. Desde el principio.

Cada médico –Thomas supuso que serían de verdad, como la Rata les
había dicho– se ubicó junto a una de las camas. Se dedicaron a manipular
las máscaras que colgaban del techo, ajustando los tubos, probando botones e interruptores que Thomas no alcanzaba a ver.

–Ya le hemos adjudicado una cama a cada uno de ustedes –dijo la Rata
posando la mirada en el tablero con hojas que había traído con él–. Los
que se quedan en esta habitación son… –leyó varios nombres de un tirón, incluyendo a Sonia y a Aris, pero no a Thomas ni a ninguno de los
Habitantes–. Aquellos que no mencioné hagan el favor de acompañarme.

Toda la situación se había vuelto extraña: actuaban de manera muy in-
formal y despreocupada para la seriedad de la ocasión. Como si se tratara
de una banda de maleantes pasando lista a gritos antes de masacrar a un

grupo de llorosos traidores. Sin saber qué hacer, Thomas decidió cooperar hasta que se presentara la ocasión oportuna.

Siguieron a la Rata a lo largo de otro corredor largo y sin ventanas hasta detenerse delante de otra puerta. El guía continuó recitando nombres y les tocó el turno a Sartén y a Newt.

—Yo no voy a hacerlo —anunció Newt—. Usted dijo que podríamos elegir y esa es mi maldita decisión —anunció al tiempo que le lanzaba a Thomas una mirada de irritación, como diciendo que debían hacer algo pronto o perdería la razón.

—No hay problema —repuso la Rata—. Ya cambiarás de opinión. Quédate conmigo hasta que terminemos de distribuir a los demás.

—¿Qué harás tú, Sartén? —preguntó Thomas tratando de disimular la sorpresa que le había causado que la Rata hubiera cedido tan fácilmente.

De repente, el cocinero se mostró avergonzado.

—Yo… creo que voy a permitirles que lo hagan.

Thomas se quedó mudo de asombro.

—¿Estás loco? —preguntó Minho.

Sartén sacudió la cabeza y se puso un poco a la defensiva.

—Yo quiero recordar. Es una elección personal. Déjenme decidir.

—Prosigamos —dijo la Rata.

Sartén desapareció deprisa dentro de la habitación, probablemente para evitar más discusiones. Thomas sabía que tenía que dejarlo ir: a esas alturas sólo podía preocuparse por sí mismo y por encontrar una salida. Con un poco de suerte, podría rescatar a todos una vez que lo lograra.

La Rata no llamó a Minho, a Teresa y a Thomas hasta que se hallaron de pie frente a la última puerta junto con Harriet y otras dos chicas del Grupo B. Hasta entonces, Newt había sido el único que se había negado a realizar el procedimiento.

—No, gracias —dijo Minho cuando la Rata hizo una señal para que todos ingresaran en la sala—. Pero aprecio la invitación. Chicos, espero que la pasen bien ahí adentro —exclamó con un saludo burlón.

—Yo tampoco lo voy a hacer —afirmó Thomas. Ya comenzaba a sentir un nerviosismo anticipado. Tenían que arriesgarse y hacer algo.

Con una expresión indescifrable, la Rata observó fijamente a Thomas durante un largo rato.

—Ey, don Rata, ¿se siente bien? —preguntó Minho.

—Soy el Subdirector Janson —respondió con voz grave y crispada, como si le costara mantener la calma pero sin dejar de mirar a Thomas—. Debería ser más respetuoso con los mayores.

—Si deja de tratar a la gente como animales, tal vez yo le haga caso —dijo Minho—. ¿Y por qué no le despega los ojos a Thomas?

Finalmente, la Rata —Janson— desvió la mirada hacia Minho.

—Porque hay muchas cosas que debemos considerar —hizo una pausa y se enderezó—. Pero… muy bien. Dijimos que podrían decidir por sí mismos y nos atendremos a eso. Entren todos y comenzaremos con los que están dispuestos a participar.

Una vez más, Thomas sintió que un estremecimiento recorría su cuerpo. El momento se acercaba. Lo sabía. Y por la expresión del rostro de Minho, a él le ocurría lo mismo. Se hicieron una leve seña con la cabeza y siguieron a la Rata al interior del recinto.

Era exactamente igual al primero: seis camas, las máscaras colgando, todo. La máquina que evidentemente manejaba la operación ya estaba zumbando y emitiendo pitidos. Al lado de cada cama había una persona con la misma ropa verde de los doctores de la primera habitación.

Thomas miró a su alrededor y tomó aire. Vestida de verde, de pie junto a una cama del fondo, se hallaba Brenda. Lucía más joven que los demás y tanto su rostro como su pelo oscuro se veían mucho más limpios que en el Desierto. Ella le hizo un rápido movimiento de cabeza y desvió la vista hacia la Rata. Luego, antes de que Thomas captara lo que estaba ocurriendo, atravesó corriendo la habitación y lo envolvió en un fuerte abrazo. Aturdido, Thomas retrocedió, aunque no quería desprenderse de sus brazos.

–¡Brenda, qué estás haciendo! –le gritó Janson–. ¡Regresa a tu puesto!

Ella apretó los labios contra el oído de Thomas y le susurró algo tan suavemente que él apenas logró escucharlo.

–No confíes en ellos. *Por favor.* Confía sólo en mí y en la Ministra Paige, Thomas. Siempre. En nadie más.

–¡Brenda! –exclamó la Rata casi con un chillido.

Después ella se separó de él y se alejó.

–Lo siento –balbuceó–. Me puse contenta al ver que había superado la Fase Tres y me distraje –se disculpó. Regresó a su puesto y volvió a ubicarse frente a ellos con rostro inexpresivo.

–No tenemos tiempo para esas cosas –la regañó Janson.

Thomas no podía apartar los ojos de Brenda; no sabía qué pensar o sentir. Hacía tiempo que él ya no confiaba en CRUEL, de modo que sus palabras los ponían en el mismo bando. Pero entonces, ¿por qué estaba trabajando con ellos? ¿Acaso no estaba enferma? ¿Y quién era esa Ministra Paige? ¿Sería esa otra prueba más? ¿Otra Variable?

Cuando se abrazaron, una fuerte sensación había invadido su cuerpo. Recordó que Brenda le había hablado dentro de su mente después de que lo colocaron en la habitación blanca. Ella le había *advertido* que las cosas se iban a complicar. Aún no comprendía cómo había sido capaz de hacerlo. ¿Realmente estaba de su lado?

Teresa, que había permanecido callada desde que abandonaron la primera habitación, se adelantó e interrumpió sus pensamientos.

–¿Qué hace ella aquí? –murmuró. El rencor evidente en su voz. Ahora, todo lo que ella decía o hacía le molestaba–. Pensé que era una Crank.

–No lo sé –masculló Thomas. Su mente se llenó de imágenes de los instantes que había vivido con Brenda en aquella ciudad devastada. De manera incomprensible, él extrañaba ese sitio y estar a solas con ella–. Tal vez… sólo me está arrojando una Variable.

–¿Crees que ella formó parte del espectáculo, que la enviaron al Desierto para ayudar a dirigir la representación?

—Es probable —repuso Thomas, herido por dentro. Sonaba razonable que desde el principio Brenda hubiera sido parte de CRUEL. Pero eso significaba que ella le había mentido, una y otra vez. Deseaba tanto que fuera diferente.

—No me gusta —dijo Teresa—. Parece… tramposa.

Thomas tuvo que hacer un gran esfuerzo para no gritarle a Teresa. O reírse de ella. No obstante, le habló con calma.

—Ve a permitirles que jueguen con tu mente —repuso. Quizá el hecho de que Teresa desconfiara de Brenda era la mejor señal de que él *debería* confiar en ella.

Teresa le echó una mirada cortante.

—Puedes pensar lo que quieras de mí. Sólo estoy haciendo lo que me parece correcto —agregó y después se apartó para esperar las instrucciones de la Rata.

Janson asignó las camas a los pacientes voluntarios mientras Thomas, Newt y Minho observaban. Thomas echó un vistazo a la puerta y se preguntó si deberían correr hacia ella. Estaba a punto de darle un codazo a Minho cuando la Rata les habló como si le hubiera leído la mente.

—Los tres rebeldes tengan cuidado, porque los estamos vigilando. Ni se les ocurra intentar algo raro. En este preciso instante, un grupo de guardias armados se dirige hacia aquí.

A Thomas lo asaltó la idea perturbadora de que quizá alguien *de verdad* le había leído la mente. ¿Acaso serían capaces de interpretar sus verdaderos pensamientos gracias a los paradigmas cerebrales que estaban reuniendo con tanta dedicación?

—Eso es un montón de garlopa —susurró Minho cuando Janson volvió a ocuparse de acomodar a la gente en las camas—. Creo que deberíamos arriesgarnos y ver qué sucede.

En vez de responderle, Thomas desvió la vista hacia Brenda, que miraba fijamente al piso, como si estuviera enfrascada en sus pensamientos. Descubrió que la extrañaba terriblemente y que sentía una conexión que no comprendía del todo. Lo único que deseaba era hablar a solas con ella. Y no nada más por lo que le había dicho al oído.

Desde el pasillo llegó un rumor de pasos apresurados. Tres hombres y dos mujeres vestidos de negro irrumpieron en el recinto. En la espalda cargaban un equipo que constaba de cuerdas, herramientas y municiones. Todos sostenían una especie de arma muy voluminosa. Thomas no podía dejar de observar las armas: le trajeron algún recuerdo perdido que apenas lograba aferrar, pero al mismo tiempo, era como si las viera por primera vez. Los aparatos despedían una brillante luz azul. En el centro, un tubo transparente contenía granadas metálicas que chisporroteaban por la electricidad. Los guardias les apuntaban a Thomas y a sus dos amigos.

—Esperamos demasiado —soltó Newt con un susurro largo y discordante.

Thomas estaba seguro de que pronto se les presentaría una oportunidad.

—De todos modos nos habrían atrapado allá afuera —respondió en voz baja, casi sin mover los labios—. No pierdas la paciencia.

Janson se ubicó junto a los guardias y señaló una de las armas.

—Son Lanzadores de Granadas. Si alguno nos causa problemas, estos guardias no van a dudar un segundo en disparar. Las armas no van a matarlos, pero créanme, les van a hacer pasar los peores cinco minutos de su vida.

—¿Qué está sucediendo? —preguntó Thomas, asombrado de no sentir miedo—. Acaba de decirnos que podíamos elegir. ¿A qué se debe este ejército repentino?

—Se debe a que no confío en ustedes —dijo Janson eligiendo las palabras con mucho cuidado—. Esperábamos que, una vez recuperada la memoria, actuarían voluntariamente. Todo sería más fácil de esa manera. Pero nunca dije que ya no los necesitáramos.

—Vaya sorpresa —exclamó Minho—. Nos mintió otra vez.

—Yo no he mentido jamás. Ustedes tomaron una decisión, ahora aténganse a las consecuencias —Janson señaló la puerta—. Guardias, acompañen a Thomas y a los demás a sus habitaciones, donde tendrán tiempo suficiente para meditar acerca de sus errores hasta las pruebas de mañana por la mañana. Utilicen la fuerza que sea necesaria.

8

Las dos guardias levantaron las armas todavía más; los cañones enormes y redondeados apuntaban a los tres sediciosos.

—No nos obliguen a usarlas —dijo una de las mujeres—. El margen de error es nulo. Un movimiento en falso y oprimiremos el gatillo.

Los tres hombres se pasaron las correas de sus Lanzadores por encima de los hombros y luego se acercaron a los Habitantes —uno por cada chico—, que los miraban provocadores. Thomas seguía experimentando esa extraña calma —que provenía en parte de la firme resolución de luchar hasta el final— y una sensación de satisfacción al comprobar que CRUEL necesitaba cinco guardias armados para vigilar a tres adolescentes.

El guardia que sujetó a Thomas del brazo era mucho más grande que él y muy fornido. Cruzó la puerta y caminó con energía por el pasillo, empujando a Thomas consigo. Detrás, otro guardia arrastraba a Minho, y Newt venía a continuación, luchando a más no poder.

Lo único que se escuchaba eran los gruñidos, gritos y palabrotas de Minho mientras los guardias conducían a los chicos por interminables corredores. Thomas intentó decirle que se callara, que sólo lograría empeorar las cosas, que terminarían por dispararle, pero Minho lo ignoró y continuó batallando con uñas y dientes hasta que el grupo por fin se detuvo frente a una puerta.

Una de las mujeres extrajo una tarjeta de acceso y destrabó la puerta. Al empujarla, vieron un pequeño dormitorio con dos juegos de literas y una pequeña cocina con una mesa y sillas en un rincón. Ciertamente, no era lo que Thomas había esperado: se había imaginado algo como el Cuarto Oscuro del Área, con el piso sucio y una silla rota.

—Entren —ordenó la guardia—. Les traerán algo de comida. Pueden agradecer que no los dejemos morir de hambre unos días, después de la forma en que se han comportado. Las pruebas son mañana, así que traten de dormir un poco esta noche.

Los tres hombres empujaron a los Habitantes hacia el interior de la habitación y, al cerrar la puerta de un golpe, el eco del cerrojo quedó flotando en el aire.

De inmediato, Thomas se vio inundado por aquella sensación de cautiverio que había padecido en la prisión de muros blancos. Se dirigió a la puerta, movió la perilla y luego trató de hacerla girar con todas sus fuerzas. La golpeó con ambos puños al tiempo que gritaba lo más fuerte que podía para que alguien los dejara salir.

—Cálmate —dijo Newt desde atrás—. Nadie va a venir a darte el beso de las buenas noches.

Thomas se dio vuelta pero, al ver a Minho frente a él, se detuvo. Antes de que pudiera armar una frase, su amigo se soltó hablando.

—Supongo que dejamos pasar la ocasión —comentó Minho, echándose en una de las literas inferiores—. Thomas, cuando por fin llegue tu mágica oportunidad, seremos unos ancianos o estaremos muertos. Ellos no van a hacer un gran anuncio: *Ahora tienen una excelente posibilidad de escapar porque estaremos ocupados durante los próximos diez minutos.* Tenemos que arriesgarnos.

Thomas odiaba tener que admitir que sus amigos tenían razón, pero así era. Deberían haber salido corriendo antes de que esos guardias aparecieran.

—Lo siento. No creí que fuera el momento adecuado. Y una vez que tuvimos todas esas armas encima, me pareció que ya no tenía sentido intentar algo.

—Claro, bueno —balbuceó Minho—. Tú y Brenda tuvieron un agradable encuentro.

Thomas respiró hondo.

—Ella me dijo algo.

Minho se incorporó en la cama.

—¿Qué?

—Me dijo que no confiara en ellos, que confiara solamente en ella y en la Ministra Paige.

—¿En qué andará esa maldita chica? —preguntó Newt—. ¿Trabaja para CRUEL? ¿Acaso lo del Desierto no fue más que una siniestra actuación?

—Sí, me parece que ella no es mejor que el resto —agregó Minho.

Thomas no estaba de acuerdo, pero ni siquiera él mismo lograba comprender por qué, menos aún explicárselo a sus amigos.

—Escuchen, yo también trabajé para ellos, pero ustedes confían en mí, ¿no es cierto? No significa nada. Quizá no tuvo alternativa. O cambió. No lo sé.

Minho entrecerró los ojos como si estuviera pensando, pero no respondió. Newt se sentó en el piso y se cruzó de brazos como un niño malcriado.

Thomas sacudió la cabeza. Estaba harto de descifrar los acontecimientos. Caminó hacia el pequeño refrigerador y lo abrió: su estómago rugía de hambre. Encontró unos palitos de queso y uvas y dividió la comida entre los tres. Y antes de tomarse una botella de jugo entera, devoró su porción. Los otros dos se tragaron su parte sin decir una palabra.

Poco después se presentó una mujer con platos de costillas de cerdo y papas, y también se comieron eso. De acuerdo con el reloj de Thomas, ya era de noche, pero no creyó que fuera a ser capaz de dormir. Se sentó en una silla frente a sus amigos y se preguntó qué deberían hacer. Todavía se sentía un poco afligido, como si fuera el culpable de que aún estuvieran allí. Sin embargo, no se le ocurrió ninguna idea.

Después de comer, Minho fue el primero en hablar.

—Tal vez deberíamos entregarnos a esos mierteros. Hacer lo que ellos nos piden. Algún día nos volveremos a encontrar y estaremos gordos y satisfechos.

Thomas sabía que no hablaba en serio.

—Sí, y quizá encuentres una chica simpática y bonita que trabaje aquí, te cases y tengas hijos. Y el mundo acabará plagado de lunáticos.

Minho continuó hablando.

—CRUEL descifrará esa cuestión del plano y todos viviremos felices y comeremos perdices.

—Eso ni siquiera es gracioso —repuso Newt malhumorado—. Aunque realmente encontraran la cura, ya lo vieron allá afuera en el Desierto. Tendrá que pasar un maldito montón de tiempo antes de que el mundo vuelva a la normalidad. Y si eso ocurre... nosotros no llegaremos a verlo.

De golpe, Thomas se dio cuenta de que continuaba sentado ahí con la vista fija en el suelo.

—Después de todo lo que nos han hecho, yo ya no les creo nada —afirmó. No lograba superar la noticia de Newt: su amigo, que haría cualquier cosa por los demás. Lo habían sentenciado a muerte con esa enfermedad incurable simplemente para observar lo que ocurriría.

—Ese Janson se cree muy inteligente —prosiguió Thomas—. Piensa que todo se reduce a una especie de bien mayor: dejemos que la raza humana estire la pata o hagamos cosas terribles para salvarla. Hasta los pocos que son inmunes probablemente no durarían mucho en un mundo donde el noventa y nueve punto nueve por ciento de las personas se han convertido en monstruos psicópatas.

—¿Adónde quieres llegar con eso? —masculló Minho.

—Lo que digo es que antes de que me neutralizaran la memoria, yo debía estar de acuerdo con toda esa basura. Pero ya no —explicó. Y ahora lo aterrorizaba la idea de que los recuerdos que pudieran surgir lo hicieran cambiar de opinión acerca de eso.

—Entonces, Tommy, no desperdiciemos nuestra próxima oportunidad —dijo Newt.

—Mañana —añadió Minho—. Como sea.

Thomas le echó una larga mirada a ambos.

—Está bien. Como sea.

Cuando Newt bostezó, los otros dos lo imitaron.

—Será mejor que dejemos de parlotear e intentemos dormir un poco.

9

Después de pasarse una hora con los ojos abiertos en la oscuridad, Thomas finalmente se durmió. Y cuando lo logró, sus sueños consistieron en un cúmulo de imágenes y recuerdos dispersos.

Una mujer, sentada a una mesa, sonreía al tiempo que lo miraba directamente a los ojos por encima de la superficie de madera. Mientras él la contemplaba, ella sorbía tímidamente de una taza con un líquido humeante. Otra sonrisa. Después dijo: "Ahora come el cereal. ¡Qué niño más bueno!" Era su mamá, con su rostro amable y su gran amor por él, evidente en cada pliegue de su sonrisa. Ella no dejó de observarlo hasta que comió el último bocado. Entonces le hizo una caricia juguetona en el pelo y se llevó el tazón.

A continuación, se encontraba en el piso de una pequeña habitación alfombrada jugando con bloques plateados que parecían engancharse unos con otros para construir un castillo enorme. Su mamá estaba sentada en una silla en el rincón, llorando. De inmediato, Thomas supo por qué. A su papá le habían diagnosticado la Llamarada y ya estaba mostrando síntomas. Eso dejaba claro que su mamá también tenía la enfermedad o pronto la tendría. El Thomas del sueño sabía que no pasaría mucho tiempo antes de que los doctores descubrieran que su yo más joven tenía el virus, pero era inmune a sus efectos. Para ese entonces, ellos ya habrían desarrollado el análisis para detectarlo.

Luego, estaba andando en bicicleta en un día sofocante. El calor brotaba del piso. A ambos lados de la calle, donde antes solía haber césped, sólo quedaban hierbas. En su rostro sudoroso había una sonrisa. Su mamá lo miraba y él percibió que disfrutaba de cada instante. Se dirigieron a una laguna cercana. El agua estaba estancada y olía mal. Ella recogía piedras para que él las arrojara a las turbias profundidades. Al principio las lanzó lo más lejos posible, pero después intentó hacerlas rebotar como su padre le había enseñado el verano anterior. Todavía no podía hacerlo. Cansados, con la fuerza debilitada por el tiempo tórrido, su madre y él se encaminaron a su casa.

Después los acontecimientos dentro del sueño –los recuerdos– se volvieron borrosos.

Él estaba otra vez adentro y un hombre de traje oscuro se hallaba sentado en un sofá, con papeles en una mano y expresión grave en el rostro. Thomas, de pie junto a su madre, tomado de su mano. Se había formado CRUEL, una empresa conjunta de los gobiernos del mundo, aquellos que habían sobrevivido a las llamaradas solares, un hecho que había ocurrido mucho antes de que Thomas naciera. El propósito de CRUEL era estudiar lo que ahora se denominaba zona letal, donde la Llamarada provocaba graves daños: el cerebro.

El hombre estaba diciendo que Thomas era inmune. Otros también lo eran. Menos del uno por ciento de la población. La mayoría, menores de veinte años. Y el mundo era peligroso para ellos. Los odiaban por su inmunidad ante el terrible virus y se burlaban de ellos llamándolos Munis. La gente les hacía cosas horrendas. CRUEL aseguró que era capaz de proteger a Thomas y él podría ayudarlos en la búsqueda de una cura. Dijeron que era inteligente, uno de los más brillantes entre los que se habían hecho el análisis. Su madre no tenía otra opción que dejarlo partir. Obviamente no quería que su hijo fuera testigo de su lento proceso hacia la locura.

Más tarde, ella le dijo a Thomas que lo amaba y que estaba muy contenta de que él nunca habría de pasar por los mismos sufrimientos que su papá, cuyo padecimiento ambos habían presenciado. La locura se había llevado hasta la última partícula de su ser, aquello que lo había definido como ser humano.

Después de eso el sueño se desvaneció y entonces Thomas cayó en un profundo vacío.

★★★

A la mañana siguiente, un fuerte golpe en la puerta lo despertó temprano. Apenas había logrado apoyarse en los codos cuando la puerta se abrió e ingresaron los mismos cinco guardias del día anterior empuñando los Lanzadores. Inmediatamente detrás de ellos, Janson entró en la habitación.

—Arriba, dormilones —dijo la Rata—. A pesar de todo, hemos decidido devolverles sus recuerdos. Les guste o no les guste.

10

Thomas aún estaba aturdido. Los sueños que había tenido –los recuerdos de su infancia– nublaban su mente. No entendió bien lo que el hombre había dicho.

–Ni lo sueñe –respondió Newt, quien se hallaba fuera de la cama mirando a Janson con furia mientras apretaba los puños.

Thomas no recordaba haber visto nunca semejante fuego en los ojos de su amigo. Y después, la contundencia de las palabras de la Rata sacó bruscamente a Thomas de su nebulosa.

Balanceó las piernas y las apoyó en el suelo.

–Usted nos dijo que no teníamos que hacerlo.

–Me temo que no existe otra alternativa –repuso Janson–. La época de las mentiras se ha terminado. Nada va a funcionar si ustedes tres permanecen en la oscuridad. Lo lamento. Es necesario que hagamos el procedimiento. Y además tú, Newt, serás uno de los que más se beneficie de esto.

–Ya no me importa lo que vaya a ocurrir conmigo –observó Newt con un gruñido grave.

Fue entonces cuando los instintos de Thomas se despertaron. Supo que ese era el instante que había estado esperando. La última gota.

Thomas observó a Janson atentamente. El rostro del hombre se suavizó y respiró con fuerza, como si percibiera la atmósfera de peligro y quisiera neutralizarla.

–Escuchen, Newt, Minho, Thomas. Comprendo cómo deben sentirse. Han contemplado algunas cosas terribles, pero la peor parte ya pasó. No podemos cambiar el pasado ni deshacer lo que les ocurrió a ustedes y a sus amigos. Pero, después de tanto esfuerzo, ¿no sería una lástima dejar el plano incompleto?

—¿No pueden deshacer lo ocurrido? —gritó Newt—. ¿Eso es todo lo que tiene que decir?

—Ten cuidado —advirtió uno de los guardias, apuntando su Lanzador al pecho de Newt.

El dormitorio quedó en silencio. Thomas nunca había visto a Newt en ese estado. Tan enojado, tan renuente incluso a fingir una expresión de calma.

Janson continuó.

—Se nos está acabando el tiempo. Vamos de una vez o repetiremos la escena de ayer. Les aseguro que mis guardias están muy dispuestos.

Minho saltó desde la litera que estaba arriba de la de Newt.

—Tiene razón —comentó con naturalidad—. Newt, si podemos salvarte a ti y quién sabe a cuántos más, seríamos unos garlopos idiotas si nos quedáramos un segundo más en esta habitación —exclamó mientras le lanzaba una mirada a Thomas y hacía una seña hacia la puerta—. Vamos —dijo. Pasó por enfrente de la Rata y de los guardias y salió al pasillo sin mirar atrás.

Janson arqueó las cejas y observó a Thomas, que estaba luchando por ocultar su asombro. El anuncio de Minho era tan extraño; debía tener algún plan. Fingir que acataban la orden sin resistirse les daba un poco más de tiempo.

Thomas se alejó de la Rata y de los guardias y le hizo un guiño a Newt, que sólo él alcanzó a percibir.

—Veamos qué quieren que hagamos —repuso tratando de sonar sincero y despreocupado, pero fue una de las cosas más difíciles que había hecho en su vida—. Yo trabajé para esta gente antes del Laberinto. No pude haber estado totalmente equivocado, ¿no creen?

—Por favor —repuso Newt poniendo los ojos en blanco pero dirigiéndose hacia la puerta. Thomas rió en su interior ante su pequeña victoria.

—Cuando esto termine, todos ustedes serán héroes —afirmó Janson, al tiempo que Thomas salía de la habitación detrás de Newt.

—Cierre la boca —exclamó Thomas.

Una vez más, los tres amigos siguieron a la Rata a lo largo de los pasillos laberínticos. Mientras caminaban, Janson relataba la travesía como si fuera un guía de turismo. Explicó que las instalaciones no tenían muchas ventanas debido al clima a menudo desapacible del exterior y a los ataques de pandillas errantes de gente infectada. Mencionó la intensa tormenta de la noche en que retiraron a los Habitantes del Laberinto, y cómo el grupo de Cranks había logrado traspasar el perímetro exterior y verlos abordar el autobús.

Thomas recordaba aquella noche demasiado bien. Todavía podía sentir la sacudida de las ruedas pasando por encima de la mujer que lo había abordado antes de subir al vehículo, y cómo el conductor ni siquiera había disminuido la velocidad. Le resultaba difícil creer que eso había sucedido sólo unas semanas atrás: parecía que habían pasado años.

—Realmente desearía que cerrara la boca —soltó finalmente Newt. Y la Rata lo hizo, pero la ligera sonrisa siguió dibujada en su rostro.

Cuando llegaron a la zona en la que habían estado el día anterior, la Rata se detuvo y se dirigió a ellos.

—Supongo que hoy todos colaborarán. Es lo menos que espero de ustedes.

—¿Dónde están los demás? —preguntó Thomas.

—Los otros reclutados han estado recuperando…

Antes de que pudiera terminar la frase, Newt saltó, sujetó a la Rata por las solapas del saco de su traje blanco y lo estrelló contra la puerta más cercana.

—¡Si vuelve a llamarlos reclutados, le romperé el maldito cuello!

Al instante, dos guardias se arrojaron encima de Newt. Lo sujetaron, lo aplastaron contra al suelo y acercaron los Lanzadores a su rostro.

—¡Esperen! —gritó Janson—. Esperen —repitió. Se serenó y alisó las arrugas del saco y de la camisa—. No lo inutilicen. Terminemos con esto de una vez.

Con los brazos en alto, Newt se puso de pie lentamente.

—No nos llame reclutados. No somos ratones que andan detrás del queso. Y dígale a sus mierteros amigos que se tranquilicen. No pensaba lastimarlo. Mucho —exclamó. Sus ojos inquisidores se posaron en Thomas.

CRUEL es bueno.

Por alguna razón inexplicable, esas palabras brotaron en la cabeza de Thomas. Era como si su ser anterior —el que había creído que el objetivo de CRUEL justificaba cualquier acto malvado— estuviera intentando convencerlo de que era verdad. Que sin importar lo horrible que pareciera, ellos debían hacer lo que fuera necesario para encontrar una cura para la Llamarada.

No obstante, ahora las cosas eran diferentes. No podía entender quién había sido antes ni cómo había llegado a pensar que eso estaba bien. A pesar de que había cambiado para siempre… tenía que ser el antiguo Thomas por última vez.

—Newt, Minho —dijo en voz baja, antes de que la Rata pudiera hablar de nuevo—. Creo que tiene razón. Ya es hora de que hagamos lo que *se supone* que debemos hacer. Es lo que acordamos anoche.

Minho lanzó una sonrisa nerviosa. Newt juntó las manos en dos puños cerrados.

Era ahora o nunca.

11

Thomas no vaciló. Giró el codo hacia atrás y lo clavó en la cara del guardia que se encontraba detrás de él, al tiempo que pateaba la rodilla de la mujer que tenía enfrente. Ambos cayeron al suelo aturdidos, pero se recuperaron rápidamente. Por el rabillo del ojo, vio cómo Newt trababa la pierna de un guardia y lo arrojaba al piso; Minho le pegaba a otro. Pero el guardia restante —una mujer— estaba ilesa y agitaba el Lanzador en el aire.

Thomas se abalanzó sobre ella y, antes de que pudiera oprimir el gatillo, golpeó el extremo del arma. Pero la mujer volvió a sujetar el Lanzador y lo descargó contra la sien de Thomas. El dolor le explotó en el mentón y en las mejillas. Perdió el equilibrio, se le doblaron las rodillas y cayó al piso sobre su estómago. Colocó las manos debajo del cuerpo para levantarse, pero un gran peso se estrelló en su espalda y lo hizo chocar contra las duras baldosas, cortándole la respiración. Alguien le hundió una rodilla en la columna y sintió el metal duro sobre la cabeza.

—¡Déme la orden! —gritó la mujer—. ¡A.D. Janson, déme la orden y le derretiré el cerebro!

Thomas no podía ver a los demás, pero los sonidos de la lucha ya se habían apagado. Supo que eso significaba que el amotinamiento había tenido corta vida; los tres habían sido controlados en menos de un minuto. El desconsuelo le hirió el corazón.

—¡En qué están pensando! —rugió Janson detrás de Thomas. Podía imaginarse la expresión de furia en el rostro de la comadreja—. ¿Realmente creen que tres… *chicos* pueden superar a cinco guardias armados? Se supone que ustedes son genios y no unos *rebeldes*… idiotas y delirantes. ¡Tal vez la Llamarada ya atacó sus mentes!

—¡Cállese de una vez! —Thomas escuchó gritar a Newt—. Cierre el…

Algo ahogó el resto de sus palabras. Al imaginar a uno de los guardias lastimando a Newt, Thomas tembló de rabia. La mujer presionó el arma contra su cabeza con más fuerza.

—Ni siquiera… lo pienses —le susurró al oído.

—¡Levántenlos! —ladró Janson—. Ahora.

Con el Lanzador encima de la cabeza, la guardia levantó a Thomas jalándolo de la parte trasera de la camiseta hasta ponerlo de pie. A Newt y a Minho también los retenían, Lanzador en mano, y los dos guardias libres apuntaban sus armas sobre los tres Habitantes.

El rostro de Janson estaba encendido.

—¡Es completamente ridículo! No vamos a permitir *de ninguna manera* que esto vuelva a suceder —exclamó, y miró a Thomas.

—Yo sólo era un niño —dejó escapar Thomas, ante su propia sorpresa.

—¿Perdón? —dijo Janson.

Thomas le echó una mirada de furia a la Rata.

—Yo era un *niño*. Me lavaron el cerebro para que hiciera estas cosas, para que colaborara —continuó. Esa idea lo estaba carcomiendo por dentro desde que los recuerdos habían comenzado a regresar. Desde que había logrado empezar a armar las piezas del rompecabezas.

—Yo no estaba ahí al principio —dijo Janson impasible—. Pero tú fuiste quien me aceptó para este trabajo una vez que se hizo la purga de los fundadores originales. Y deberías saber que yo nunca vi a alguien, joven o adulto, más tenaz que tú —sonrió y Thomas tuvo ganas de romperle la cara.

—No me importa lo que…

—¡Suficiente! —aulló Janson—. Él será el primero —dijo, y le hizo una seña a uno de los guardias—. Que venga una enfermera. Brenda está adentro y ha insistido mucho en que desea ayudar. Quizá se porte mejor si ella es la técnica encargada de trabajar con él. Lleven a los otros a la sala de espera. Me gustaría operarlos de uno en uno. Ahora tengo que encargarme de otro asunto, de modo que me encontraré con ustedes allá.

Thomas estaba tan enojado que ni siquiera registró el nombre de Brenda. Otro guardia se unió a la mujer que estaba a sus espaldas. Ambos estaban armados.

—¡No dejaré que lo hagan! —gritó Thomas, poniéndose cada vez más nervioso. La idea de enterarse quién había sido lo aterrorizaba—. ¡No voy a permitir que coloquen esa cosa en mi cara!

Janson lo ignoró y se dirigió directamente a los guardias.

—Asegúrense de que ella lo sede —advirtió y luego comenzó a alejarse.

Los dos guardias arrastraron a Thomas hacia la puerta. Él luchó, intentó soltarse los brazos, pero sus manos eran como grilletes de acero y finalmente se rindió para no quedarse sin fuerza. Comprendió de golpe que tal vez había perdido la batalla. Brenda era su única esperanza.

Su amiga se encontraba en la habitación, de pie junto a una cama. Tenía una expresión glacial. Aunque Thomas intentó analizar su mirada, le resultó indescifrable.

Sus captores lo empujaron hacia el interior del recinto. Thomas no podía comprender qué hacía Brenda allí, ayudando a CRUEL a llevar eso a cabo.

—¿Por qué estás trabajando para ellos? —su voz le sonó débil.

Los guardias lo hicieron girar.

—Es mejor que mantengas la boca cerrada —respondió Brenda—. Tienes que confiar en mí como lo hiciste en el Desierto. Esto es lo mejor.

No podía verla, pero percibió algo en su voz. A pesar de lo que había dicho, su tono era cálido. ¿Estaría de su lado?

Los guardias condujeron a Thomas hasta la última cama de la fila. Luego la mujer lo liberó y le apuntó el Lanzador mientras el hombre lo sostenía contra el borde del colchón.

—Acuéstate —ordenó el guardia.

—No —rugió Thomas.

El hombre le asestó un golpe en la mejilla.

—¡Acuéstate! ¡Ahora!

–No.

El matón levantó a Thomas por los hombros y lo estampó contra el colchón.

–Esto se va a hacer de todas maneras, así que sería mejor que colaboraras –señaló. La máscara metálica con los cables y los tubos pendía sobre su cabeza como una gigantesca araña dispuesta a ahorcarlo.

–No voy a dejar que pongan eso en mi cara –insistió Thomas. Su corazón palpitaba peligrosamente rápido. El miedo que había estado conteniendo había comenzado a barrer cualquier resto de la calma que necesitaba para salir de allí.

El guardia tomó las dos muñecas de Thomas y las apoyó contra el colchón mientras se inclinaba hacia delante con todo su peso para impedir que él se moviera.

–Aplícale los sedantes.

Thomas se obligó a tranquilizarse y ahorrar la energía para realizar un último esfuerzo por escapar. Le dolía ver a Brenda. Se había encariñado con ella más de lo que pensaba. Si ayudaba a hacer eso en contra de la voluntad de Thomas, ella también era el enemigo. El solo hecho de considerar esa posibilidad era demasiado desgarrador.

–Por favor, Brenda –le rogó–. No los ayudes. No les permitas que hagan esto.

Ella se acercó a él y le tocó el hombro suavemente.

–Cálmate. No pienses que todos quieren arruinarte la vida. Ya me agradecerás lo que estoy por hacer. Ahora deja de quejarte y relájate.

Por más que lo intentaba, no lograba entenderla.

–¿Eso es todo? ¿Después de lo que pasó en el Desierto? ¿Cuántas veces estuvimos al borde de la muerte en esa ciudad? Todo lo que pasamos juntos, ¿y vas a abandonarme?

–Thomas… –comenzó a decir sin preocuparse por ocultar su frustración–. Era mi trabajo.

–Yo escuché tu voz en mi cabeza. Me advertiste que las cosas estaban por ponerse difíciles. Por favor, dime que no estás *realmente* con ellos.

—Cuando regresamos al Cuartel General después del Desierto, ingresé en el sistema telepático porque quería avisarte. Prepararte. Nunca me imaginé que nos haríamos amigos en medio de ese infierno.

En alguna medida, escuchar que ella también había sentido lo mismo, hizo que la situación fuera más tolerable, y ya no pudo contenerse.

—¿Tienes la Llamarada? —le preguntó.

Ella respondió con frases breves y atropelladas.

—Estaba actuando. Jorge y yo somos inmunes. Hace mucho que lo sabemos. Por eso nos usaron. Ahora no hables más —dijo y con un ligero parpadeo echó una mirada al guardia.

—¡Continúa con tu trabajo! —gritó el hombre repentinamente.

Brenda lo miró con severidad, pero no le contestó. Luego desvió la vista hacia Thomas y lo sorprendió con un guiño ligero.

—Una vez que te inyecte el sedante, te dormirás en unos segundos. *¿Entiendes?* —pronunció la última palabra con énfasis y volvió a hacerle un guiño sutil. Por suerte, los dos guardias estaban concentrados en el prisionero y no en ella.

A pesar de la confusión, Thomas sintió que un rayo de esperanza recorría su cuerpo. Ella estaba tramando algo.

Brenda se dirigió a la mesa que se hallaba detrás y empezó a preparar lo que necesitaba, mientras el guardia continuaba apoyando todo su peso encima de las muñecas de Thomas, cortándole la circulación. El sudor perlaba la frente del hombre, pero estaba claro que no lo iba a soltar hasta que estuviera inconsciente. La mujer se encontraba de pie a su lado, con el Lanzador encañonando el rostro de Thomas.

Una jeringa en la mano izquierda con la aguja hacia arriba, el pulgar en el disparador, Brenda se dio vuelta hacia él. Por el costado del tubo se podía distinguir un líquido amarillento.

—Bueno, Thomas. Vamos a hacer esto muy rápido. ¿Estás listo?

Sin saber cuál era el plan, sacudió la cabeza afirmativamente y se preparó para lo que iba a ocurrir.

—Muy bien —respondió ella—. Más vale que lo estés.

12

Brenda sonrió y, al aproximarse a Thomas, tropezó y se tambaleó hacia delante. Se aferró a la cama con la mano derecha pero se cayó de manera tal que la aguja de la jeringa aterrizó en el brazo del guardia que sujetaba la muñeca de Thomas. Al instante, oprimió el disparador, que emitió un silbido agudo y veloz, antes de que el matón se sacudiera bruscamente.

—¡Demonios! —gritó, pero sus ojos ya estaban vidriosos.

Thomas actuó de inmediato. Libre de esos puños de acero, se apoyó en la cama e hizo girar las piernas en un arco, apuntando hacia la mujer, que estaba volviendo en sí luego de unos segundos de aturdimiento. Un pie pegó en el Lanzador y el otro en el hombro. Ella soltó un alarido, seguido de cerca por el ruido de su cabeza golpeando contra el piso.

Antes de que se deslizara fuera de su alcance, Thomas gateó hasta el Lanzador y lo apuntó hacia la mujer, que se tomaba la cabeza con las manos. Brenda rodeó la cama raudamente, agarró el arma y la dirigió hacia el cuerpo inerte del guardia.

Thomas jadeaba; su pecho se sacudía mientras la adrenalina estallaba dentro de su cuerpo. Hacía semanas que no se sentía tan bien.

—Sabía que tú…

Antes de que pudiera terminar, Brenda disparó el Lanzador.

Un sonido agudo rasgó el aire una milésima de segundo antes de que el arma lanzara una descarga, y Brenda retrocedió de un salto. Una de las granadas brillantes salió disparada y se estrelló en el pecho de la mujer, enviando haces de luz y electricidad a través de su cuerpo. Ella comenzó a retorcerse frenéticamente.

Thomas se quedó sorprendido al ver cómo actuaba el Lanzador y echó a Brenda una mirada de admiración por haber disparado sin titubear. Si necesitaba otra prueba de que ella no trabajaba para CRUEL, la tenía ante sus ojos.

Con una leve sonrisa en el rostro, Brenda le devolvió la mirada.

—Hacía mucho tiempo que quería hacer algo así. Qué suerte que logré convencer a Janson de que me asignara para realizar este procedimiento —se agachó, tomó la tarjeta de acceso del guardia que estaba inconsciente y la deslizó en su bolsillo—. Esto nos permitirá ingresar en todos lados.

Thomas tuvo que resistir el impulso de abrazarla.

—Vamos —dijo—. Hay que buscar a Newt y a Minho, y luego a todos los demás.

Con Brenda a la cabeza, corrieron a toda velocidad por los sinuosos pasillos. Thomas recordó aquella vez en que ella lo había guiado por los túneles subterráneos en el Desierto. La instó a que se diera prisa, pues sabía que en cualquier momento aparecerían más guardias.

Llegaron a una puerta y Brenda pasó la tarjeta para destrabarla. Se escuchó un breve pitido y después el bloque de metal se abrió. Thomas atravesó la puerta volando. Brenda iba pegada a sus talones.

Con el horror pintado en el rostro, la Rata se levantó de un salto al verlos.

—Por el amor de Dios, ¿qué están haciendo?

Brenda ya había disparado dos granadas a los guardias: un hombre y una mujer se desplomaron en el piso y se agitaban en medio de una nube de humo y descargas eléctricas. Newt y Minho taclearon al tercer guardia y Minho tomó su arma.

Thomas apuntó a Janson con el Lanzador y colocó el dedo en el disparador.

—Déme la tarjeta de acceso y échese en el suelo con las manos en la cabeza —ordenó con voz firme y el corazón latiéndole a toda prisa.

—Esto es una locura total —dijo Janson, entregándole la tarjeta a Thomas. Habló despacio, demostrando una calma pasmosa dadas las circunstancias—. No tienen ninguna posibilidad de salir de aquí. Vienen más guardias en camino.

Thomas sabía que la Rata tenía razón, pero era su única oportunidad.

—Esto no es nada comparado con lo que sufrimos —y sonrió al descubrir que era verdad—. Gracias por el entrenamiento. Si dice una palabra más, podrá experimentar… ¿qué fue lo que dijo? *¿Los peores cinco minutos de su vida?*

—¿Cómo te atreves…?

Thomas apretó el disparador y el sonido agudo envolvió la habitación. Luego apareció la granada, que chocó contra el pecho del hombre y estalló en un brillante despliegue de electricidad. Dio un grito y se derrumbó en el piso, en medio de convulsiones y del humo que corría por su pelo y su ropa. El recinto se llenó de un olor repugnante: un hedor que a Thomas le recordó el Desierto, cuando Minho había sido alcanzado por un rayo.

—Eso no debe ser nada agradable —dijo Thomas a sus amigos con una serenidad que a él mismo lo sorprendió. Al observar cómo se retorcía su enemigo, se sintió un poco avergonzado ante la ausencia de culpa. Sólo un poco.

—Se supone que eso no lo va a matar —comentó Brenda.

—Creo que es una lástima —repuso Minho, que se encontraba más atrás, atando al guardia ileso con su cinturón—. Sin él, el mundo habría sido un lugar mejor.

Thomas dejó de mirar al hombre que se sacudía a sus pies.

—Nos vamos. Ahora mismo.

—Brindo por eso —dijo Newt.

—Es exactamente lo que yo pensaba —agregó Minho.

Todas las miradas se dirigieron a Brenda. Ella tomó el Lanzador en los brazos, lista para luchar.

—Odio a esta gente tanto como ustedes —dijo—. Cuenten conmigo.

Por segunda vez en los últimos días, a Thomas lo embargó una extraña sensación de felicidad. Brenda había regresado. Contempló a Janson.

Los chisporroteos de la estática estaban comenzando a apagarse. Sus ojos estaban cerrados y por fin había dejado de moverse, pero aún respiraba.

–No sé cuánto dura el efecto de la explosión de uno de estos aparatos –repuso Brenda–, pero estoy segura de que se va a despertar muy enojado. Mejor larguémonos de aquí.

–¿Cuál es el plan? –preguntó Newt.

Thomas no tenía la menor idea.

–Iremos improvisando en el camino.

–Jorge es piloto –explicó Brenda–. Si logramos llegar de alguna manera hasta el hangar, donde está el Berg…

Antes de que nadie pudiera responder, se oyeron pasos y gritos que provenían del corredor.

–Ya están aquí –anunció Thomas. La realidad de su situación lo golpeó una vez más: no los iban a dejar salir del edificio cantando alegremente. ¿Quién podía saber cuántos guardias más se interpondrían en su camino?

Minho se dirigió hacia la puerta y se colocó junto a ella.

–Tendrán que pasar por aquí.

Los sonidos del pasillo iban en aumento; los guardias estaban cada vez más cerca.

–Newt –dijo Thomas–. Ponte al otro lado de la entrada. Brenda y yo vamos a dispararles a los dos primeros que entren. Ustedes ataquen a los demás por los costados y después corran por el pasillo. Nosotros iremos detrás de ustedes.

Todos se ubicaron en sus puestos.

13

La expresión de Brenda era una extraña mezcla de ira y excitación. Thomas se colocó a su lado, sosteniendo el Lanzador firmemente en sus manos. Sabía que era arriesgado confiar en Brenda: prácticamente toda la gente de esa organización lo había engañado. No podía subestimar a CRUEL. Pero ella era la única razón por la cual habían llegado tan lejos. Y si él pensaba llevarla consigo, no podía dudar más.

Apareció el primer guardia, un hombre vestido con el mismo uniforme negro que los demás, pero con un tipo de arma diferente −más pequeña y elegante− apretada contra el pecho. Thomas disparó y vio cómo la granada pegaba en el cuerpo del hombre, que retrocedió tambaleándose mientras se sacudía en una maraña de haces de luz.

Dos personas más −un hombre y una mujer− venían detrás enarbolando los Lanzadores.

Minho actuó antes de que Thomas pudiera hacerlo. Sujetó la camisa de la mujer y la arrastró hacia él; después la hizo girar alrededor de su cuerpo y la estrelló contra la pared. Ella logró evadir un tiro y la granada metálica se hizo trizas contra el suelo, sin lastimar a nadie. Por último, lanzó una breve explosión de chisporroteante energía a través del piso de baldosas.

Brenda le lanzó una granada al hombre y le dio en las piernas. Minúsculos rayos de electricidad recorrieron su cuerpo y se desplomó gritando en el pasillo, al tiempo que su arma caía al piso.

Minho había desarmado a la mujer y la tenía de rodillas con un Lanzador apoyado en la cabeza.

Otro hombre cruzó la puerta, pero Newt le quitó el arma de un golpe y le asestó un puñetazo en la cara. Se derrumbó de rodillas, llevándose la mano a la boca ensangrentada. El guardia levantó la vista como para decir algo, pero Newt retrocedió y le disparó en el pecho. A tan corta distancia, la bola emitió un ruido atronador al estallar contra el sujeto. Un espantoso chillido escapó de su garganta al desmoronarse en el suelo en medio de una convulsión eléctrica.

—Ese escarabajo está observando cada maldita cosa que hacemos —dijo Newt haciendo un ademán hacia el fondo de la habitación—. Tenemos que salir de aquí. Van a seguir viniendo.

Thomas siguió la mirada de Newt y divisó a la pequeña lagartija mecánica que lanzaba un haz de luz rojo. Después de echar un vistazo a la puerta, que estaba vacía, volvió los ojos hacia la mujer. La boca del arma de Minho se cernía sobre su cabeza.

—¿Cuántos guardias hay? —le preguntó Thomas—. ¿Vienen más en camino?

Al principio ella no respondió, pero Minho se inclinó hacia adelante hasta apoyarle el arma en la mejilla.

—Hay por lo menos cincuenta en servicio —contestó rápidamente.

—¿Y dónde están? —inquirió Minho.

—No lo sé.

—¡No me mientas! —gritó.

—Nosotros… Está ocurriendo algo más. No sé qué. Lo juro.

Al observarla con detenimiento, Thomas percibió en su expresión algo más que miedo. ¿Era frustración? Parecía estar diciendo la verdad.

—¿Algo más? ¿Como qué?

La mujer sacudió la cabeza.

—Lo único que sé es que un grupo fue convocado en otro sector, eso es todo.

—¿Y no tienes la menor idea del motivo? —le preguntó Thomas con el mejor tono de duda que logró improvisar—. Me resulta muy difícil creerte.

—Lo juro.

Minho la sujetó por la parte de atrás de la camisa y la obligó a incorporarse.

–Entonces, nos llevaremos a esta simpática señora de rehén. Vámonos.

Thomas se colocó delante de él.

–Brenda tiene que ir al frente del grupo porque conoce las instalaciones. Sigo yo, luego tú y tu nueva amiga, y Newt en la retaguardia.

Brenda se apresuró a ubicarse junto a Thomas.

–Todavía no oigo nada, pero no puede faltar mucho. Andando –anunció y, a continuación, se asomó al pasillo y se escabulló de la habitación.

Después de secarse las manos sudorosas en el pantalón, Thomas sujetó el Lanzador y salió tras ella. Brenda dobló hacia la derecha. De una rápida mirada, Thomas comprobó que la rehén de Minho también venía corriendo por el pasillo, no muy alegre ante la amenaza de un baño de electricidad a centímetros de su cabeza.

Cuando alcanzaron el extremo del primer corredor, doblaron a la derecha sin detenerse. El nuevo camino era exactamente igual al anterior: un pasadizo de paredes claras que se extendía unos quince metros antes de concluir en una puerta de doble hoja. Por alguna razón, el ambiente le hizo recordar aquel último tramo del Laberinto justo antes del Acantilado, cuando Teresa, Chuck y él habían corrido hacia la salida mientras todos los demás luchaban contra los Penitentes para que ellos se salvaran.

Al aproximarse a la puerta, Thomas extrajo del bolsillo la tarjeta de acceso de la Rata.

La mujer le gritó.

–¡Yo no haría eso! Te apuesto a que del otro lado hay veinte cañones esperando para quemarlos vivos –advirtió, pero había desesperación en su tono de voz. ¿Acaso la gente de CRUEL ya confiaba demasiado en su seguridad y había debilitado la vigilancia? Si sólo quedaban veinte o treinta adolescentes, seguramente no tenían más de un guardia de seguridad por cada uno de los reclutados; quizá menos.

Thomas y sus amigos tenían que encontrar a Jorge y el Berg, pero también a todos los demás. Pensó en Sartén y en Teresa. Él no iba a abandonarlos sólo porque hubieran decidido recuperar sus recuerdos.

Frenó con un patinazo delante de la puerta y luego se dirigió a Minho y a Newt.

—No tenemos más que cuatro Lanzadores y es mejor que consideremos que, detrás de esas puertas, hay más guardias esperándonos. ¿Podemos hacerlo?

Arrastrando a su rehén de la camisa, Minho se acercó al panel de la tarjeta de acceso.

—Tú abrirás esto para que nosotros podamos concentrarnos en tus compañeros. Quédate ahí y no te muevas hasta que te lo ordenemos. Y más vale que obedezcas —acotó y se dirigió a Thomas—. Comienza a disparar apenas se abran las puertas.

Thomas hizo un gesto afirmativo.

—Yo me agacho. Minho, apóyate en mi hombro. Brenda a la izquierda y Newt a la derecha.

Thomas se inclinó y clavó la punta del arma en el espacio donde se encontraban las dos hojas de la puerta. Minho quedó encima en idéntica actitud. Newt y Brenda se ubicaron en sus puestos.

—Abre cuando digamos tres —ordenó Minho—. Y si intentas algo o escapas, te garantizo que uno de nosotros te atrapará. Thomas, empieza a contar.

—Uno —empezó Thomas—. Dos…

Hizo una pausa para tomar aire, pero antes de que pudiera gritar el último número, una alarma comenzó a sonar y las luces se apagaron.

14

Thomas parpadeó con rapidez, tratando de acostumbrarse a la oscuridad. La alarma sonaba de manera intermitente y ensordecedora.

Percibió que Minho se ponía de pie y luego oyó que se movía.

—¡La guardia se fue! —exclamó—. ¡No sé dónde está!

Tan pronto como pronunció la última palabra, el sonido de las armas que se cargaban llenó los intervalos entre los chirridos de la sirena. Después sobrevino el estallido de una granada que explotó contra el suelo. Rayos de electricidad iluminaron el lugar: Thomas vio una figura borrosa que huía de ellos por el pasillo y se perdía en la penumbra.

—Es mi culpa —balbuceó Minho con voz casi inaudible.

—Vuelvan a sus puestos —dijo Thomas, temiendo lo que la alarma debía significar—. Busquen la rendija por donde se abren las puertas. Voy a usar la tarjeta de la Rata. ¡Prepárense!

Tanteó la pared con la mano hasta que llegó al sitio indicado y deslizó la tarjeta. Se escuchó un clic y una de las puertas comenzó a abrirse hacia adentro.

—¡Disparen! —aulló Minho.

Newt, Brenda y Minho empezaron a lanzar granadas en la oscuridad. Con cuidado, Thomas se colocó en posición y disparó en medio de la electricidad que se agitaba y crepitaba al otro lado de las puertas. Les tomó unos segundos ponerse de acuerdo, pero pronto habían creado un despliegue cegador de luces y explosiones. No había indicios de gente ni respuesta a los disparos.

Thomas dejó caer el arma a un lado.

—¡Deténganse! —exclamó—. ¡No gasten más municiones!

Minho envió una última granada, pero luego todos se quedaron quietos esperando que la energía cediera para entrar sin peligro en la habitación.

Thomas se dirigió a Brenda en voz alta para que ella lograra escucharlo en medio del ruido.

—Estamos un poco escasos de recuerdos. ¿Sabes algo que podría ayudarnos? ¿Dónde están todos? ¿Qué fue esa alarma?

Ella hizo un gesto negativo con la cabeza.

—Tengo que ser sincera: algo muy raro está ocurriendo.

—¡Seguro que es otra de sus malditas pruebas! —gritó Newt—. Todo esto estaba armado y nos están observando otra vez.

A Thomas se le hacía muy difícil pensar y Newt no era ninguna ayuda. Sosteniendo el Lanzador en el aire, cruzó la puerta. Quería llegar a algún lugar seguro antes de que la luz de las explosiones se extinguiera por completo. Desde las aguas poco profundas de su escasa memoria recuperada, sabía que aquel era el sitio donde había crecido. Deseó poder recordar el trazado del edificio. Una vez más se dio cuenta de lo importante que era Brenda para la libertad de todos. También Jorge, si estaba dispuesto a sacarlos de ahí en su nave.

La alarma se detuvo.

—¿Qué… ? —comenzó a preguntar Thomas en voz muy alta y luego bajó el tono—. ¿Y ahora qué?

—Es probable que se hayan hartado de escuchar ese ruido —respondió Minho—. No significa nada que lo hayan apagado.

El destello de los rayos de electricidad se había desvanecido, pero la habitación tenía luces de emergencia de ese lado del corredor pasillo, las cuales proyectaban una bruma rojiza. Se encontraban en una enorme área de recepción con sofás, sillones y un par de escritorios. No había nadie a la vista.

—Nunca he visto gente en estas salas de espera —comentó Thomas al percibir que el espacio le resultaba repentinamente familiar—. Este sitio está totalmente vacío y me da escalofríos.

—Estoy segura de que hace mucho que nadie entra aquí —repuso Brenda.

—¿Y ahora qué hacemos, Tommy? —preguntó Newt—. No podemos permanecer aquí todo el día.

Thomas pensó durante unos segundos. Tenían que encontrar a sus amigos; sin embargo, la prioridad era hallar una salida.

—Muy bien —respondió—. Brenda, realmente necesitamos tu ayuda. Tenemos que ir al hangar, encontrar a Jorge y decirle que vaya preparando el Berg. Newt y Minho pueden quedarse con él como fuerza de apoyo, y Brenda y yo vamos a examinar el área para encontrar a nuestros amigos. Brenda, ¿sabes dónde podemos aprovisionarnos de armas?

—El depósito está camino al hangar —explicó Brenda—. Pero seguramente habrá vigilancia.

—Hemos pasado por cosas peores —bromeó Minho—. Les dispararemos hasta que caigan ellos o caigamos nosotros.

—Pasaremos por encima de esos guardias —agregó Newt con una especie de gruñido—. Hasta el último de esos malditos.

Brenda señaló uno de los dos pasillos que partían de la sala de recepción.

—Es por ahí.

Brenda condujo a Thomas y a sus amigos por todos los recodos del largo pasadizo; la pálida luz roja de los faros de emergencia iluminaba el camino. No encontraron resistencia aunque, de vez en cuando, algún escarabajo pasó corriendo a su lado a toda prisa con sus ruiditos metálicos y se escabulló por el pasillo. Minho intentó dispararle a uno de ellos, pero erró por completo y casi termina carbonizando a Newt. Éste aulló y, por la expresión de su rostro, se notó que tenía muchas ganas de devolver el disparo.

Después de avanzar durante unos largos quince minutos, llegaron al depósito de armas. Thomas se detuvo sorprendido al encontrar la puerta completamente abierta. Por lo que él alcanzaba a ver, los estantes del interior parecían estar bien surtidos.

—Esto es suficiente —dijo Minho—. Ya no tengo ninguna duda.

Thomas sabía muy bien lo que quería decir. Había pasado por demasiadas experiencias como para no llegar a esa misma conclusión.

—Alguien nos está tendiendo una trampa —balbuceó entre dientes.

—Tiene que ser así —añadió Minho—. Todos desaparecen de golpe, las puertas están abiertas, las armas están esperándonos. Y es obvio que ellos nos están observando a través de esos escarabajos mierteros.

—Es claramente sospechoso —acotó Brenda.

Al oír su voz, Minho se volvió hacia ella.

—¿Cómo sabemos que tú no formas parte de todo esto? —exigió que le respondiera.

Ella contestó con voz cansada.

—Lo único que puedo hacer es jurarte que no es así. No tengo la menor idea de lo que está ocurriendo.

Thomas odiaba tener que admitirlo, pero lo que Newt acababa de sugerir —que toda esa huida no debía ser más que una maniobra previamente orquestada — se tornaba cada vez más posible. Una vez más, habían quedado convertidos en ratones escurriéndose por otra clase de laberinto. Thomas deseó fervientemente que no fuera cierto.

Newt ya había ingresado en la sala de las armas.

—Miren esto —les dijo.

Cuando Thomas entró en el depósito, Newt señalaba un sector de la pared desnudo, con estantes vacíos.

—Fíjense en las marcas de polvo. Es evidente que se llevaron un montón de armas recientemente. Eso puede haber ocurrido hace alrededor de una hora, más o menos.

Thomas inspeccionó el área. La habitación estaba bastante polvorienta —lo suficiente como para hacerlos estornudar si se movían demasiado—, pero las marcas que Newt había señalado estaban totalmente limpias. Había dado en el blanco.

—¿Por qué es tan importante? —preguntó Minho desde atrás.

Newt se dio vuelta y lo observó.

—¡Maldito larcho, piensa por ti mismo aunque sea una sola vez!

Minho parpadeó. Se veía más asombrado que ofendido.

—Guau, Newt —dijo Thomas—. Ya sé que todo esto es una mierda, pero cálmate. ¿Cuál es el problema?

—Te voy a decir cuál es el maldito problema: tú te haces el tipo duro que se larga por ahí sin tener un plan, arreándonos por todos lados como si fuéramos un montón de pollos en busca de alimento. Y Minho no puede dar un maldito paso sin pedir ayuda.

Minho ya se había recuperado lo suficiente como para sentirse molesto.

—Mira, garlopo: tú eres el que se está haciendo el genio porque dedujiste que los guardias se llevaron algunas armas del depósito de *armas*. Yo pensé que podría concederte el beneficio de la duda y actuar como si tal vez hubieras descubierto algo más profundo. La próxima vez te daré una maldita palmada en la espalda por reconocer lo que es obvio.

Thomas echó una mirada a Newt justo cuando su amigo cambiaba de expresión. Se veía conmovido, casi al borde de las lágrimas.

—Lo siento —murmuró Newt y se marchó de la habitación.

—¿Qué fue eso? —susurró Minho.

Thomas no quería expresar lo que estaba pensando: que la cordura de Newt se estaba consumiendo lentamente. Por suerte no tuvo que hacerlo, ya que Brenda habló primero.

—Ustedes no entendieron lo que él quiso decir.

—¿Y qué quería decir? —preguntó Minho.

—En esta sección debería haber habido dos o tres docenas de pistolas y Lanzadores; y ahora desaparecieron. Hace muy poco. En esta última hora, como dijo Newt.

—¿Entonces? —insistió Minho, justo cuando Thomas caía en la cuenta de lo que había ocurrido.

Brenda hizo un ademán con las manos, como si la respuesta fuera evidente.

—Los guardias sólo vienen acá cuando necesitan un reemplazo o quieren usar algo más aparte de un Lanzador. ¿Por qué habrían de querer hacer eso *todos* al mismo tiempo? ¿*Hoy?* Y los Lanzadores son muy pesados; no puedes dispararlos si también llevas otra arma. ¿Dónde están las armas que deberían haber descartado?

15

Minho fue el primero que ofreció una explicación.

—Tal vez sabían que algo así podría suceder y no querían matarnos. Por lo que vimos, a menos que te den justo en la cabeza, esos Lanzadores no hacen más que aturdirte por un rato. De modo que vinieron todos los guardias y se los llevaron para usarlos junto con sus armas habituales.

Antes de que terminara, Brenda ya estaba sacudiendo la cabeza.

—No. Lo usual es que ellos lleven siempre Lanzadores, por lo tanto, no se entiende que todos hayan venido al mismo tiempo para buscar uno nuevo. Podrán pensar lo que quieran de CRUEL, pero su objetivo no es matar a toda la gente que pueda. Aun cuando los Cranks ingresen en el complejo.

—¿Los Cranks ya han estado aquí antes? —preguntó Thomas.

Brenda hizo un gesto afirmativo.

—Cuanto más infectados están —más allá del Final—, más desesperados se ponen. Yo realmente dudo de que los guardias…

Minho la interrumpió.

—Quizá *eso* fue lo que sucedió… con todas esas alarmas sonando. Tal vez algunos Cranks lograron ingresar y tomaron las armas que había acá, usaron los Lanzadores para dejar aturdida a la gente y luego comenzaron a comerse sus mierteros cuerpos. ¡Es posible que sólo nos hayamos topado con unos pocos guardias porque los demás están muertos!

Thomas había visto Cranks que se encontraban más allá del Final y los recuerdos lo asediaron. Eran enfermos que habían convivido con la Llamarada durante tanto tiempo que el virus les había corroído el cerebro hasta dejarlos completamente dementes. Casi como animales con forma humana.

Brenda lanzó un suspiro.

—Odio tener que admitirlo, pero es muy posible que tengas razón —reconoció y luego pensó durante unos segundos—. En serio. Eso explicaría todo. *Alguien* entró acá y se llevó un montón de armas.

Thomas sintió un escalofrío.

—Si eso es verdad, nuestros problemas son mucho peores que lo que pensamos.

—Me alegra que el tipo que no es inmune a la Llamarada no sea el único al que todavía le funciona el cerebro.

Thomas se dio vuelta y vio a Newt en la puerta.

—La próxima vez sé un poco más claro en vez de ponerte tan susceptible —dijo Minho con voz carente de compasión—. No pensé que enloquecerías tan rápido, pero estoy contento de que hayas regresado. Quizá necesitemos un Crank para olfatear a los otros si realmente están adentro.

Thomas hizo una mueca ante tan hiriente comentario y desvió la vista hacia Newt para ver su reacción.

A juzgar por su expresión, se podía afirmar que Newt no estaba nada contento.

—Tú nunca has sabido cuándo mantener el maldito hocico cerrado, ¿no es cierto, Minho? Siempre tienes que decir la última palabra.

—Cierra tu boca garlopa —repuso Minho. Por un segundo, su voz sonó tan tranquila que Thomas podría haber jurado que él también estaba enloqueciendo. La tensión que había en la habitación era evidente.

Newt caminó despacio hacia Minho y se detuvo ante él. Veloz como una serpiente, le pegó un puñetazo en la cara. Minho retrocedió dando tumbos y chocó contra la estantería vacía. Después salió disparado hacia adelante y arrojó a Newt al suelo con una zancadilla.

Thomas no podía creer lo rápido que había sucedido todo. Se adelantó y comenzó a tirar de la camiseta de Minho.

—¡Ya basta! —gritó, pero los dos Habitantes seguían forcejeando mientras sacudían los brazos y las piernas.

Brenda se aproximó para colaborar y entre ambos lograron finalmente poner de pie a Minho, que no cesaba de agitar los puños con violencia.

Un codazo perdido golpeó a Thomas en el mentón y desató una explosión de rabia en su interior.

—¿Acaso son estúpidos? —aulló, al tiempo que sujetaba el brazo de Minho detrás de la espalda—. Estamos escapando de un enemigo o quizá dos, ¿y ustedes se ponen a pelear?

—¡Él empezó! —disparó Minho, salpicando a Brenda con su saliva.

Ella se limpió el rostro.

—¿Cuántos años tienen? ¿Ocho? —preguntó.

Minho no respondió. Durante unos segundos más luchó para liberarse, pero acabó por rendirse. Thomas estaba irritado ante la situación. No sabía qué era peor: que Newt ya estuviera perdiendo la razón o que Minho —el que debería ser capaz de controlarse— actuara como un idiota.

Newt se levantó mientras se palpaba con cuidado una marca roja en la mejilla, causada probablemente por Minho.

—Es mi culpa. Todo me irrita. Ustedes decidan qué deberíamos hacer, yo necesito un maldito descanso —y diciendo eso volvió a salir de la habitación.

Con un suspiro de frustración, Thomas soltó a Minho y se acomodó su propia camiseta. No tenían tiempo para perder en discusiones ridículas. Si querían escapar de allí, tendrían que unirse y trabajar en equipo.

—Minho, busca algunos Lanzadores más para llevarnos y luego toma un par de pistolas de aquel estante. Brenda, pon en una caja toda la munición que puedas. Voy a traer a Newt.

—Me parece bien —contestó ella, que ya había comenzado a inspeccionar. Sin hacer ningún comentario, Minho empezó a recorrer las estanterías.

Cuando Thomas salió al pasillo, encontró a Newt sentado en el piso a unos seis metros de distancia, con la espalda apoyada contra la pared.

—No digas una sola palabra —gruñó al verlo llegar.

Buen comienzo, pensó Thomas.

—Mira, algo raro está sucediendo: o CRUEL nos está probando o hay Cranks dando vueltas por este sitio, matando gente a diestra y siniestra. Sea lo que sea, tenemos que encontrar a nuestros amigos y largarnos de aquí.

—Lo sé —masculló Newt. Ni una palabra más.

—Entonces levántate y regresa ahí adentro para ayudarnos. Tú fuiste el que se puso de mal humor; actuaste como si no tuviéramos tiempo que perder. ¿Y ahora vas a quedarte sentado aquí haciendo pucheros?

—Lo sé —la misma respuesta.

Thomas nunca había visto a Newt en ese estado. El tipo parecía totalmente indefenso y, al contemplarlo, lo invadió una oleada de desesperación.

—Todos estamos volviéndonos un poco loc... —se interrumpió; no podía haber elegido una palabra menos adecuada—. Quiero decir...

—Ya cállate —dijo Newt—. Yo sé que algo se desató en mi cabeza. No me siento bien. Pero no te preocupes tanto. Dame un segundo y estaré bien. Les ayudaré a salir de acá y después ya veré.

—¿Qué significa eso de *les* ayudaré a salir de acá?

—Saldremos *todos* de acá, es lo mismo. Dame un maldito segundo, ¿está bien?

El mundo del Laberinto parecía haber sucedido hacía una eternidad. En esa época, Newt siempre había sido el más tranquilo y sereno de todos, y ahí estaba ahora, atentando contra la unidad del grupo. Parecía estar diciendo que no importaba si él lograba escapar mientras todos los demás lo hicieran.

—Bueno —contestó Thomas. Comprendió que lo único que podía hacer era tratar a Newt como siempre lo había hecho—. Pero tú sabes que no podemos perder más tiempo. Brenda está juntando munición. Tú tendrás que ayudarle a transportarla al hangar.

—Lo haré —repuso y se levantó del piso rápidamente—. Pero primero tengo que ir a buscar algo, no me tomará mucho tiempo —y se alejó hacia la recepción.

—¡Newt! —gritó Thomas, preguntándose en qué rayos andaría su amigo—. No hagas ninguna tontería, tenemos que movernos ya y no separarnos.

Pero Newt no se detuvo. Ni siquiera se dio vuelta.

—¡Ve a buscar las cosas! Esto sólo me llevará unos minutos.

Thomas sacudió la cabeza. No había nada que él pudiera hacer o decir que trajera de regreso a aquel tipo razonable que él conocía. Sin pensarlo más, volvió al depósito de armas.

Thomas, Minho y Brenda reunieron todo lo que podrían transportar entre los tres. Además de sostener un Lanzador en las manos, Thomas llevaba uno colgado en cada hombro. Tenía dos pistolas cargadas en los bolsillos delanteros y varios clips de municiones en los bolsillos traseros. Minho había hecho lo mismo y Brenda sujetaba una caja de cartón llena de granadas azules y más balas. Encima de todo eso, había apoyado su Lanzador.

—Eso parece pesado —comentó Thomas señalando la caja—. ¿Quieres que…?

Brenda lo interrumpió bruscamente.

—Puedo arreglármelas sola hasta que venga Newt.

—Quién sabe en qué anda ese tipo —dijo Minho—. Nunca antes había actuado así. La Llamarada ya le está comiendo el cerebro.

—Dijo que regresaría enseguida —explicó Thomas, cansado de la actitud de Minho, que sólo lograba empeorar las cosas—. Y fíjate en lo que dices delante de él. Lo último que necesitamos es que lo hagas enojar otra vez.

—¿Recuerdas lo que te dije en el camión, cuando estábamos en la ciudad? —le preguntó Brenda a Thomas.

El repentino cambio de conversación lo sorprendió, pero que ella mencionara el Desierto lo asombró todavía más. Sólo ponía en evidencia el hecho de que ella le había mentido.

—¿Qué? —preguntó—. ¿Quieres decir que algunas de las cosas que me contaste eran ciertas? —insistió. Aquella noche se había sentido tan unido a ella… Se dio cuenta de que esperaba que ella dijera que sí.

—Thomas, lamento mucho haberte engañado acerca del motivo por el cual me encontraba allí. Y sobre eso que te conté de la Llamarada manipulando mi mente. Pero el resto era verdad. Lo juro —hizo una pausa y con la mirada le rogó que le creyera—. De todas maneras mencionamos cómo los crecientes niveles de actividad cerebral lograban acelerar el ritmo de la destrucción: eso se denomina destrucción cognitiva. Por eso esa droga –la Felicidad– es tan popular entre la gente que puede pagarla. La Felicidad disminuye la velocidad de la función cerebral y prolonga el tiempo anterior a que te vuelvas chiflado. Pero es muy cara.

Le resultaba irreal la idea de que existiera en el mundo gente que no formara parte de un experimento o no se refugiara en edificios abandonados, como había visto en el Desierto.

–¿Acaso las personas siguen haciendo su vida normal cuando están bajo el efecto de esa droga?

–Hacen lo que tienen que hacer, pero están más… relajadas con respecto a su enfermedad. Tal vez eres un bombero que está rescatando de las llamas a treinta chicos, pero no te vuelves loco si alguno de ellos se te cae en medio del incendio.

Thomas sintió terror al pensar en un mundo semejante.

–Eso es… espeluznante.

–Tengo que conseguirme un poco de esa droga –masculló Minho.

–No entiendo lo que estoy tratando de decir –insistió Brenda–. Piensen en el infierno en que ha vivido Newt, en todas las decisiones que tuvo que tomar. No me sorprende que la Llamarada haya avanzado tanto en él. Ha estado muy estimulado, mucho más que la gente que lleva una vida común y corriente.

Thomas suspiró. Esa tristeza que había sentido estaba de vuelta y le oprimía el corazón.

–Bueno, no hay nada que podamos hacer hasta que estemos en un espacio más seguro.

–¿Hacer qué?

Cuando miró hacia la puerta, Thomas vio que Newt ya había regresado. Cerró los ojos un instante y se calmó.

–Nada, no te preocupes. ¿Adónde estabas?

–Tommy, necesito hablarte. Sólo a ti. No llevará más de unos segundos.

¿Y ahora qué?, pensó Thomas.

—¿Qué es toda esta estupidez? —preguntó Minho.

—Vamos, no seas tan duro conmigo. Tengo que darle algo a Tommy. Nada más que a él.

—Como quieras, hazlo de una vez —exclamó Minho mientras se ajustaba las correas de los Lanzadores a los hombros—, pero tenemos que darnos prisa.

Muerto de miedo ante lo que su amigo podría llegar a decir y lo loco que podría sonar, Thomas acompañó a Newt hasta el pasillo. Los minutos seguían transcurriendo.

Caminaron un par de metros antes de que Newt se detuviera frente a él sosteniendo un pequeño sobre sellado.

—Ponlo en tu bolsillo.

—¿Qué es? —preguntó Thomas al tiempo que lo tomaba y lo giraba: no tenía nada escrito por fuera.

—Sólo tienes que meter el maldito sobre en tu bolsillo.

Entre confundido y curioso, Thomas hizo lo que le pedía.

—Ahora mírame a los ojos —dijo Newt, chasqueando los dedos.

Thomas se sintió afligido al ver la tristeza que cubría su mirada.

—¿Qué pasa?

—No es necesario que lo sepas ahora. No tienes que saberlo. Pero debes prometerme algo y estoy hablando en serio.

—¿Qué?

—Júrame que no leerás lo que hay en ese maldito sobre hasta que llegue el momento indicado.

Thomas no podía imaginarse cómo haría para tolerar la espera. Comenzó a sacar el sobre del bolsillo pero Newt le sujetó el brazo para detenerlo.

—¿Hasta que llegue el momento indicado? —preguntó Thomas—. ¿Y cómo voy a… ?

—¡Maldición! ¡Te vas a dar cuenta! —respondió Newt antes de que Thomas terminara la frase—. Ahora tienes que jurármelo. ¡Hazlo! —exclamó temblando con cada palabra que pronunciaba.

—¡Está bien! —repuso Thomas, cada vez más preocupado por su amigo—. Te juro que no lo leeré hasta que sea el momento indicado. Lo juro. ¿Pero por qué… ?

—Perfecto —lo interrumpió Newt—. Si rompes tu promesa, nunca te perdonaré.

Thomas quería estirar el brazo y sacudir a su amigo, o pegarle a la pared para descargar la frustración que sentía. Pero no lo hizo. Se quedó inmóvil mientras Newt se alejaba de él y retornaba al depósito de armas.

16

Thomas tenía que confiar en Newt. Era lo menos que podía hacer por su amigo, pero la curiosidad ardía en su interior como una hoguera. Sin embargo, sabía que no podía desperdiciar un minuto más. Tenían que sacar a todo el mundo de las instalaciones de CRUEL. Si lograban llegar al hangar y convencer a Jorge de que los ayudara, podría seguir conversando con su amigo adentro del Berg.

Newt emergió del depósito de armas cargando él mismo la caja de munición, seguido de Minho. A continuación venía Brenda con otro par de Lanzadores y pistolas en los bolsillos.

—Vamos —dijo Thomas—. Tenemos que encontrar a nuestros amigos.

Luego se dirigió hacia el corredor por donde habían venido y los demás se colocaron en fila detrás de él.

Los buscaron durante una hora, pero sus amigos parecían haber desaparecido. La Rata y los guardias que habían quedado atrás ya no estaban, y la cafetería y todos los dormitorios, baños y salones de reunión se hallaban vacíos. No había nadie a la vista. Thomas temía que hubiera sucedido algo espantoso y que ellos acabarían por toparse con las secuelas del desastre.

Finalmente, después de haber revisado cada rincón del edificio, a Thomas se le ocurrió una idea.

—Chicos, mientras yo estaba encerrado en la habitación blanca, ¿ustedes podían andar libremente por el edificio? —preguntó—. ¿Están seguros de que no nos queda algún sitio por registrar?

—No que yo sepa —replicó Minho—. Pero no me asombraría mucho que hubiera habitaciones secretas.

Thomas estuvo de acuerdo, pero consideró que no debían perder más tiempo en la búsqueda. Lo único que podían hacer era seguir adelante.

–Muy bien –asintió–. Caminaremos de manera zigzagueante hasta el hangar. Entretanto, estén alerta por si ven a los chicos.

Ya llevaban un rato largo de marcha cuando Minho se detuvo bruscamente y se señaló el oído. Era difícil ver alrededor, ya que el pasillo sólo contaba con las débiles luces rojas de emergencia.

Thomas se detuvo, trató de respirar más despacio y prestó atención. Lo escuchó de inmediato: un gemido débil que le provocó un escalofrío. Provenía de un punto situado unos metros adelante de ellos, de una extraña ventana en el pasillo que daba a un gran salón. Desde donde se hallaba Thomas, el recinto parecía estar completamente a oscuras. El vidrio de la ventana había sido destrozado desde el interior: los fragmentos estaban desparramados en el piso debajo de la abertura.

El gemido se escuchó nuevamente.

Minho se llevó un dedo a los labios y luego se descolgó los dos Lanzadores suplementarios con mucho cuidado. Thomas y Brenda lo imitaron, mientras Newt colocaba la caja de munición en el piso. Los cuatro prepararon las armas y, con Minho adelante, se fueron deslizando hacia el origen del ruido. Sonaba como si hubiera un hombre intentando despertar de una horrenda pesadilla. El temor de Thomas aumentaba a cada paso. Tenía miedo de lo que estaba por descubrir.

Minho se detuvo junto al marco de la ventana, con la espalda contra la pared. La puerta de la habitación se hallaba al otro lado de la abertura y estaba cerrada.

–Listos –susurró Minho–. ¡Ya!

Pegó un salto y apuntó el Lanzador hacia el interior de la sala oscura mientras Thomas se ubicaba a su izquierda y Brenda a su derecha, con las armas preparadas. Newt vigilaba a sus espaldas.

El dedo de Thomas se movía alrededor del disparador, listo para oprimirlo sin titubear, pero no se produjo ningún movimiento. Quedó desconcertado ante lo que alcanzó a percibir en el interior de la habitación. El destello rojo de las luces de emergencia no revelaba demasiado, pero todo el piso parecía estar cubierto de montículos negros que se movían lentamente. Poco a poco, sus ojos se adaptaron a la penumbra y comenzó a distinguir formas de cuerpos y ropa negra. También divisó unas cuerdas.

—¡Son guardias! —exclamó Brenda cortando el silencio.

En medio de los sonidos ahogados que escapaban de la habitación, Thomas logró por fin divisar una gran cantidad de rostros. Estaban amordazados y tenían los ojos totalmente abiertos por el pánico. Los guardias se encontraban atados y distribuidos en el piso uno al lado del otro, con el cuerpo estirado, tapizando todo el recinto. Algunos estaban quietos, pero la mayoría luchaba por liberarse. Thomas se encontró observando lo que tenía ante sus ojos mientras su mente buscaba una explicación.

—De modo que aquí estaban todos —comentó Minho jadeando.

Newt se inclinó para ver mejor.

—Al menos no están colgando del maldito techo con la lengua de fuera como la última vez.

Thomas pensaba exactamente lo mismo. Aun sin saber si había sido real o no, recordaba esa escena muy vívidamente.

—Tenemos que hablar con ellos y preguntarles qué pasó —dijo Brenda encaminándose hacia la puerta.

Sin pensarlo dos veces, Thomas la sujetó del brazo.

—No.

—¿Qué quieres decir? ¿Por qué no? ¡Ellos pueden contarnos todo! —señaló. Se desprendió de su mano, pero se quedó esperando una respuesta.

—Tal vez es una trampa o quien hizo esto podría regresar pronto. Tenemos que marcharnos de aquí.

—Sí —dijo Minho—. No hay discusión posible. No me importa si hay Cranks o rebeldes o gorilas rondando por aquí. Estos guardias garlopos no son nuestro problema actual.

Brenda se encogió de hombros.

–Bueno. Sólo pensé que podríamos extraerles información –hizo una pausa y luego señaló con el brazo extendido–. El hangar está en esa dirección.

Después de reunir las armas y las municiones, Thomas y los demás atravesaron innumerables pasillos sin dejar de buscar a los responsables de haber reducido a todos aquellos guardias. Por fin, Brenda se detuvo ante otra puerta de doble hoja. Una de ellas se encontraba ligeramente abierta y una brisa sopló a través de la hendija y le alborotó el cabello.

Sin esperar la orden, Minho y Newt se ubicaron a ambos lados de la puerta y prepararon los Lanzadores. Con la pistola en el hueco de la puerta, Brenda apoyó la mano en el picaporte. Desde el otro lado no llegaba ruido alguno.

Thomas empuñó el Lanzador con más fuerza; llevaba el extremo apoyado en el hombro.

–Ábrela –dijo. Su corazón palpitaba velozmente.

Brenda empujó la puerta y Thomas se preparó para disparar. Traspuso la entrada moviendo el Lanzador de un lado a otro y haciéndolo girar en círculos.

El imponente hangar parecía haber sido construido para albergar al menos tres gigantescas naves, pero sólo había dos Bergs en sus plataformas de carga, que se cernían sobre ellos como dos enormes ranas en cuclillas. Tenían el metal chamuscado y los bordes gastados, como si hubieran trasladado soldados a centenares de batallas violentas. Además de algunos cajones de embalaje y lo que parecían ser talleres mecánicos, el resto era un gran espacio abierto.

Thomas avanzó inspeccionando el hangar mientras los otros tres se dispersaban a su alrededor. No percibieron un solo movimiento.

–¡Ey! –gritó Minho–. Aquí. Hay alguien en… –no terminó la frase, pero se había detenido cerca de una caja enorme y apuntaba su arma contra algo que se encontraba detrás.

Thomas fue el primero en llegar junto a él y se sorprendió al ver a un hombre escondido del otro lado de la caja de madera. El tipo gruñía y se rascaba la cabeza. No tenía sangre en el pelo oscuro pero, a juzgar por el esfuerzo que hacía para incorporarse, Thomas pensó que debía haber recibido un golpe muy fuerte.

—Tranquilo, amiguito —le advirtió Minho—. Cuidado, sin movimientos bruscos o quedarás achicharrado antes de que puedas reaccionar.

El hombre se apoyó en un codo, y cuando apartó la mano de su rostro, Brenda soltó un grito, corrió hacia él y lo envolvió en un abrazo.

Era Jorge. Thomas sintió una ráfaga de alivio: habían encontrado al piloto y, salvo por algunas magulladuras, estaba entero.

Brenda no pensaba del mismo modo. Sin cesar de bombardearlo a preguntas, examinó a Jorge para constatar que no se encontrara herido.

—¿Qué ocurrió? ¿Cómo te lastimaste? ¿Quién se llevó el Berg? ¿Dónde están todos?

Jorge volvió a gruñir y la apartó con delicadeza.

—Tranquila, *hermanita*. Tengo la cabeza como si me hubieran pisoteado los Cranks. Dame un segundo para aclarar la mente.

Con la cara enrojecida y expresión de ansiedad, Brenda se distanció un poco y se sentó. Thomas tenía millones de preguntas que formularle, pero sabía bien lo que era recibir un golpe en la cabeza. Mientras contemplaba cómo Jorge iba recuperando poco a poco el sentido y la orientación, recordó que alguna vez ese tipo le había provocado mucho miedo, lo había aterrorizado. Las imágenes de Jorge peleando con Minho en el interior de aquel edificio en ruinas en el Desierto nunca abandonarían su mente. No obstante, con el transcurso del tiempo, tanto Jorge como Brenda habían comprendido que los Habitantes y ellos estaban del mismo lado.

Jorge cerró los ojos con fuerza, parpadeó varias veces y luego empezó a hablar:

—No sé cómo lo hicieron, pero tomaron el complejo, se deshicieron de los guardias, robaron un Berg y salieron volando con otro piloto. Yo me comporté como un idiota e intenté hacerlos esperar hasta averiguar qué estaba sucediendo. Y ahora mi cabeza está pagando las consecuencias.

—¿Quiénes? —preguntó Brenda—. ¿De quiénes estás hablando? ¿Quiénes se fueron?

Por alguna razón, Jorge alzó la vista hacia Thomas al responder.

—Esa chica, Teresa. Ella y el resto de los reclutados. Bueno, todos excepto ustedes, *hermanitos.*

17

Tambaleándose, Thomas dio un par de pasos hacia la izquierda y se apoyó en la pesada caja. Había estado pensando que quizá los Cranks habían atacado o que algún otro grupo había logrado infiltrarse dentro de CRUEL y se había llevado a Teresa y al resto del grupo B, incluso que los habían rescatado.

¿Pero que Teresa había llevado a cabo una *fuga?* ¿Habían peleado, sometido a los guardias y escapado en un Berg? ¿Sin llevarlos a él y a los demás? La situación tenía muchos elementos y, en su mente, ninguno de ellos parecía encajar con el otro.

—¡Cierren el hocico! —gritó Jorge por encima del torbellino de preguntas de Minho y Newt, trayendo a Thomas al presente—. Es como si martillaran en mi cabeza. Dejen de hablar por un momento. Necesito ayuda para levantarme.

Newt tomó su mano e hizo fuerza hasta ponerlo de pie.

—Es mejor que empieces a explicar qué diablos pasó. Desde el principio.

—Y date prisa —agregó Minho.

Sin dejar de pestañear, Jorge se reclinó en la caja de madera y cruzó los brazos.

—Mira, *hermano,* ya te dije que no sé demasiado. Lo que te conté es lo que ocurrió. Siento que la cabeza…

—Sí, ya entendimos —dijo Minho bruscamente—. Te duele la cabeza. Sólo dinos lo que sabes y yo te conseguiré una garlopa aspirina.

Jorge sonrió débilmente.

—Qué palabras tan valientes, muchacho. Si mal no recuerdo, tú eres el que tuvo que disculparse y pedir clemencia cuando estábamos en el Desierto.

Minho arrugó la cara y se puso rojo.

—Bueno, es sencillo hacerse el duro cuando uno tiene una banda de lunáticos armados que lo protegen. Ahora las cosas son un poco distintas.

—¡Basta ya! —les dijo Brenda a ambos—. Estamos todos del mismo lado.

—Maldición. Continúa hablando —intervino Newt—. Así sabremos qué tenemos que hacer.

Thomas seguía sin reaccionar. Escuchaba a Jorge, a Newt y a Minho como si los viera en una pantalla y no se hallaran frente a él. Había creído que Teresa ya no escondía ningún misterio para él, y ahora ocurría esto.

—Mira —dijo Jorge—. Yo pasé la mayor parte del tiempo en este hangar, ¿está bien? Empecé a oír todo tipo de gritos y advertencias por el intercomunicador y luego las luces de la alarma silenciosa comenzaron a destellar en forma intermitente. Salí a investigar y me volaron la cabeza.

—Al menos así ya no te dolería —balbuceó Minho.

Jorge no escuchó el comentario o simplemente lo ignoró.

—Entonces las luces se apagaron y corrí hacia acá para buscar la pistola. Antes de que pudiera reaccionar, Teresa y un grupo de vándalos amigos tuyos irrumpieron a toda prisa como si fuera el fin del mundo, arrastrando al viejo Tony para que piloteara el Berg. Solté mi estúpida pistola cuando tuve siete u ocho Lanzadores apuntándome al pecho, y les pedí que esperaran y me explicaran qué ocurría. Pero una chica rubia me aporreó la frente con la culata de su arma. Me desmayé y al despertar me encontré con sus horrendas caras encima y un Berg desaparecido. Eso es todo lo que sé.

Thomas meditó sobre lo que había escuchado, pero comprendió que los detalles no eran importantes. De todo este asunto, un solo hecho se destacaba sobre los demás y no sólo lo confundía, sino que también le resultaba doloroso tener que enfrentarlo.

—Nos abandonaron —dijo casi en un susurro—. No puedo creerlo.

—¿Qué? —preguntó Minho.

—Habla más alto, Tommy —añadió Newt.

Thomas intercambió largas miradas con los dos.

–Nos abandonaron. Por lo menos nosotros regresamos a buscarlos. Ellos nos dejaron acá sabiendo que CRUEL hará con nosotros lo que quiera.

Aunque no respondieron, sus ojos revelaban que habían estado pensando exactamente lo mismo.

–Tal vez *sí* estuvieron buscándote –comentó Brenda–. Y no te encontraron. O quizá el enfrentamiento se puso muy feo y tuvieron que marcharse.

Al escuchar la explicación, Minho hizo una mueca burlona.

–¡Todos los guardias están atados en aquella maldita habitación! Tuvieron tiempo de sobra para ir a buscarnos. Está claro: nos dejaron.

–Deliberadamente –dijo Newt en voz baja.

A Thomas, nada de eso le resultó demasiado convincente.

–Hay algo raro. Últimamente, Teresa ha estado actuando como si fuera la fan número uno de CRUEL. ¿Por qué habría de escapar? Tiene que tratarse de algún engaño. Vamos, Brenda, tú me dijiste que no confiara en ellos. Tienes que saber algo. Habla.

Brenda sacudía la cabeza.

–No sé nada de esto. ¿Pero por qué les cuesta tanto comprender que a los demás reclutados se les haya ocurrido la misma idea? ¿Escapar? Simplemente tuvieron más éxito que nosotros.

Minho profirió un ruido que sonó como el gruñido de un lobo.

–Si yo fuera tú, no insultaría. Y si vuelves a usar la palabra *reclutados* una vez más, aunque seas mujer te voy a dar un golpe.

–Inténtalo –advirtió Jorge–. Golpéala y será lo último que hagas en tu vida.

–¿Podemos abandonar estos juegos machistas? –dijo Brenda poniendo los ojos en blanco–. Tenemos que decidir qué haremos ahora.

Thomas seguía molesto y no podía quitarse de la cabeza el hecho de que Teresa y los otros –¡incluso Sartén! – se hubieran ido sin ellos. Si en cambio hubiera sido el grupo de Thomas el que hubiese atado a los guardias, ¿no habrían realizado una búsqueda exhaustiva hasta dar con los demás? ¿Y por qué Teresa había *querido* irse? ¿Acaso había recordado algo que no había imaginado?

—No hay ninguna maldita decisión que tomar —dijo Newt—. Nos largamos de aquí —anunció, y apuntó hacia un Berg.

Thomas estaba de acuerdo.

—¿Realmente eres piloto? —le preguntó a Jorge.

El hombre sonrió abiertamente.

—Ya lo creo, *muchacho*. Uno de los mejores.

—¿Y por qué te enviaron al Desierto? ¿No eres valioso?

Jorge le echó una mirada a Brenda.

—Adonde Brenda vaya, yo voy con ella. Y detesto admitirlo, pero ir al Desierto me pareció mejor que permanecer aquí. Yo lo tomé como una vacación. Terminó siendo un poco más difícil que…

Una alarma comenzó a sonar con el mismo sonido chirriante que la anterior. El corazón de Thomas dio un vuelco. El ruido era mucho más fuerte en el hangar que en el pasillo, y producía un eco en los muros y los altos techos.

Con los ojos bien abiertos, Brenda clavó la mirada en las puertas por las que habían ingresado y Thomas la siguió para ver qué había llamado su atención.

Con las armas en alto, unos doce guardias vestidos de negro brotaron por la abertura y comenzaron a disparar.

18

Alguien sujetó a Thomas por la camiseta y lo empujó con fuerza hacia la izquierda. Trastabilló y se desplomó detrás de la caja de embalaje justo cuando el hangar se llenaba de ruidos de vidrios rotos y chisporroteos de electricidad. Los rayos de luz se extendían alrededor de la caja, chamuscando el aire. Antes de que pudieran recuperarse, una ráfaga de balas se incrustaron en la madera.

—¿Quién los dejó escapar? —preguntó Minho.

—¡Qué importa eso ahora! —gritó Newt.

Los chicos se agacharon y se apretaron unos contra otros. Desde esa posición, parecía imposible que pudieran devolver la agresión.

—En cualquier momento nos atacarán por los flancos —exclamó Jorge—. ¡Tenemos que comenzar a disparar!

A pesar de la violenta ofensiva que se estaba llevando a cabo, la afirmación impactó a Thomas.

—Debo suponer que estás con nosotros, ¿no?

El piloto miró a Brenda y se encogió de hombros.

—Si ella te ayuda, yo la sigo. Y por si no lo has notado, ¡ellos también están tratando de matarme a mí!

Una ola de tranquilidad se filtró a través del terror que Thomas sentía. Lo que tenían que hacer era lograr subir a una de las naves.

El embate se había disipado momentáneamente y Thomas alcanzó a oír el roce de las pisadas y los breves rugidos de las órdenes. Si querían ganar alguna ventaja, tenían que actuar con celeridad.

—¿Cómo lo hacemos? —le preguntó a Minho—. Esta vez, tú estás a cargo.

Su amigo lo miró con severidad, pero asintió levemente.

–Bueno. Yo disparo hacia la derecha y Newt hacia la izquierda. Thomas y Brenda, ustedes por arriba de la caja. Jorge, tú explora el terreno para que podamos llegar a tu miertero Berg. Dispárenle a cualquier cosa que se mueva o vista de negro. Prepárense.

Thomas se arrodilló de frente a la caja, listo para levantarse de un salto cuando Minho diera la señal. Junto a él, Brenda empuñaba dos pistolas en vez del Lanzador. Sus ojos echaban chispas.

–¿Planeas matar a alguien? –preguntó Thomas.

–No. Apuntaré a las piernas. Pero nunca se sabe: tal vez sin querer les dé más arriba.

Ella le dirigió una gran sonrisa. A Thomas le gustaba cada vez más.

–¡Bueno! –gritó Minho–. ¡Ahora!

Al instante entraron en acción. Thomas se incorporó y levantó el Lanzador por encima de la caja. Sin arriesgarse demasiado, realizó el primer disparo y, una vez que escuchó la explosión de la granada, se levantó más para elegir un blanco específico. A través del recinto, un hombre se acercaba arrastrándose hacia ellos; Thomas le apuntó y apretó el gatillo. La granada estalló en haces de luz contra el pecho del guardia, que se desplomó en el piso en medio de convulsiones.

El aire del hangar se tiñó de fuego y de gritos mezclados con el sonido de la electricidad estática. Los guardias iban cayendo uno tras otro, aferrando sus heridas. Como Brenda había prometido, casi todas estaban en las piernas. Otros buscaron de inmediato dónde refugiarse.

–¡Logramos que corrieran! –aulló Minho–. Pero no durará mucho, es probable que no supieran que estábamos armados. Jorge, ¿cuál es tu Berg?

–Ese –respondió mientras señalaba hacia el rincón más alejado, a la izquierda del hangar–. Ese es mi bebé. No tardaré mucho en tenerlo listo para volar.

Thomas miró hacia donde Jorge había indicado. La gran escotilla del Berg, que recordaba de aquella vez que habían huido del Desierto, estaba abierta y apoyada en el suelo, esperando que los pasajeros ascendieran por su rampa de metal. Nada le había parecido nunca tan atrayente.

Minho disparó otra granada.

—Muy bien. Primero, todos carguen las armas. Luego Newt y yo los cubriremos para que Thomas, Jorge y Brenda puedan correr hacia el Berg. Jorge, tú lo enciendes mientras Thomas y Brenda nos cubren a nosotros desde atrás de la escotilla. ¿De acuerdo?

—¿Los Lanzadores pueden dañar el Berg? —preguntó Thomas, al tiempo que todos cargaban sus armas y bolsillos con munición adicional.

Jorge sacudió la cabeza.

—No demasiado. Estas bestias son más duras que un camello del Desierto. Si en vez de darnos a nosotros le pegan a la nave, mejor. ¡Hagámoslo, *muchachos!*

—¡Vayan ahora! —gritó Minho, sin advertencia previa. Él y Newt comenzaron a lanzar granadas como locos, descargándolas a lo largo del espacio abierto frente al expectante Berg.

Thomas sintió un frenético torrente de adrenalina. Brenda y él se ubicaron a ambos lados de Jorge y se alejaron a toda velocidad de la protección de la caja de embalaje. Una ráfaga de disparos rasgó el aire, pero debido a la electricidad y al humo, era imposible apuntarle a nadie. Mientras corría, Thomas disparó su arma lo mejor que pudo, al igual que Brenda. Podía sentir las balas que pasaban rozando a su lado. Las granadas de los Lanzadores explotaban con un estrépito de vidrios y luces a un lado y hacia el otro.

—¡Corran! —rugió Jorge.

Thomas se obligó a aumentar la velocidad; las piernas le ardían. Desde todas direcciones, filosos rayos de luz azotaban el piso; las balas se estrellaban contra las paredes metálicas del hangar; el humo se arremolinaba como jirones de bruma en extraños rincones. En medio de la nebulosa, intentó fijar la atención en el Berg, que se hallaba a sólo cinco metros de distancia.

Cuando estaban a punto de lograrlo, una granada se estrelló en la espalda de Brenda, quien se desplomó con un chillido. Su cara chocó contra el piso de cemento al tiempo que la electricidad se extendía como una tela de araña por todo su cuerpo.

De un patinazo, Thomas se detuvo y gritó su nombre. Luego se arrojó al suelo para ser un blanco más pequeño. Estelas de fuego eléctrico serpenteaban por los miembros de Brenda hasta quedar reducidas a volutas de humo que se alejaban por el suelo. A pocos metros, Thomas yacía sobre su estómago, esquivando las cintas erráticas de fuego blanco mientras buscaba la manera de acercarse a ella.

Al ver el desastroso giro de los acontecimientos, Newt y Minho abandonaron el plan y se lanzaron hacia él sin dejar de disparar. Jorge había llegado al Berg y se perdió dentro de la escotilla. Al instante volvió a salir con una versión distinta de Lanzador, cuyas granadas, al hacer contacto, explotaban en chorros de fuego arrasador. Varios guardias aullaron al arder en llamas, y los demás retrocedieron un poco ante la nueva amenaza.

Maldiciendo su incapacidad para ayudar, Thomas permaneció lleno de ansiedad en el piso junto a Brenda. Sabía que tenía que esperar que se disipara la electricidad antes de poder sujetarla y comenzar a arrastrarla hasta el Berg, pero no estaba seguro de tener tiempo. El rostro de ella había palidecido por completo; de su nariz goteaba sangre y la saliva brotaba de su boca abierta. Los miembros se agitaban y el tronco parecía rebotar en el piso. Tenía los ojos muy abiertos, paralizados por el terror y el impacto.

Newt y Minho llegaron hasta él y se arrojaron al suelo.

—¡No! —gritó Thomas—. Sigan adelante. Vayan hasta el Berg y escóndanse detrás de la escotilla. Esperen hasta que comencemos a movernos y luego cúbrannos. No dejen de disparar hasta que los alcancemos.

—¡No, vamos todos juntos ahora! —le contestó Minho. Tomó a Brenda de los hombros y a Thomas se le detuvo el corazón al ver que su amigo parpadeaba: varios relámpagos de luz treparon por sus brazos. Pero la energía se había debilitado considerablemente, así que Minho logró ponerse de pie y comenzó a tirar de ella.

Thomas pasó sus brazos por debajo de los hombros de Brenda, Newt la levantó por las piernas y enfilaron hacia la nave. El hangar era un caos de ruido, humo y rayos de luz. Una bala rozó la pierna de Thomas:

un rasguño ardiente de dolor y luego la sangre brotó de la herida. Unos centímetros más y habría quedado lisiado de por vida o habría sangrado hasta morir. Lanzó un grito de furia y se imaginó a todos de negro como el que le había disparado.

Le echó un vistazo a Minho, que tenía la cara hinchada por el gran esfuerzo que realizaba al transportar a Brenda. Thomas aprovechó su repentino aumento de adrenalina y se arriesgó: con una mano, alzó el Lanzador por encima de él y disparó al azar mientras utilizaba la otra para ayudar a arrastrar a Brenda por el piso.

Arribaron al pie de la escotilla. De inmediato, Jorge arrojó su arma gigante y se deslizó por la rampa para sujetar uno de los brazos de Brenda. Thomas soltó la camiseta de ella y dejó que Minho y Jorge la subieran a la nave. Sus talones martillaron contra la pendiente metálica.

Newt comenzó a disparar nuevamente, mandando granadas en todas direcciones hasta quedarse sin munición. Thomas lanzó un explosivo más y su Lanzador también se vació.

Los guardias que se encontraban en el hangar comprendieron que esa era su última oportunidad. Una horda salió a toda prisa hacia la nave y abrió fuego una vez más.

—¡No hay tiempo para recargar! —gritó Thomas—. ¡Vámonos!

Newt trepó la rampa gateando, con Thomas detrás. Su cabeza había logrado cruzar la entrada cuando algo le golpeó la espalda con fuerza. En un instante sintió el calor de miles de rayos de electricidad que le pegaban al mismo tiempo. Se desplomó hacia atrás y rodó por el declive hasta aterrizar en el piso del hangar. En medio de los espasmos, sus ojos fueron ingresando en la penumbra.

19

Thomas tenía los ojos abiertos pero no podía ver nada. No, la cosa no era así. Unas luces brillantes se movían en círculos alrededor de su campo visual, cegándolo. No podía pestañear y le resultaba imposible cerrar los párpados para no verlas. El dolor se extendió por su cuerpo. Sintió que se le derretía la piel por encima de los huesos y de los músculos. Trató de hablar, pero era como si hubiera perdido el control de sus funciones. Por más que se esforzaba, no lograba dominar los movimientos espasmódicos de su cuerpo.

Los chisporroteos y las explosiones de electricidad inundaban sus oídos, pero pronto un ruido nuevo se impuso sobre los demás: un zumbido profundo y monótono que golpeaba sus oídos y retumbaba dentro de su cabeza. Se hallaba en el límite de la consciencia, como si se deslizara una y otra vez hacia un abismo que amenazaba con devorarlo. Pero en su interior sabía muy bien qué era ese ruido. Los motores del Berg se habían encendido, los propulsores lanzaban sus llamaradas azules.

Enseguida pensó que lo iban a abandonar. Primero Teresa y los demás; ahora sus amigos más cercanos y Jorge. No podía soportar más traiciones. Se sentía muy lastimado. Quería gritar, pero un dolor punzante le clavaba agujas en cada centímetro de su cuerpo y el olor a quemado lo agobiaba. No, ellos no lo dejarían. Estaba seguro.

Gradualmente su visión comenzó a aclararse y las descargas blanquecinas disminuyeron en fuerza y cantidad. Parpadeó. Dos, después tres siluetas vestidas de negro se irguieron sobre él con las armas dirigidas hacia su rostro. Guardias. ¿Lo matarían? ¿Lo llevarían de vuelta con la Rata para que le hicieran más pruebas? Uno de ellos habló, pero Thomas no alcanzó a oír las palabras: la estática zumbaba en sus oídos.

De repente, los guardias desaparecieron, abatidos por dos figuras que, aparentemente, volaron por el aire. Sus amigos; tenían que ser ellos. A través de una capa de humo, Thomas divisó el techo del hangar a gran altura. El dolor casi se había disipado y había sido reemplazado por un entumecimiento que lo llevó a cuestionarse si sería capaz de moverse. Débil y mareado, se desplazó hacia la derecha, luego rodó hacia la izquierda y se apoyó en un codo. Unos últimos hilitos de electricidad resbalaron por su cuerpo y se desvanecieron en el cemento. Lo peor ya había pasado. Eso esperaba.

Se movió una vez más y miró hacia atrás por encima del hombro. Newt y Minho estaban sentados sobre sendos guardias, mientras les propinaban una buena paliza. De pie en medio de los dos Habitantes, Jorge disparaba su feroz Lanzador en todas direcciones. La mayoría de los guardias debían haber abandonado la pelea o los habrían inutilizado; de otra forma, Thomas y los otros no habrían logrado llegar tan lejos. *O quizá,* pensó, *los guardias estaban fingiendo, armando una puesta en escena, como había ocurrido en las Pruebas.*

No le importaba. Sólo quería marcharse de ahí. Y la forma de escapar se encontrabas delante de él.

Con un quejido, giró sobre su estómago y se incorporó, apoyándose en las manos y en las rodillas. La atmósfera que lo rodeaba estaba invadida por el ruido de los vidrios que se quebraban, el chisporroteo de los rayos de electricidad, las explosiones de los disparos y el sonido metálico de las balas contra el metal. Si le disparaban en ese momento, no podría hacer nada para defenderse más que arrastrase hacia el Berg. Mientras se cargaban, los propulsores de la máquina zumbaban produciendo una vibración que sacudía la tierra que se hallaba debajo de él. La escotilla estaba a un par de metros de distancia. Tenían que subir a la nave.

Intentó comunicarse con Minho y los demás, pero sólo logró emitir un gorgoteo. Como un perro herido, comenzó a desplazarse con las manos y las rodillas con toda la rapidez que su cuerpo le permitía. Tenía que luchar para sacar la fuerza que todavía quedaba en su interior. Alcanzó la base de la rampa, empujó el cuerpo sobre ella y comenzó a trepar. Le dolían los músculos y la sensación de náusea brotaba de su estómago. Los sonidos de la batalla machacaban sus oídos y erizaban sus nervios. Algo podía pegarle en cualquier momento.

Cuando se hallaba a la mitad de la pendiente, hizo una pausa para observar a sus amigos, que se aproximaban a él, retrocediendo de espaldas sin dejar de disparar. Minho tuvo que detenerse para recargar el arma y Thomas creyó que podrían herirlo o quemarlo con una granada. Pero su amigo terminó la maniobra y continuó andando. Los tres llegaron al pie de la escotilla; ya estaban tan cerca.

Thomas trató de hablar una vez más y sonó como un perro herido.

—¡Listo! —exclamó Jorge—. ¡Sujétenlo y llévenlo adentro!

El piloto pasó corriendo junto a Thomas y desapareció en el interior. Se escuchó un fuerte sonido metálico y la rampa comenzó a levantarse con un horrendo chirrido de las bisagras. Thomas se dio cuenta de que se había desplomado y tenía la cara contra la plataforma de metal, pero no sabía cuándo había ocurrido eso. Sintió que unas manos lo tomaban de la camiseta y lo levantaban en el aire. Luego volvió a caer con fuerza, justo en el momento en que la escotilla se cerraba y los cerrojos quedaban bloqueados.

—Lo siento, Tommy —murmuró Newt en su oído—. Supongo que podría haber sido un poco más suave.

A pesar de que se encontraba casi inconsciente, una alegría indescifrable le conmovió el corazón: estaban escapando de CRUEL. En un intento por compartir la emoción con su amigo, emitió un gruñido débil. Después cerró los ojos y se desmayó.

20

Cuando Thomas despertó, vio a Brenda que lo miraba fijamente desde arriba. Parecía preocupada. Estaba pálida y tenía huellas de sangre seca en el rostro. Había hollín en su frente y un moretón en su mejilla. Como si las heridas de ella hubieran disparado su sensibilidad, percibió de golpe sus propias heridas aguijoneándole todo el cuerpo. No sabía cómo funcionaban las granadas de esos Lanzadores, pero estaba contento de que le hubieran pegado sólo una vez.

—Yo también acabo de despertarme —dijo Brenda—. ¿Cómo te sientes?

Thomas se apoyó en un codo y profirió un gemido ante el dolor agudo que el movimiento le produjo en la pierna, donde había recibido la bala.

—Como un balde de plopus.

Se encontraba echado en una litera dentro de una inmensa zona de carga que no tenía más que un montón de muebles que no hacían juego. Minho y Newt estaban durmiendo una bien merecida siesta en un par de sofás destartalados, arropados con mantas hasta el cuello. Thomas sospechó que Brenda había sido la responsable de eso: parecían niñitos cómodos y abrigados.

Hasta entonces, ella había estado arrodillada junto a su catre. Luego se levantó y se sentó a su lado en un sillón viejo.

—Dormimos casi diez horas.

—¿En serio? —exclamó Thomas con incredulidad. Tenía la sensación de que hacía poco que se había dormido. Quizá *desmayado* habría sido el término más exacto.

Brenda asintió.

—¿Llevamos tanto tiempo volando? ¿Adónde vamos, a la luna? —preguntó, mientras llevaba las piernas hacia el piso y se sentaba en el borde de la litera.

—No. Jorge se alejó de allí unos ciento cincuenta kilómetros y después aterrizó en un gran descampado. Él también se está echando un sueñito. El piloto tiene que estar bien despierto.

—No puedo creer que los dos recibimos un disparo de los Lanzadores. Era mucho más agradable ser el que apretaba el gatillo —dijo Thomas frotándose la cara y bostezando. Después observó las quemaduras de sus brazos—. ¿Piensas que dejarán cicatrices?

Brenda se echó a reír.

—Entre todas las preocupaciones que tenemos...

Él no pudo evitar una sonrisa. Ella tenía razón.

—Entonces —comenzó y luego prosiguió con más lentitud—. Cuando estábamos allá, la idea de escapar de CRUEL sonaba genial, pero... yo ignoro totalmente cómo es el mundo real... No es como el Desierto, ¿verdad?

—No —respondió ella—. Sólo las regiones que están entre los trópicos son un páramo. El resto tiene climas muy cambiantes. Hay unas pocas ciudades seguras donde podríamos ir. En especial siendo inmunes. Seguramente encontraríamos trabajo con mucha facilidad.

—Un trabajo —repitió Thomas como si esa palabra le resultara completamente extraña—. ¿Ya estás pensando en conseguir un trabajo?

—Piensas comer, ¿no es cierto?

El duro peso de la realidad se desplomó sobre Thomas y lo dejó sin respuestas. Si en verdad iban a escapar al mundo real, tenían que empezar a vivir como gente real. ¿Pero acaso sería eso posible en un mundo donde existía la Llamarada? Pensó en sus amigos.

—Teresa —dijo.

Sorprendida, Brenda retrocedió.

—¿Qué pasa con ella?

—¿Hay alguna forma de averiguar adónde fueron ella y los demás?

—Jorge ya lo hizo: revisó el sistema de rastreo del Berg. Fueron a una ciudad que se llama Denver.

Thomas se sintió ligeramente alarmado.

–¿Eso significa que CRUEL será capaz de encontrarnos?

–No conoces a Jorge –señaló con una sonrisa traviesa en el rostro–. No podrías creer cómo logra alterar el sistema. Deberíamos mantenernos un paso adelante de ellos, al menos por un tiempo.

–Denver –dijo Thomas unos segundos después. El nombre le sonó raro–. ¿Dónde queda eso?

–En las Montañas Rocallosas. Es un área situada a gran altura. Se eligió como zona de cuarentena porque allí el clima se recuperó muy rápidamente después de las llamaradas solares. Es un espacio tan bueno como cualquier otro.

A Thomas no le preocupaba mucho adónde fueran, sólo quería encontrar a Teresa y a los demás, que estuvieran todos juntos. Todavía no sabía muy bien por qué y tampoco estaba dispuesto a discutirlo con Brenda. Así que trató de cambiar de tema.

–¿Cómo es esa ciudad? –preguntó finalmente.

–Como todas las grandes ciudades, son inflexibles en cuanto a mantener a los Cranks fuera de los límites, y realizan análisis constantes y al azar a los residentes para determinar si tienen la Llamarada. En realidad, montaron otra ciudad en el lado opuesto del valle, adonde mandan a los recién infectados. Les pagan mucho dinero a los Inmunes para que se ocupen de ellos, aunque es muy peligroso. Ambos sitios tienen mucha seguridad.

A pesar de haber recobrado algunos recuerdos, Thomas sabía poco sobre la población que era inmune a la Llamarada. Pero se acordaba de algo que le había dicho la Rata:

–Janson mencionó que la gente detesta profundamente a los Inmunes y los llama Munis. ¿Qué habrá querido decir con eso?

–Cuando tienes la Llamarada, sabes que te volverás loco y morirás. El tema es *cuándo*. Y por más que el mundo se haya esforzado mucho, el virus siempre se abre camino entre las grietas de las zonas en cuarentena. Imagínate lo que es estar en esa situación y saber que los Inmunes no tendrán problemas. La Llamarada no les hace nada a ellos, ni siquiera transmiten el virus. ¿Tú no odiarías a la gente sana?

—Probablemente —replicó Thomas, contento de estar del lado inmune de la cuestión. Mejor ser odiado que estar enfermo—. ¿Pero no sería útil tenerlos cerca? Quiero decir, sabiendo que no pueden contagiarse la enfermedad.

Brenda se encogió de hombros.

—Claro que los utilizan —especialmente en áreas de gobierno y de seguridad— pero los demás los tratan como si fueran basura. Y es muchísimo mayor la cantidad de personas que no son inmunes. Por eso a los Munis les pagan mucho para ser guardias; de otra manera no lo harían. Algunos hasta intentan ocultar su inmunidad. O van a trabajar para CRUEL, como hicimos Jorge y yo.

—¿Ustedes se conocían de antes?

—Nos conocimos en Alaska, después de enterarnos de que éramos inmunes. Había un centro de reunión para gente como nosotros, una especie de campamento escondido. Jorge se convirtió en una suerte de tío para mí, y prometió ser mi guardián. Ya habían asesinado a mi padre, y mi mamá me apartó de su lado cuando se enfermó.

Con los codos en las rodillas, Thomas se inclinó hacia adelante.

—Me contaste que CRUEL había matado a tu papá; sin embargo, ¿te presentaste voluntariamente para trabajar con ellos?

—Supervivencia, Thomas —una expresión sombría nubló su rostro—. No sabes la suerte que tuviste al crecer bajo la tutela de CRUEL. En el mundo real, la mayoría de la gente hace lo que sea para vivir un día más. Los Cranks y los Inmunes tienen distintos problemas, es cierto, pero siempre se trata de sobrevivir. Todos quieren conservar la vida.

Thomas no respondió, pues no encontró qué decir. Lo único que conocía de la vida eran el Laberinto, el Desierto y los recuerdos fragmentarios de su infancia con CRUEL. Se sintió vacío y perdido, como si no perteneciera a ningún lado.

Un dolor repentino le estrujó el corazón.

—Me pregunto qué le habrá ocurrido a mi mamá —comentó y se mostró asombrado de sus palabras.

—¿Tu mamá? —preguntó Brenda—. ¿La recuerdas?

—Soñé varias veces con ella. En realidad, creo que eran recuerdos.

—¿Qué recuperaste? ¿Cómo era?

—Era… una mamá. Ya sabes, me quería, me protegía, se preocupaba por mí —la voz de Thomas se quebró—. Desde que me alejaron de su lado, no creo que nadie haya hecho algo así. Me duele pensar que se volvió loca y no saber qué le sucedió. Tal vez algún Crank ávido de sangre pudo…

—Basta, Thomas. No sigas —ella le tomó la mano y se la apretó, lo cual le hizo bien—. Piensa en lo contenta que se pondría si se enterara de que todavía estás vivo y peleando. Murió sabiendo que eras inmune y que tendrías una oportunidad real de envejecer, por más espantoso que sea el mundo. Además, estás totalmente equivocado.

Thomas había mantenido la vista fija en el piso, pero al escuchar la última frase, levantó la mirada.

—¿Qué?

—Minho, Newt, Sartén: todos tus amigos te quieren y se preocupan por ti. Hasta Teresa. Ella hizo todas esas cosas en el Desierto porque pensaba que no le quedaba otra alternativa —Brenda se detuvo y luego agregó en voz más baja—. Chuck.

La punzada que Thomas sentía dentro del pecho se agudizó.

—Chuck. Él… es… —tuvo que hacer una pausa para recuperarse. Chuck era la razón más poderosa para detestar a CRUEL. ¿En qué los podría haber beneficiado matar a un chico como Chuck?

Al cabo de unos segundos, continuó.

—Yo lo vi morir. Durante los últimos segundos, tenía los ojos ensombrecidos por el terror. No se puede hacer algo así. No se le hace eso a una persona. No me importa lo que digan ni cuánta gente se vuelva loca y muera, ni que toda la miertera raza humana se extinga. Si ese fuera el requisito esencial para conseguir la cura, aun así estaría en contra.

—Cálmate, Thomas. Te vas a destrozar los dedos.

No recordaba cuándo le había soltado la mano. Miró hacia abajo y vio que tenía las manos tan apretadas que la piel estaba completamente blanca. Se relajó y sintió que la sangre fluía nuevamente.

Brenda sacudió la cabeza con solemnidad.

—Allá en el Desierto, yo cambié totalmente. Lamento todo lo que ocurrió.

Thomas hizo un gesto de asentimiento.

—No tienes un solo motivo más que yo para disculparte. Esto no es más que un gran desastre —gruñó. Volvió a tumbarse en la litera y se quedó observando la cuadrícula metálica del techo.

Después de una pausa prolongada, Brenda habló otra vez.

—Quizá logremos encontrar a Teresa y a los demás. Y a formar un grupo. Ellos escaparon, lo cual significa que están de nuestro lado. Creo que tendríamos que esperar antes de juzgarlos. Tal vez no les quedó otra opción que irse sin nosotros. Y no es ninguna sorpresa que se hayan dirigido hacia donde dijo Jorge.

Alentando la esperanza de que Brenda tuviera razón, Thomas desvió la vista hacia ella.

—Entonces piensas que deberíamos ir a…

—Denver.

De repente, Thomas se sintió seguro y contento.

—Claro, Denver.

—Pero tus amigos no son el único motivo —sonrió Brenda—. Allí hay algo todavía más importante.

21

Ansioso por oír lo que iba a decir, Thomas se quedó mirando a Brenda.

—Tú sabes lo que tienes en el cerebro —dijo—. Por lo tanto, ¿cuál es nuestra mayor preocupación?

—Que CRUEL logre rastrearnos o controlarnos —respondió Thomas.

—Exactamente —acotó Brenda.

—¿Y? —preguntó. Una vez más, la impaciencia no lo dejaba respirar.

Volvió a sentarse frente a él y se inclinó hacia adelante, frotándose las manos con entusiasmo.

—Conozco a un tipo que se llama Hans, que se mudó a Denver. Es inmune como nosotros. Es médico. Trabajó para CRUEL hasta que tuvo una discrepancia con los de arriba acerca de los procedimientos relacionados con los implantes cerebrales. Pensaba que lo que estaban haciendo era demasiado arriesgado. Que estaban cruzando ciertos límites, actuando en forma inhumana. CRUEL no le permitió irse, pero logró escapar.

—Esos tipos tendrían que revisar el sistema de seguridad —masculló Thomas.

—Lo cual es una suerte para nosotros —afirmó Brenda con una sonrisa burlona—. Hans es un genio. Conoce hasta el último detalle de los implantes que ustedes tienen en la cabeza. Sé que se fue a Denver porque me mandó un mensaje por Netblock justo antes de que me enviaran al Desierto. Si lo encontramos, él podrá quitarles esas cosas de la cabeza. O al menos anularlas. No sé cómo funcionan, pero si hay alguien que puede hacerlo, es él. Y estará encantado. El tipo odia a CRUEL tanto como nosotros.

Thomas meditó durante unos segundos.

—Y si ellos nos controlan, estaremos en serios problemas. Yo los vi hacerlo al menos tres veces…

Alby luchando contra una fuerza invisible en la Finca; Gally, enajenado, empuñando el cuchillo que mató a Chuck y, por último, Teresa haciendo un gran esfuerzo para hablarle a Thomas afuera de la choza, en el Desierto. Esas tres imágenes se encontraban entre sus recuerdos más perturbadores.

–Exacto. Ellos podrían manipularte, obligarte a actuar. No pueden ver a través de tus ojos ni oír tu voz, pero tenemos que reparar tus dispositivos. Si están lo suficientemente cerca como para tenerte bajo observación y si deciden que vale la pena arriesgarse, intentarán hacerlo. Y eso sería terrible.

Había muchas decisiones que tomar.

–Bueno, veo que existen diversas razones para ir a Denver. Ya veremos qué piensan Minho y Newt cuando despierten.

–Me parece bien –aceptó Brenda. Se puso de pie y se acercó a él. Luego se inclinó y le dio un beso en la mejilla. A Thomas se le erizó la piel del pecho y de los brazos–. ¿Sabes?, casi todo lo que sucedió en aquellos túneles *no* fue una actuación –se levantó y lo miró unos segundos en silencio–. Voy a despertar a Jorge, que está durmiendo en el sector del capitán.

Cuando se marchó, Thomas permaneció sentado rogando que su rostro no se hubiera encendido al recordar el momento en que ella había estado tan cerca de él en el Submundo. Se recostó en la litera y trató de procesar lo que acababa de escuchar. Por fin tenían un objetivo. Sintió que una sonrisa se dibujaba en su rostro y no se debía solamente al beso de Brenda.

Para recordar viejos tiempos, Minho convocó a una asamblea.

Cuando estaba por finalizar, a Thomas le estallaba la cabeza. El dolor era tan fuerte que pensó que los ojos se le saldrían de las órbitas. Minho hizo de abogado del diablo en cada tema que trataron y, por alguna razón, se pasó toda la charla echándole a Brenda miradas asesinas. Thomas sabía que debían analizar las cuestiones desde todos los ángulos posibles, pero deseaba que Minho dejara a Brenda en paz.

Al terminar, después de una hora de discusión y de empezar de nuevo decenas de veces, decidieron –por unanimidad– ir a Denver. El plan era aterrizar el Berg en un aeropuerto privado con la excusa de que eran inmunes y buscaban trabajo en el área de transporte del gobierno. Por suerte, el Berg no estaba marcado. Aparentemente, CRUEL no había hecho el anuncio cuando lo lanzó al mundo real. De esa manera, les harían los análisis y los marcarían como inmunes a la Llamarada, lo cual les permitiría entrar a la ciudad propiamente dicha. Todos excepto Newt, quien debido a que estaba infectado tendría que permanecer en el Berg hasta que ellos encontraran alguna solución.

Después de una comida rápida, Jorge se fue a pilotear la nave. Dijo que había descansado bien y que quería que todos los demás durmieran una buena siesta, ya que tardarían unas horas más llegar a la ciudad. Una vez allí, era imposible saber cuánto les tomaría encontrar un refugio donde pasar la noche.

Thomas sólo deseaba estar solo, de modo que utilizó su dolor de cabeza como excusa. Encontró un pequeño sillón reclinable en un rincón alejado y se acurrucó con la espalda hacia el espacio abierto. Tenía una manta, que extendió encima de su cuerpo. Lo invadió una sensación de calidez que no había experimentado en mucho tiempo. Y, aunque tenía miedo de lo que podría sobrevenir, también se sintió en paz. Quizá ya estaban más cerca de romper para siempre los lazos que los unían a CRUEL.

Pensó en la fuga y en todo lo que les había ocurrido en el camino. Cuanto más lo analizaba, más dudaba de que algo de eso hubiera sido orquestado por CRUEL. Muchas cosas se habían llevado a cabo de manera imprevista y aquellos guardias habían luchado con fiereza para mantenerlos allí.

Finalmente, el agotamiento lo venció y cayó en un profundo sueño.

Tenía apenas doce años y estaba sentado en una silla frente a otro hombre, que se notaba afligido de estar allí. Se encontraban en una habitación con una ventana de observación.

–Thomas –comenzó el hombre triste–. Últimamente has estado un poco… distante. Necesito que vuelvas a concentrarte en lo que es importante. Tú y Teresa están trabajando muy bien con la telepatía y las cosas están avanzando perfectamente, de acuerdo con todos los cálculos. Es hora de hacer un esfuerzo más.

Thomas se sintió avergonzado, y luego, avergonzado de estar avergonzado. Todo aquello lo confundía; quería salir corriendo y regresar a su dormitorio. El hombre lo percibió.

—No vamos a salir de esta habitación hasta que yo esté satisfecho con tu nivel de compromiso —las palabras eran como una sentencia de muerte dictada por un juez despiadado—. Responderás a mis preguntas y más vale que la sinceridad te brote por los poros. ¿Comprendes?

Thomas asintió.

—¿Por qué estamos acá? —preguntó el hombre.

—Por la Llamarada.

—Es muy poco. Necesito que te explayes un poco más.

Thomas hizo una pausa. Hacía un tiempo había surgido en él una especie de rebeldía, pero sabía que una vez que repitiera todo lo que ese hombre deseaba escuchar, se disiparía. Volvería a hacer lo que le pidieran y a estudiar lo que le pusieran delante.

—Continua —lo instó el hombre.

Palabra por palabra, Thomas fue recitando todo de prisa, como lo había memorizado mucho tiempo atrás.

—Las llamaradas solares sacudieron la Tierra con gran intensidad. La seguridad de varios edificios se vio afectada. De un centro militar para el control de enfermedades se filtró un virus diseñado por el hombre para la guerra biológica. Ese virus atacó a las poblaciones más importantes y se propagó con rapidez. Se le conoció como la Llamarada. Los gobiernos que sobrevivieron colocaron todos sus recursos en CRUEL, cuyos miembros buscaron, entre los que eran inmunes, a los mejores y a los más brillantes. Su propósito era estimular y realizar un plano de los patrones cerebrales de todas las emociones humanas conocidas y estudiar cómo funcionamos pese a tener la Llamarada arraigada adentro del cerebro. La investigación llevará a…

Siguió hablando sin parar, respirando al compás de esas palabras que odiaba.

El Thomas que estaba soñando huyó corriendo y se perdió en la oscuridad.

22

Thomas decidió que tenía que contarles a todos acerca de esos sueños que lo asaltaban, que debían ser recuerdos que estaban regresando a él.

Mientras se disponían a tener la segunda asamblea del día, les hizo prometer que no abrirían la boca hasta que él hubiera terminado. Habían agrupado las sillas cerca de la cabina del Berg para que Jorge pudiera escuchar todo. Entonces Thomas comenzó a describirles cada sueño que había tenido: su niñez, el momento en que CRUEL se lo llevó tras descubrir que era inmune, su entrenamiento con Teresa, todo. Cuando dejó salir hasta el último recuerdo, se quedó esperando la respuesta.

—No sé qué relación tiene todo eso con lo que nos ocurre –dijo Minho–. Sólo hace que odie todavía más a CRUEL. Qué bueno que nos fuimos y espero no tener que ver la miertera cara de Teresa otra vez.

Newt, que había estado irritable y distante, habló por primera vez.

—Brenda es una maldita princesa al lado de esa sabihonda.

—Humm… ¿gracias? –repuso Brenda poniendo los ojos en blanco.

—¿Cuándo cambiaste? –disparó Minho.

—¿Cómo? –preguntó Brenda.

—¿Cuándo te enojaste tanto con CRUEL? Tú trabajaste para ellos. En el Desierto hiciste todo lo que te pidieron. Estabas muy dispuesta a ayudarlos a colocarnos esa máscara en la cara para controlarnos y engañarnos nuevamente. ¿Cuándo y cómo te pusiste tan decididamente de nuestra parte?

Brenda lanzó un suspiro; se veía cansada, pero sus palabras brotaron cargadas de ira.

—Yo nunca estuve del lado de CRUEL. Jamás. Siempre me opuse a la forma en que ellos se manejaban, ¿pero qué podía hacer yo sola? ¿O con

Jorge? Hice lo necesario para sobrevivir. Pero después conviví con ustedes en el Desierto y eso me hizo comprender… bueno, descubrí que existía una oportunidad.

Thomas deseaba cambiar de tema.

–Brenda, ¿piensas que los miembros de CRUEL volverán a forzarnos a hacer lo que ellos quieren? ¿A jugar con nosotros, a manipularnos?

–Por eso tenemos que encontrar a Hans –respondió, encogiéndose de hombros–. Sólo puedo suponer lo que haría CRUEL. Cada vez que los he visto controlar a alguien con el dispositivo del cerebro, se trataba de una persona a la que tenían cerca y bajo estricta observación. Dado que ustedes han escapado y no permanecen en un lugar fijo, ellos no tienen forma de observar con exactitud lo que están haciendo. Por lo tanto, es probable que prefieran no arriesgarse.

–¿Por qué no? –preguntó Newt–. ¿Por qué no hacen que nos clavemos un cuchillo en la pierna o nos encadenemos a una silla hasta que nos encuentren?

–Como ya les dije, no están suficientemente cerca –respondió Brenda–. Es obvio que los necesitan y no pueden correr el riesgo de que se lastimen o mueran. Estoy segura de que han mandado todo tipo de gente a perseguirlos. Una vez que se acerquen lo necesario como para poder observarlos, es posible que empiecen a tratar de manipular su mente. Y el olfato me dice que lo van a hacer, por lo cual es esencial ir a Denver.

Thomas ya había tomado una decisión.

–Vamos a ir y no se discute más. Además, propongo que esperemos cien años antes de volver a reunirnos para hablar de estas cuestiones.

–Esa es buena –dijo Minho–. Estoy contigo.

Eran dos contra tres. Todas las miradas se volvieron hacia Newt.

–Soy un Crank –dijo el chico mayor–. Mi maldita opinión no es importante.

–Podemos introducirte en la ciudad –comentó Brenda, ignorándolo–. Al menos el tiempo suficiente para que Hans trabaje en tu cerebro. Tendremos mucho cuidado de mantenerte lejos de…

Newt saltó violentamente de su asiento y golpeó la pared que se encontraba detrás.

—Primero, no importa si tengo esa cosa en el cerebro. En muy poco tiempo ya estaré más allá del maldito Final. Y no quiero morir sabiendo que anduve por una ciudad de gente sana infectando a todo el mundo.

Thomas se acordó del sobre que tenía en el bolsillo. Lo había olvidado casi por completo. Movió los dedos nerviosamente como para sacarlo y leerlo.

Nadie dijo una palabra.

La expresión de Newt se ensombreció.

—No se maten tratando de convencerme —gruñó finalmente—. Todos sabemos que la milagrosa cura de CRUEL no funcionará y, además, yo no la querría. En este planeta garlopo no queda mucho por qué vivir. Cuando ustedes entren en la ciudad, yo me quedaré esperando en el Berg —concluyó. Luego se alejó pisando fuerte y desapareció por la esquina que conducía al área común.

—Eso sí que estuvo fantástico —gruñó Minho—. Me temo que la asamblea ha terminado —se puso de pie y siguió a su amigo.

Brenda frunció el seño y observó a Thomas.

—Estás —*estamos*— haciendo lo correcto.

—Creo que ya nada es correcto o incorrecto —dijo Thomas, percibiendo la insensibilidad en su propia voz. Deseaba dormir con desesperación—. Sólo horrible y no-tan-horrible.

Se levantó y fue a reunirse con los otros dos Habitantes, al tiempo que toqueteaba la nota que llevaba en el bolsillo. *¿Qué podía decir?*, se preguntó. *¿Y cómo se daría cuenta de que había llegado el momento indicado para abrirla?*

23

Thomas no había tenido mucho tiempo para imaginar cómo sería el mundo sin el control de CRUEL. Pero ahora que realmente lo iban a enfrentar, sus nervios se encendieron ante la expectativa y se le hizo un nudo en el estómago. Estaba por entrar en territorio desconocido.

—Chicos, ¿están listos para lo que viene? —preguntó Brenda. Se encontraban afuera del Berg, al pie de la rampa, a unos treinta metros de un muro de cemento con grandes puertas de hierro.

Jorge lanzó un bufido.

—Había olvidado lo atractivo que era este lugar.

—¿Estás seguro de que sabes lo que haces? —le preguntó Thomas.

—Sólo tienes que mantener la boca cerrada, *hermano,* y dejar que yo me encargue de todo. Usaremos nuestros verdaderos nombres con apellidos falsos. Al fin de cuentas lo único que les importa es que seamos inmunes. Les encantará tenernos registrados. En uno o dos días nos van a rastrear para pedirnos que realicemos alguna tarea para el gobierno. Somos valiosos. Y lo repito una vez más: Thomas, tienes que cerrar tu bocota.

—Tú también, Minho —agregó Brenda—. ¿Está claro? Jorge hizo documentos falsos para todos, y él es un maestro del engaño.

—No me digas —musitó Minho.

Jorge y Brenda enfilaron hacia las puertas con Minho detrás. Thomas vaciló. Cuando alzó la vista hacia la pared, se acordó del Laberinto y un vendaval de recuerdos horrendos sopló por su mente. Pero hubo uno en especial: la noche en que había atado a Alby a la espesa enredadera para ocultarlo de los Penitentes. Por suerte, los muros que tenía delante estaban desnudos.

La caminata hasta la salida le pareció interminable. La altura de la pared y las puertas gigantescas aumentaba a medida que el grupo se aproximaba a ellas. Cuando finalmente llegaron a la inmensa entrada, se escuchó un zumbido electrónico seguido de una voz femenina.

–Indiquen sus nombres y motivo de la estadía.

Jorge respondió en voz muy alta.

–Soy Jorge Gallaraga y estos son mis socios, Brenda Despain, Thomas Murphy y Minho Park. Vinimos a reunir información y hacer un análisis de campo. Soy piloto de Berg matriculado. Traigo todos los documentos necesarios, pero pueden revisarlos si lo desean –señaló. Luego extrajo algunas tarjetas de información del bolsillo trasero y las mostró a una cámara que había en la pared.

–Un momento, por favor –ordenó la voz. El sudor cubría la frente de Thomas: estaba seguro de que la mujer haría sonar una alarma en cualquier momento. Los guardias irrumpirían en el lugar y lo enviarían de regreso a CRUEL, a la habitación blanca o a algo todavía peor.

Con la mente trabajando aceleradamente, esperó varios minutos hasta que se escuchó el repiqueteo de una serie de sonidos metálicos y, a continuación, un golpe fuerte. Luego, una de las puertas de hierro comenzó a abrirse hacia fuera. Thomas espió por la abertura y se tranquilizó al comprobar que el pasadizo angosto que había del otro lado estaba vacío. Al final, había otro muro inmenso con otra serie de puertas, que parecían más modernas. En la pared hacia su derecha, había paneles y pantallas empotrados en el cemento.

–Vamos –dijo Jorge y cruzó la puerta como si estuviera acostumbrado a hacerlo. Thomas, Minho y Brenda lo siguieron por el pasillo hasta la pared exterior, donde se detuvo. De cerca, los paneles y las pantallas que Thomas había visto desde el otro lado eran de mayor tamaño. Jorge oprimió un botón en la pantalla más grande y comenzó a ingresar todos los nombres y números de identificación falsos. Escribió algunos datos más y luego introdujo las tarjetas de información en una ranura.

Mientras transcurrían los minutos, el grupo esperó en silencio y la ansiedad de Thomas crecía a cada segundo. Hizo un esfuerzo por no demostrarlo, pero de pronto sintió que todo había sido un gran error. Deberían haber ido a una ciudad con menos seguridad o intentar entrar en ella de otra manera. Esas personas descubrirían que estaban mintiendo. Tal vez CRUEL ya les había avisado que estuvieran atentos ante posibles fugitivos.

Tranquilo, Thomas, se dijo a sí mismo. Y por medio segundo temió haber hablado en voz alta.

Volvió a escucharse la voz de la mujer.

—Los papeles están en orden. Por favor diríjanse al puesto de análisis viral.

Jorge se movió hacia la derecha. Se abrió un panel en la pared y un brazo mecánico se proyectó hacia afuera. Era un extraño dispositivo con la forma de las cuencas de los ojos. Jorge se inclinó hacia delante y presionó la cara contra la máquina. Tan pronto como sus ojos quedaron alineados con los del brazo, un cablecito serpenteó hacia afuera y le pinchó el cuello. Hubo varios chasquidos metálicos y enseguida el cable se retrajo dentro del aparato y Jorge se alejó.

El panel completo rotó dentro de la pared y el dispositivo que había usado Jorge desapareció y fue reemplazado por uno nuevo exactamente igual.

—El siguiente —anunció la mujer.

Brenda intercambió una mirada incómoda con Thomas, se aproximó a la máquina y se inclinó sobre ella. El cable le pinchó el cuello, el aparato emitió los chasquidos y concluyó. Ella se apartó con un evidente suspiro de alivio.

—Hacía mucho que no usaba uno de esos —le susurró a Thomas—. Me ponen muy nerviosa, como si de golpe hubiera dejado de ser inmune.

Una vez más, la mujer habló.

—El siguiente.

Minho siguió el procedimiento, y por fin le llegó el turno a Thomas.

Mientras el panel giraba, caminó hacia la máquina, y tan pronto como el nuevo aparato apareció y se puso en su sitio, se inclinó hacia adelante y apoyó los ojos donde se suponía que debía hacerlo. Se preparó para el dolor que le provocaría el cable, pero casi no percibió el pinchazo en el cuello. Adentro del dispositivo, todo lo que vio fueron unos destellos de luz y color. Sintió una ráfaga de aire que le hizo cerrar los ojos con fuerza y, cuando los abrió, todo estaba oscuro.

Después de varios segundos, retrocedió y se quedó esperando lo que vendría a continuación.

Finalmente, la mujer habló otra vez.

—Se ha constatado que todos están libres de ACV y se ha confirmado su inmunidad. Sepan que acá en Denver las oportunidades para los de su especie son enormes. Pero no lo divulguen por la calle. Aquí, todos gozan de buena salud y no poseen el virus, pero hay muchos que todavía no le tienen mucho aprecio a los Inmunes.

—Vinimos para realizar algunas tareas y luego nos marcharemos. Más o menos en una semana —dijo Jorge—. Espero que podamos mantener nuestro pequeño secreto… en secreto.

—¿Qué es ACV? —le susurró Thomas a Minho.

—¿Y cómo quieres que lo sepa?

—Amenaza de Contagio Viral —contestó Brenda antes de que Thomas pudiera preguntarle—. Pero no levanten la voz. Aquí resultaría sospechoso que alguien no lo supiera.

Thomas abrió la boca para decir algo, pero el estruendo de las puertas que comenzaban a deslizarse lo sobresaltó. Apareció otro pasillo con paredes de metal, que terminaba en una nueva serie de puertas cerradas. Thomas se preguntó cuánto tiempo más duraría el trámite.

—Por favor, ingresen en el detector uno a la vez —indicó la mujer. Su voz pareció acompañarlo por ese tercer corredor—. El señor Gallaraga en primer lugar.

Jorge entró en el pequeño recinto y las puertas se cerraron detrás de él.

—¿Para qué es el detector? —inquirió Thomas.

—Detecta cosas —respondió Brenda secamente.

Thomas la miró y frunció el ceño. Antes de lo que imaginaba, una alarma volvió a sonar y las puertas se abrieron. Jorge ya no estaba ahí.

—La señorita Despain es la siguiente —dijo la anunciante, repentinamente aburrida.

Brenda le hizo una seña a Thomas y entró en el detector. Un minuto después le tocó el turno a Minho, quien miró a Thomas con una expresión de seriedad en el rostro.

—Si no te veo del otro lado —le comentó en tono burlón—, recuerda que siempre te quise —y sonriendo ante la mirada de suficiencia de Thomas, cruzó las puertas.

A los pocos segundos, la mujer lo llamó a él.

Entró en el aparato y las puertas se cerraron detrás. Una ráfaga de aire lo golpeó mientras se escuchaban unos sonidos débiles. Después se abrieron las puertas que se hallaban delante de él y apareció muchísima gente por todos lados. Los latidos de su corazón se aceleraron, pero de inmediato divisó a sus amigos y se calmó. Al reunirse con ellos, quedó impactado ante la intensa actividad que percibió a su alrededor. Una bulliciosa multitud de hombres y mujeres —muchos de ellos con trozos de tela apretados contra la boca— colmaba un recibidor gigantesco, el cual tenía un techo de vidrio que dejaba entrar muchísima luz. Por una esquina alcanzó a ver las cúpulas de varios rascacielos, aunque no parecían gran cosa comparados con aquellos que habían encontrado en el Desierto. Brillaban bajo los rayos del sol. Thomas estaba tan absorto ante todo lo que lo rodeaba, que casi olvidó lo nervioso que se había sentido unos minutos antes.

—*Muchacho,* no está tan mal después de todo, ¿no? —le preguntó Jorge.

—A mí me gusta —dijo Minho.

Thomas estaba totalmente maravillado. No podía dejar de estirar el cuello para recorrer con la vista todo el edificio en el que habían ingresado.

—¿Qué es este lugar? —logró preguntar finalmente—. ¿Quiénes son todas estas personas? —indagó, escudriñando a sus tres compañeros en busca de una respuesta. Jorge y Brenda parecían avergonzados de estar con él. Pero la expresión de ella cambió bruscamente y se fundió en una especie de tristeza.

—Siempre me olvido de que has perdido tus recuerdos —murmuró y luego abrió los brazos para señalar lo que los rodeaba—. Esto es un centro comercial. Ocupa todo el muro que rodea la ciudad y básicamente está compuesto por tiendas y oficinas.

—Nunca había visto tanta… —su voz se fue apagando. Un hombre de chaqueta azul oscuro se aproximaba hacia ellos con la mirada puesta en Thomas. Y no se veía muy contento.

—Miren —murmuró Thomas, señalando al desconocido.

Antes de que alguien lograra hablar, el hombre los alcanzó y los saludó con un gesto seco.

—Sabemos que algunas personas escaparon de CRUEL. Y a juzgar por el Berg en el que vinieron, supongo que ustedes forman parte de ese grupo. Les recomiendo seriamente que sigan el consejo que voy a darles. No tienen nada que temer, sólo les pedimos ayuda y los protegeremos cuando lleguen.

Le tendió un papel a Thomas y se marchó sin agregar una sola palabra.

—¿Qué fue eso? —preguntó Minho—. ¿Qué dice?

Thomas bajó la vista y leyó:

—*Tienen que venir a verme de inmediato. Estoy con un grupo llamado el Brazo Derecho. En la esquina de Kenwood y Brookshire, apartamento 2792.*

Cuando Thomas vio la firma al final de la nota, se le hizo un nudo en la garganta. Levantó los ojos hacia Minho y supo que su rostro se había puesto pálido.

—Es de Gally.

24

Thomas no tuvo que explicar nada. Brenda y Jorge habían empezado a trabajar para CRUEL bastante tiempo atrás como para saber quién era Gally, que había sido una especie de marginado en el Área, y cómo él y Thomas se habían convertido en enemigos acérrimos a causa de los recuerdos de Gally que obtuvieron durante la Transformación. Pero la única imagen que Thomas tenía en la mente era ese chico furioso arrojando el cuchillo que mató a Chuck, quien murió en sus brazos.

Después, Thomas había perdido la razón: le había pegado a Gally hasta que pensó que lo había matado. Sintió un gran alivio al descubrir que quizá no lo había hecho… si esa nota era *realmente* de Gally. Por mucho que lo hubiera odiado, Thomas no quería ser un asesino.

—No es posible que sea él —dijo Brenda.

—¿Por qué no? —preguntó Thomas al tiempo que la tranquilidad comenzaba a disiparse—. ¿Qué pasó con él después de que nos llevaron de allí? ¿Acaso…?

—¿Murió? No. Permaneció alrededor de una semana en la enfermería porque se había roto un pómulo. Pero eso no fue nada comparado con el daño psicológico. Ellos lo *usaron* para matar a Chuck porque los Psicólogos pensaron que los Paradigmas serían útiles. Todo estuvo planeado. Obligaron a Chuck a interponerse delante de ti.

Todo el enojo que Thomas había sentido por Gally se trasladó a CRUEL, alimentando así su creciente odio por la organización. El tipo había sido un completo idiota. Sin embargo, si lo que Brenda decía era cierto, no era más que un instrumento de CRUEL. Lo irritó todavía más enterarse de que la muerte de Chuck no había sido un accidente.

Brenda continuó hablando.

—Escuché que uno de los Psicólogos diseñó esa interacción como una Variable no sólo para ti y los Habitantes que estaban presentes, sino también… para Chuck, durante sus últimos minutos de vida.

Durante un instante breve pero aterrador, Thomas se sintió tan abrumado por la furia que creyó que llegaría a elegir a algún extraño al azar entre la muchedumbre y le daría una paliza, como había hecho con Gally. Respiró hondo y se pasó la mano temblorosa por el pelo.

—Ya nada me sorprende —masculló con los dientes apretados.

—La mente de Gally no logró enfrentar lo que había hecho —dijo Brenda—. Enloqueció por completo y tuvieron que enviarlo lejos. Estoy segura de que pensaron que nadie creería su historia.

—¿Y por qué piensas que no puede ser él? —preguntó Thomas—. Tal vez se puso bien y llegó hasta acá.

Brenda sacudió la cabeza.

—Mira, todo es posible. Pero yo vi al tipo; era como si tuviera la Llamarada. Trataba de devorar los sillones, escupía, gritaba y se arrancaba el pelo.

—Yo también lo vi —intervino Jorge—. Un día consiguió escapar de los guardias. Corrió desnudo por los pasillos, gritando con todas sus fuerzas que tenía escarabajos en las venas.

Thomas intentó aclarar su mente.

—Me preguntó qué querrá decir con eso del Brazo Derecho.

Jorge respondió:

—Por todos lados corren rumores acerca de él. Se supone que es un grupo clandestino que está empeñado en destruir a CRUEL.

—Mayor razón todavía para hacer lo que dice la nota —señaló Thomas.

El rostro de Brenda mostraba vacilación.

—Yo realmente creo que lo primero es buscar a Hans.

Thomas levantó el pedazo de papel y lo agitó.

—Vamos a ir a ver a Gally. Necesitamos a alguien que conozca la ciudad —además, su instinto le decía que debían empezar por ahí.

–¿Y si se trata de una trampa?

–Sí –dijo Minho–. Quizá deberíamos pensarlo mejor.

–No –insistió Thomas sacudiendo la cabeza–. Tenemos que dejar de intentar anticiparnos a ellos. A veces hacen cosas sólo para forzarme a hacer lo contrario de lo que ellos piensan que yo pienso que ellos piensan que yo quiero hacer.

–¿Eh? –preguntaron los tres al mismo tiempo, con expresión confundida.

–De ahora en adelante haré lo que considere correcto –explicó Thomas–. Y algo me dice que tenemos que ir a ese lugar a ver a Gally, al menos para averiguar si realmente se trata de él. Es una conexión con el Área y tiene todos los motivos para estar de nuestro lado.

Los demás se quedaron mirándolo con rostro inexpresivo, como si estuvieran esperando que se les ocurriera algún argumento en contra.

–Muy bien –dijo Thomas–. Interpreto todas esas miradas como respuestas afirmativas. Estoy feliz de ver que todos están de acuerdo conmigo. Veamos, ¿cómo llegamos hasta allí?

Brenda suspiró con exageración.

–¿Alguna vez oíste hablar de los taxis?

Después de una comida rápida en el centro comercial, tomaron un taxi para que los condujera por la ciudad. Cuando Jorge le entregó al conductor una tarjeta para pagar el viaje, a Thomas volvió a asaltarlo la preocupación de que CRUEL pudiera rastrearlos. Apenas se acomodaron en los asientos, le comunicó su inquietud a Jorge en un susurro para que el hombre no escuchara.

Jorge sólo atinó a echarle una mirada intranquila.

–¿Te preocupa que Gally supiera de nuestra llegada? –preguntó Thomas.

Jorge asintió.

–Un poco. Pero por la manera en que ese hombre se presentó, supongo que la noticia de que hubo una fuga pudo haberse filtrado y este grupo, el Brazo Derecho, nos ha estado buscando desde entonces. Escuché que tienen aquí su base de operaciones.

—O quizá tiene que ver con que el grupo de Teresa haya aparecido primero en esta ciudad —añadió Brenda.

Thomas no pareció muy reconfortado.

—¿Están seguros de que saben lo que están haciendo? —le preguntó a Jorge.

—Todo va a estar bien, *muchacho*. Ahora que estamos aquí, a CRUEL se le va dificultar mucho dar con nosotros. En una ciudad es más fácil de lo que piensas mezclarse entre la gente. Tranquilízate.

Thomas no creía que eso fuera posible, pero igual se reclinó en el asiento y se puso a mirar por la ventanilla.

El viaje a través de Denver le resultó alucinante. De su infancia recordaba los planeadores, esos vehículos policiales con capacidad destructiva que volaban sin tripulación y que todos llamaban "las máquinas de la poli". Sin embargo, muchas cosas no tenían nada que ver con lo que él conocía: los rascacielos gigantescos, los brillantes anuncios de publicidad holográfica, la infinidad de gente. Le parecía imposible que aquello fuera real. En su interior brotó una pequeña duda: tal vez CRUEL estaba manipulando de alguna manera sus nervios ópticos y todo eso no era más que otra ilusión. Se preguntó si habría vivido anteriormente en una ciudad como esa. Y si eso había sucedido, cómo había podido olvidar semejante esplendor.

Mientras recorrían las calles atestadas de gente, se le ocurrió que acaso el mundo no fuera un lugar tan terrible después de todo. Ahí había una comunidad entera, miles de personas que hacían su vida cotidiana. Pero el viaje continuó y, gradualmente, comenzó a percibir detalles que al principio le habían pasado inadvertidos. Y cuanto más andaban, más iba en aumento la inquietud de Thomas. Casi todas las personas parecían intranquilas. Tenía la impresión de que todos se evitaban, y no sólo por una cuestión de cortesía. Era como si actuaran de manera deliberada para mantenerse lejos de los demás. Al igual que en el centro comercial, muchos llevaban máscaras o se cubrían la boca y la nariz con trozos de tela.

Carteles y letreros tapizaban las paredes de los edificios, la mayoría de ellos rasgados o manchados con pintura en aerosol. Algunos advertían sobre la Llamarada y especificaban qué precauciones había que tomar; otros hablaban de los peligros de abandonar las ciudades o qué hacer si alguien se topaba con una persona infectada. Unos pocos tenían imágenes terroríficas de Cranks que estaban mucho más allá del Final. Thomas divisó un cartel con un primer plano de una mujer de rostro tirante, con el pelo sujeto en la nuca, con el lema: LA MINISTRA PAIGE TE QUIERE.

La Ministra Paige. De inmediato, Thomas reconoció el nombre. Brenda le había dicho que ella era la única persona en quien podía confiar. Se volvió hacia Brenda para hacerle un comentario, pero se detuvo. Algo le dijo que era mejor esperar hasta que estuvieran solos. Durante el recorrido, notó que había muchos carteles con su retrato, pero la mayoría estaban cubiertos de graffiti. Era complicado saber cuál era el aspecto real de la mujer debajo de los cuernitos y los bigotes ridículos.

Había una gran cantidad de miembros de las fuerzas de seguridad patrullando las calles. Eran cientos y todos llevaban camisas rojas y máscaras de gas, un arma en una mano y, en la otra, una versión más pequeña del dispositivo para el análisis viral en que Thomas y sus amigos habían mirado antes de entrar en la ciudad. Cuanto más se alejaban del muro que los separaba del exterior, más sucias se volvían las calles. Había basura por todos lados, las ventanas estaban destrozadas y los graffiti decoraban casi todas las paredes. Y a pesar de que el sol se reflejaba en las ventanas más altas, una profunda oscuridad se había instalado en la ciudad.

El taxi dobló en un callejón y Thomas se sorprendió al ver que estaba desierto. El auto se detuvo ante un edificio de cemento que tendría unos veinte pisos de altura. Cuando el conductor pasó la tarjeta de Jorge por la ranura y se la devolvió, Thomas interpretó que había llegado el momento de abandonar el vehículo.

Una vez que todos descendieron y el taxi se alejó, Jorge apuntó hacia la escalera más cercana.

—El número 2792 está justo ahí, en la segunda puerta.

Minho emitió un silbido.

—Parece muy hogareño —comentó.

Thomas estaba de acuerdo. El sitio era muy poco atractivo y los ladrillos grises cubiertos de graffiti lo ponían nervioso. No quería subir esos peldaños y descubrir quién esperaba en el interior.

Desde atrás, Brenda le dio un empujón.

—Fue tu idea, tú primero.

Tragó saliva con fuerza, pero no dijo nada, simplemente caminó hacia la escalera y subió lentamente, con los otros tres pegados a sus espaldas. A juzgar por los escasos restos de pintura verde descolorida, la puerta de madera torcida y resquebrajada del apartamento 2792 parecía tener miles de años.

—Esto es una locura —murmuró Jorge—. Una completa locura.

Minho resopló.

—Thomas le dio una buena paliza una vez; puede hacerlo de nuevo.

—A menos que él salga y nos apunte con un arma —replicó Jorge.

—¿Se pueden callar? —dijo Thomas, que tenía los nervios de punta. Sin decir una palabra más, extendió la mano y llamó a la puerta. Unos desesperantes segundos después, ésta se abrió.

Thomas descubrió enseguida que el chico de pelo negro que se hallaba frente a él era el mismo Gally del Área. No cabía duda alguna. Pero su rostro estaba lleno de cicatrices y gruesas líneas como babosas blancas. Su ojo derecho parecía estar siempre inflamado y la nariz, que había sido grande y ligeramente deformada *antes* del incidente de Chuck, estaba considerablemente torcida.

—Me alegra que vinieran —dijo Gally con su voz áspera—, porque el fin del mundo es inminente.

25

Gally retrocedió y abrió la puerta por completo.

—Pasen.

Al ver lo que le había hecho a Gally, Thomas sintió que lo invadía la culpa. No sabía cómo actuar ni qué decir. Sólo hizo un gesto con la cabeza y se obligó a ingresar en el apartamento.

Era una habitación sin muebles, oscura pero ordenada, que olía a tocino. Había una manta amarilla colgada sobre el gran ventanal, lo que le daba al lugar un toque fantasmagórico.

—Tomen asiento —dijo Gally.

Lo único que deseaba Thomas era averiguar cómo se había enterado el Brazo Derecho de que él se encontraba en Denver y qué quería, pero su instinto le dijo que debía respetar las reglas antes de recibir alguna respuesta. Se acomodaron en el piso desnudo: él y sus amigos de un lado y Gally frente a ellos, como si se tratara de un juez. Bajo la luz tenue, la cara de Gally era horrible, y tenía el ojo derecho inyectado de sangre.

—Ya conoces a Minho —dijo Thomas torpemente. Minho y Gally se hicieron un seco ademán con la cabeza—. Ellos son Brenda y Jorge. Son de CRUEL, pero…

—Ya sé quiénes son —lo interrumpió Gally, que no parecía estar loco, sino sólo un poco adormecido—. Esos garlopos de CRUEL me devolvieron mi pasado. Y debería agregar que lo hicieron sin preguntarme —su mirada se posó en Minho—. Tú fuiste muy amable conmigo en la última asamblea. Te lo agradezco —señaló con marcado sarcasmo.

Thomas se estremeció al recordarlo: Minho arrojando a Gally al suelo, amenazándolo. Lo había olvidado.

—Había tenido un día difícil —respondió Minho. Su expresión no dejaba transparentar si hablaba en serio o si al menos lo lamentaba un poco.

—Sí, bueno —repuso Gally—; olvidémonos del pasado —afirmó y su sonrisa dejó claro que pensaba lo contrario.

Tal vez Minho no se arrepentía de nada, pero Thomas sí.

—Gally, lamento lo que hice —le dijo sosteniéndole la mirada. Quería que le creyera, que comprendiera que CRUEL era su enemigo común.

—¿*Tú* lo lamentas? Yo maté a Chuck. Él está muerto por mi culpa.

Al escucharlo, Thomas no sintió alivio sino tristeza.

—No fue tu culpa —dijo Brenda con tono tranquilizador.

—Eso es un montón de plopus —comentó Gally con frialdad—. Si yo hubiera tenido agallas, habría impedido que me dominaran. Pero dejé que lo hicieran porque pensé que iba a matar a Thomas, no a Chuck. Jamás hubiera asesinado a ese pobre niño.

—Muy amable de tu parte —dijo Minho.

—¿Así que deseabas verme muerto? —preguntó Thomas, sorprendido ante la sinceridad del chico.

Gally lanzó una risita burlona.

—No te pongas sensible conmigo. Te odié más que a nadie en el mundo. Pero lo que sucedió en el pasado ya no tiene ninguna importancia. Tenemos que hablar del futuro. Del fin del mundo.

—Espera un segundo, *muchacho* —dijo Jorge—. Primero, nos vas a contar con todo detalle lo ocurrido desde que te despacharon de CRUEL hasta que terminaste sentado allí donde estás ahora.

—Yo quiero saber cómo te enteraste de que veníamos —agregó Minho—. Y cuándo. ¿Y quién era ese tipo extraño que nos entregó el mensaje?

Gally volvió a sonreír, con lo cual su expresión era aún más escalofriante.

—Supongo que estar con CRUEL no te hace una persona precisamente confiada, ¿no es cierto?

—Ellos tienen razón —observó Thomas—. Tienes que decirnos qué está ocurriendo. En especial, si quieres nuestra ayuda.

—¿*Su* ayuda? —recalcó Gally—. Yo no sé si lo diría de esa manera, pero estoy seguro de que tenemos los mismos objetivos.

—Escucha —dijo Thomas—. Necesitamos un motivo para confiar en ti. Habla.

Después de una pausa prolongada, Gally comenzó.

—El tipo que les dio la nota se llama Richard. Es miembro de un grupo llamado el Brazo Derecho. Tienen gente en todos los pueblos y ciudades que quedan en este asqueroso planeta. Su misión es destruir a nuestros antiguos amigos, utilizar el dinero y la influencia de CRUEL en cosas que sean realmente importantes, pero no cuentan con los recursos para desbaratar una organización tan grande y poderosa. Quieren entrar en acción, pero todavía les falta un poco de información.

—Escuchamos hablar de ellos —dijo Brenda—. ¿Y cómo te involucraste con el grupo?

—Ellos tienen un par de espías en el complejo principal de CRUEL y se pusieron en contacto conmigo para explicarme que si yo fingía estar demente, me enviarían lejos de allí. Yo habría hecho cualquier cosa para largarme de ese sitio. De todas maneras, el Brazo Derecho quería a una persona de adentro de la organización que conociera el funcionamiento del edificio, el sistema de seguridad, ese tipo de garlopa. Entonces atacaron el auto que me custodiaba y me trajeron aquí. Y con respecto a cómo supe de su llegada, recibimos un mensaje anónimo a través de Netblock. Supuse que lo habían mandado ustedes.

Thomas miró a Brenda buscando una explicación, pero ella se encogió de hombros como única respuesta.

—Así que no fueron ustedes —continuó Gally—. Quizá alguien del cuartel general dio la alerta para intentar convocar a los cazadores de recompensas o algo así. Una vez que lo supimos, sólo tuvimos que ingresar en el sistema del aeropuerto para ver dónde había aparecido un Berg.

—¿Y nos trajiste acá para hablar sobre la forma de destruir a CRUEL? —preguntó Thomas. Por más que eso no fuera ni remotamente posible, sintió renacer la esperanza.

Antes de contestar, Gally sacudió la cabeza con lentitud.

—Haces que todo suene tan sencillo… Pero, sí, ese es más o menos el meollo del asunto. Sin embargo, tenemos dos grandes problemas sobre nuestros hombros.

Brenda estaba claramente impaciente.

—¿Qué? Dilo de una vez.

—Tranquila, mujer.

—¿Qué problemas? —lo apuró Thomas.

Gally le echó una mirada de enojo a Brenda y luego volvió la vista hacia Thomas.

—En primer lugar, corren rumores de que la Llamarada se está propagando de manera desenfrenada por toda esta ciudad miertera, y que se están llevando a cabo actos de corrupción de todo tipo para ocultarlo, porque los que están enfermos son los peces gordos del gobierno. Están ocultando el virus con la Felicidad, ya que disminuye la velocidad con que evoluciona la Llamarada y permite que la gente que la tiene se mezcle con los demás. Pero el virus sigue diseminándose. Yo creo que debe estar ocurriendo lo mismo en todo el planeta. No hay forma de mantener alejada a esa bestia.

Thomas sintió el miedo en las entrañas. Lo aterraba la idea de un mundo invadido por hordas de Cranks. Le resultaba difícil imaginar hasta dónde podía empeorar la situación. Cuando eso sucediera, ser inmune no significaría nada.

—¿Cuál es el otro problema? —preguntó Minho, como si ese no fuera suficientemente malo.

—A la gente le caemos bien.

—¿Perdón? —dijo Brenda con expresión confundida—. ¿Hablas de los Inmunes?

—Claro —repuso Gally y se inclinó hacia adelante—. Están desapareciendo. Los secuestran o huyen, se esfuman en el aire, nadie lo sabe. Un pajarito me contó que los están reuniendo y los venden a CRUEL para que ellos puedan proseguir con las Pruebas. Y si fuera necesario, empezar de nuevo. No sé si será cierto, pero en los últimos seis meses la población inmune de esta y otras ciudades ha descendido a la mitad, y la mayoría se están evaporando sin dejar rastros. Está causando muchos dolores de cabeza. La ciudad los necesita más de lo que la gente imagina.

La ansiedad de Thomas se incrementó.

—¿Acaso la mayoría de la gente no odia a los Munis? Es así como nos llaman, ¿no es cierto? Tal vez los estén matando o algo por el estilo —afirmó. Detestaba la otra posibilidad que se le estaba ocurriendo: que CRUEL los estuviera secuestrando y los estuviera haciendo pasar por las mismas torturas que a él.

—Lo dudo —dijo Gally—. Mi fuente es confiable y esto huele a CRUEL hasta la médula. Estos problemas forman una mala combinación. Aunque las autoridades digan lo contrario, la Llamarada se ha extendido por toda la ciudad. Y los Inmunes están desapareciendo. Sea como sea, en Denver no va a quedar nadie. Y quién sabe qué estará pasando en otras ciudades.

—¿Y qué tenemos que ver nosotros con todo esto? —preguntó Jorge.

Gally se mostró asombrado.

—¿Qué pasa? ¿No te importa que la civilización esté por llegar a su fin? Las ciudades se están desmoronando. En poco tiempo tendremos un mundo lleno de locos que querrán comerte como almuerzo.

—Por supuesto que nos importa —replicó Thomas—. ¿Pero qué esperas de nosotros?

—Oigan, todo lo que sé es que CRUEL tiene una directiva: encontrar una cura. Y es muy obvio que eso nunca va a ocurrir. Si nosotros tuviéramos su dinero y sus recursos, podríamos usarlos para ayudar *de veras*. Para proteger a los que están sanos. Yo pensé que tú estarías de acuerdo.

Por supuesto que Thomas estaba de acuerdo. Desesperadamente.

Al no recibir respuesta, Gally se encogió de hombros.

—No tenemos gran cosa que perder. Supongo que valdría la pena intentar hacer algo.

—Gally —dijo Thomas—, ¿supiste de Teresa y de otro grupo que también escapó hoy?

—Sí —repuso Gally—. A ellos también los encontramos y les transmitimos lo mismo que les estamos diciendo a ustedes ahora. ¿Quién pensaste que era mi fuente?

—Teresa —susurró Thomas. Un destello de esperanza brilló en su interior. Seguramente ella había recuperado todos esos recuerdos sobre CRUEL cuando le extrajeron el Neutralizador. ¿Acaso la operación habría hecho que cambiara de parecer? Su insistente frase *CRUEL es bueno,* ¿sería finalmente algo del pasado?

—Exacto. Dijo que no podía estar de acuerdo con que ellos comenzaran el ciclo otra vez desde el principio. También mencionó algo acerca de que esperaba encontrarte. Pero hay una cosa más.

Thomas emitió un gruñido.

—Eso no suena muy bien.

Gally hizo un gesto de indiferencia.

—En estos tiempos lamentablemente es así. Cuando había salido a buscarlos, uno de los nuestros se topó con un extraño rumor. Dijo que estaba relacionado de alguna manera con todas esas personas que escaparon del cuartel general de CRUEL. No podría afirmar si lograron rastrearlos, pero daría la impresión de que ellos adivinaron que ustedes vendrían a Denver.

—¿Por qué? —preguntó Thomas—. ¿Qué dice el rumor?

—Hay una gran recompensa por un tipo llamado Hans, que trabajó para CRUEL y ahora vive en Denver. Ellos creen que ustedes están aquí por él y lo quieren muerto.

26

Brenda se puso de pie.

—Nos vamos ahora mismo. Dense prisa.

Jorge y Minho se levantaron y, mientras Thomas se unía a ellos, comprendió que Brenda había tenido razón. Encontrar a Hans era la prioridad. Tenían que extraerle el dispositivo de rastreo de la cabeza, y si CRUEL estaba buscando a Hans, debían apurarse para llegar antes que ellos.

—Gally, ¿juras que todo lo que nos dijiste es cierto?

—Hasta el último detalle —respondió sin moverse de su lugar—. El Brazo Derecho quiere entrar en acción. Está planeando algo en este mismo instante. Sin embargo, necesitan información sobre CRUEL, y ¿quién mejor que tú para ayudarnos? Si también podemos conseguir la colaboración de Teresa y su grupo, sería todavía mejor. Necesitamos a todas las personas que podamos reunir.

Thomas decidió confiar en Gally. Quizá nunca serían amigos, pero tenían un enemigo común, lo cual los colocaba en el mismo equipo.

—¿Qué hacemos si queremos ayudar? —preguntó finalmente—. ¿Regresamos acá? ¿Vamos a otro lado?

Gally sonrió.

—Vuelvan acá. A cualquier hora antes de las nueve de la mañana. Es probable que esté aquí una semana más. Antes de eso, no creo que hagamos otros traslados.

—¿Otros traslados? —indagó Thomas ardiendo de curiosidad.

—Ya te dije bastante. Si quieres más, regresa. Yo estaré aquí.

Thomas sacudió la cabeza y luego extendió la mano. Gally se la estrechó.

—Yo no te culpo de nada —dijo Thomas—. Durante la Transformación, tú viste lo que yo hice para CRUEL. Yo tampoco habría confiado en mí. Y yo sé que no quisiste matar a Chuck. Pero tampoco es necesario que nos demos un abrazo al vernos.

—El sentimiento es mutuo.

Sin embargo, cuando Thomas llegó a la puerta, Gally le dio un apretón en el hombro.

—El tiempo se está acabando, pero podemos hacer algo.

—Volveremos —dijo Thomas y salió detrás de sus amigos. El miedo a lo desconocido ya se había disipado. La esperanza había encontrado la forma de llegar a él y se había establecido en su interior.

No encontraron a Hans hasta el día siguiente.

Después de adquirir algo de ropa y comida, Jorge consiguió un hotel barato para pasar la noche. Thomas y Minho utilizaron la computadora de la habitación para navegar por Netblock mientras Brenda y Jorge hacían decenas de llamadas a gente que Thomas nunca había oído nombrar. Después de horas de trabajo, por fin dieron con una dirección a través de alguien que Jorge denominó "el amigo de un amigo del enemigo de un enemigo". Y como ya era muy tarde, se fueron todos a dormir. Thomas y Minho se acostaron en el piso y los otros dos se quedaron con las camas gemelas.

A la mañana siguiente se ducharon, comieron y se pusieron la ropa nueva. Luego consiguieron un taxi y se dirigieron directamente al lugar donde les habían dicho que vivía Hans: un edificio de apartamentos en condiciones apenas mejores que el de Gally. Subieron al cuarto piso y llamaron a la puerta gris de metal. La mujer que contestó insistía en que no conocía a nadie de nombre Hans, pero Jorge no se desalentó. Un rato después, un hombre de pelo gris con una gran mandíbula se asomó por encima del hombro de la señora.

—Déjalos pasar —dijo con voz ronca.

Unos minutos más tarde, Thomas y sus tres amigos estaban sentados en la cocina, alrededor de una mesa desvencijada, con toda su atención puesta en aquel hombre distante y hosco llamado Hans.

—Brenda, me alegro de que estés bien —comentó—. Tú también, Jorge. Pero no estoy de humor para conversar. Díganme a qué han venido.

—Creo que usted sabe la verdadera razón por la que estamos aquí —replicó Brenda y señaló a Thomas y a Minho—. Pero también oímos que CRUEL pidió una recompensa por su cabeza. Tenemos que hacer esto rápido y después debe irse de aquí.

Hans pareció ignorar la última parte y observó a sus potenciales clientes.

—¿Todavía tienen los implantes?

Nervioso pero dispuesto a terminar con todo cuanto antes, Thomas asintió.

—Lo único que quiero es que me extraiga el dispositivo de control. No deseo recuperar la memoria. Pero primero me gustaría saber cómo es la operación.

Indignado, Hans frunció el ceño.

—¿Qué tontería es esta? Brenda, ¿quién es este cobarde que trajiste a mi casa?

—No soy un cobarde —dijo Thomas antes de que ella pudiera responder—. Pero he tenido demasiada gente dentro de mi cabeza.

Hans levantó las manos y luego asestó un golpe en la mesa.

—¿Quién dijo que yo le haría algo a tu cabeza? ¿Y por qué piensas que me caes tan bien como para hacer algo así?

—¿Hay alguna persona agradable en Denver? —masculló Minho.

—Estoy a punto de echarlos de mi apartamento.

—¡Cállense todos por un segundo! —gritó Brenda. Se inclinó hacia Hans y habló con voz más suave—. Escuche, esto es importante. *Thomas* es importante y CRUEL hará lo que sea para ponerle las manos encima. No podemos arriesgarnos a que ellos se acerquen lo suficiente como para que comiencen a controlarlos a Minho o a él.

Hans le echó a Thomas una mirada enfurecida y lo escudriñó como un científico examinaría algún raro espécimen.

—A mí no me parece importante —sacudió la cabeza y se puso de pie—. Denme cinco minutos para arreglar todo —dijo, y luego desapareció por una puerta lateral sin más explicaciones. Thomas se preguntó si el hombre lo habría reconocido. Si sabría lo que él había hecho para CRUEL antes del Laberinto.

Brenda se acomodó en la silla y suspiró.

—Eso no estuvo mal.

Seguro, pensó Thomas, *la parte mala está por venir.* Se sentía aliviado de que Hans fuera a ayudarlos pero, al mirar a su alrededor, se puso cada vez más nervioso. Iba a dejar que un extraño tocara su cerebro en un apartamento viejo y sucio.

Minho le dedicó una sonrisa burlona.

—Pareces asustado, Tommy.

—No te distraigas, *muchacho* —dijo Jorge—. Tú también pasarás por lo mismo. Ese viejo canoso dijo cinco minutos, así que ve preparándote.

—Cuanto antes mejor —respondió Minho.

Thomas apoyó los codos en la mesa y la cabeza —que había comenzado a latirle— en las manos.

—¿Thomas? —susurró Brenda—. ¿Estás bien?

Él levantó la mirada.

—Sólo necesito…

Las palabras se quedaron atoradas en su garganta y un dolor punzante surcó su espalda. Pero tan pronto como apareció, se evaporó. Sorprendido, se enderezó en la silla. Luego, con un espasmo, sus brazos se estiraron hacia adelante y sus piernas comenzaron a sacudirse. Su cuerpo se retorció hasta deslizarse de la silla y desplomarse en el suelo, temblando. Soltó un grito cuando su espalda chocó contra las baldosas duras, y forcejeó para recuperar el control de sus miembros enardecidos. Pero no lo logró. Los pies aporreaban el piso y las piernas martillaban contra las patas de la mesa.

—¡Thomas! —aulló Brenda—. ¿Qué te ocurre?

A pesar de haber perdido el control de su cuerpo, la mente de Thomas estaba lúcida. Por el rabillo del ojo, vio que Minho se hallaba en el piso junto a él, tratando de calmarlo, y Jorge se había quedado paralizado en su lugar, con los ojos muy abiertos.

Thomas hizo un esfuerzo por hablar, pero sólo brotó saliva de su boca.

—¿Puedes oírme? —gritó Brenda, inclinándose sobre él—. Thomas, ¡¿qué tienes?!

De pronto, sus miembros se detuvieron bruscamente. Las piernas se enderezaron y dejaron de temblar; los brazos cayeron a ambos lados, inertes. No podía moverlos. Hizo un gran esfuerzo, pero nada sucedió. Trató de hablar nuevamente, pero no consiguió articular palabra.

En el rostro de Brenda se dibujó una expresión cercana al horror.

—¿Thomas?

De golpe y sin que él le diera la orden, su cuerpo recobró el movimiento. Los brazos y las piernas cambiaron de posición... se estaba poniendo de pie como si se hubiera convertido en una marioneta. Intentó gritar, pero no pudo hacerlo.

—¿Estás bien? —preguntó Minho.

Mientras continuaba actuando en contra de su voluntad, el pánico se fue instalando en su interior. Su cabeza se agitó y luego giró hacia la puerta por donde había salido su anfitrión. Las palabras empezaron a brotar de su boca, pero él no sabía de dónde provenían.

—No puedo... permitir... que lo haga.

27

Thomas luchó con desesperación por dominar sus músculos, pero una fuerza desconocida se había apoderado de su cuerpo.

—¡Thomas, ellos te controlan! —gritó Brenda—. ¡Pelea!

Indefenso, observó cómo su propia mano empujaba la cara de ella y la arrojaba al suelo.

Jorge se acercó para protegerla pero Thomas estiró el brazo y le dio un puñetazo corto y veloz en la mandíbula. La cabeza de Jorge retrocedió con violencia y un hilo de sangre escapó de su labio.

Otra vez, las palabras salieron de su boca a la fuerza.

—¡No puedo… permitir… que lo haga! —a esas alturas ya estaba gritando, y el esfuerzo le lastimó la garganta. Era como si hubieran programado su cerebro con esa única frase y él no pudiera decir nada más que eso.

Brenda había vuelto a ponerse de pie. Minho estaba aturdido, su rostro revelaba una gran confusión. Con los ojos encendidos de furia, Jorge se limpiaba la sangre de la mandíbula.

Un recuerdo brotó dentro de Thomas. Algo acerca de un programa que protegía el implante para impedir su extracción. Quería gritarles a sus amigos, pedirles que lo sedaran. Pero no podía.

Apartando a Minho de un empujón, comenzó a caminar hacia la puerta dando tumbos. Cuando llegó junto a la mesa de la cocina, extendió la mano y tomó un cuchillo que se hallaba en el fregadero. Empuñó el mango, y mientras más se esforzaba por soltarlo, los dedos lo apretaban con más fuerza.

—¡Thomas! —exclamó Minho saliendo por fin del estupor—. ¡Defiéndete, hombre! ¡Saca a esos garlopos de tu cabeza!

Thomas se dirigió a Minho con el cuchillo en alto. Se odió por ser tan débil y no poder dominar su propio cuerpo. Una vez más intentó hablar, pero le resultó imposible. Su cuerpo haría lo que fuera para evitar que le extrajeran el implante.

—¿Acaso piensas matarme, idiota? —preguntó Minho—. ¿Vas a lanzarme eso igual que Gally hizo con Chuck? Hazlo, entonces. Arrójalo.

Por un segundo, Thomas sintió terror al darse cuenta de que eso era exactamente lo que estaba a punto de hacer; sin embargo, su cuerpo retrocedió y apuntó en la dirección opuesta. En ese instante, Hans cruzó la puerta y se quedó azorado. Thomas supuso que el médico sería su objetivo principal, que la protección del implante atacaría a cualquiera que tratara de anularlo.

—¿Qué demonios es esto? —inquirió Hans.

—No puedo… permitir… que lo haga —respondió Thomas.

—Sabía que esto podía ocurrir —murmuró Hans y se dirigió al grupo—. ¡Chicos, vengan a ayudarme!

Thomas imaginó el mecanismo interno de su cerebro como si tuviera instrumentos minúsculos operados por arañas diminutas. Los combatió, apretó los dientes. No obstante, el puño empezó a elevarse, blandiendo el cuchillo con fuerza.

—No pue… —antes de que consiguiera terminar la frase, alguien lo embistió desde atrás y le arrebató el cuchillo de la mano. Cuando chocó contra el suelo, trató de incorporarse y se encontró con Minho.

—No voy a permitir que mates a nadie —dijo su amigo.

—¡Apártate de mí! —gritó Thomas, sin poder determinar si las palabras eran suyas o de CRUEL.

Pero Minho había inmovilizado los brazos de Thomas contra el piso.

—No voy a levantarme hasta que ellos liberen tu mente —exclamó entre jadeos.

Thomas deseaba sonreír, pero su rostro no podía acatar ni la orden más simple. Podía sentir la tensión en cada uno de sus músculos.

—No se detendrá hasta que Hans lo opere —dijo Brenda—. ¿Hans?

El doctor se arrodilló junto a Thomas y a Minho.

—No puedo creer que alguna vez trabajé para esa gente. Para *ti* —señaló, lanzando la última palabra como si fuera un escupitajo y mirándolo directamente a la cara.

Impotente, Thomas observó lo que ocurría a su alrededor. En sus entrañas bullía el anhelo de relajarse, de ayudar a Hans en lo que fuera necesario. Entonces, algo se incendió en su interior, obligándolo a arquear el torso hacia arriba. Su cuerpo se arqueó y forcejeó para liberar los brazos. Minho lo empujó hacia abajo mientras trataba de ubicar sus piernas sobre su espalda. Pero aquello que estaba controlando a Thomas parecía soltar adrenalina dentro de él. Su fuerza superó a la de Minho y logró apartarlo de sí.

En un instante, Thomas estaba de pie. Tomó el arma del piso y se abalanzó contra Hans, apuntándole con la hoja del cuchillo. El hombre logró desviar el ataque con el brazo, pero un corte profundo apareció en su piel. Ambos rodaron por el suelo en una dura pelea. Thomas hacía todo lo posible por controlarse, pero seguía lanzando cuchilladas al viejo, quien las eludía.

—¡Sujétenlo! —gritó Brenda cerca de ellos.

Thomas vio que surgían unas manos y lo tomaban de los brazos. Alguien lo agarró del pelo y le dio un tirón hacia atrás. Aulló de agonía y luego, obnubilado, arremetió con el cuchillo. La tranquilidad lo embargó al notar que Jorge y Minho lograban controlarlo y alejarlo de Hans. Cayó de espaldas y el cuchillo salió volando. A través del piso escuchó cómo caía y luego alguien lo pateaba al rincón más alejado de la cocina.

—¡No puedo permitir que lo haga! —gritó Thomas. Aunque sabía que no podía controlar su voluntad, estaba indignado consigo mismo.

—¡Cállate! —le contestó Minho en su propia cara, mientras Jorge y él hacían esfuerzos denodados para impedir que Thomas se liberara—. ¡Estás loco, hermano! ¡Ellos te están dominando!

Estaba desesperado por transmitirle a Minho que tenía razón. Thomas no creía de ninguna manera lo que decía.

Minho le gritó a Hans.

—¡Saquemos esa cosa de su cabeza de una buena vez!

—¡No! —aullaba Thomas—. ¡No! —se enroscaba, sacudía los brazos frenéticamente y se debatía con una energía feroz. Pero los cuatro juntos demostraron ser suficientes. Cada uno sujetó un miembro, lo alzaron del suelo y lo trasladaron fuera de la cocina por un pequeño corredor. Thomas se debatía lanzando patadas al aire y retorciéndose, golpeando a su paso los cuadros de las paredes, que se hacían añicos contra el piso. Thomas gritaba una y otra vez. No tenía más energía para resistir las fuerzas que brotaban de su interior, y su cuerpo batallaba contra Minho y los demás; decía lo que CRUEL le obligaba a decir. Se había dado por vencido.

—¡Por aquí! —señaló Hans por encima de él.

Ingresaron en un laboratorio pequeño y abarrotado de cosas, con una cama y dos mesas cubiertas de instrumental. Colgando encima del colchón desnudo, había una rústica versión de la máscara que habían visto en CRUEL.

—¡Colóquenlo en la cama! —exclamó Hans. Arrojaron a Thomas sobre su espalda mientras él continuaba forcejeando—. Sujeten la pierna por mí, porque tengo que anestesiarlo.

Minho, que había estado agarrando la otra pierna, tomó las dos y utilizó su cuerpo para mantenerlas apretadas contra la cama. De inmediato los pensamientos de Thomas volvieron al momento en que Newt y él habían tenido que hacer lo mismo con Alby en la Finca, cuando éste despertó de la Transformación.

Se escucharon sonidos metálicos mientras Hans hurgaba en un cajón y luego regresó.

—¡Manténganlo lo más quieto posible!

Gritando con todas sus fuerzas, Thomas realizó un último intento de liberarse. Un brazo logró escapar de la mano de Brenda y le pegó un golpe en la cara a Jorge con el puño.

—¡Detente! —chilló Brenda, sujetándolo.

Thomas volvió a arquear el torso.

—¡No puedo… permitir que lo haga! —nunca había experimentado tanta frustración en toda su vida.

—¡Maldición, que no se mueva! —pidió Hans.

Brenda logró volver a aferrar el brazo y se apoyó contra él con la parte superior del cuerpo.

Thomas sintió un pinchazo agudo en la pierna. Era tan raro estar luchando tan violentamente para que algo no sucediera y, sin embargo, desear con toda el alma que se concretara.

Cuando la oscuridad comenzó a adueñarse de él y su cuerpo quedó inmóvil, por fin recuperó el dominio de sí mismo y pronunció unas pocas palabras.

—Odio a esos mierteros...

Y después se desvaneció.

28

Perdido en una bruma oscura, Thomas volvió a soñar.

Tenía quince años y estaba sentado en una cama. No había luz en la habitación, con excepción del brillo ámbar de una lámpara sobre el escritorio. Teresa estaba ahí. Ella acercó una silla y se sentó cerca de él. Su expresión atormentada manifestaba una gran tristeza.

—Teníamos que hacer esto —dijo en voz baja.

Thomas estaba allí pero, al mismo tiempo, no estaba allí. No recordaba detalles, pero sabía que en su interior había sólo suciedad y podredumbre. Teresa y él habían hecho algo horrible, pero el Thomas que estaba soñando no lograba captar qué era. Algo espantoso que no resultaba menos repulsivo por haber sido forzados por la misma gente a la cual se lo habían hecho.

—Teníamos que hacerlo —repitió ella.

—Lo sé —respondió Thomas con una voz más árida que el desierto.

Dos palabras brotaron en su mente: *la Purga*. Por un segundo, el muro que bloqueaba sus recuerdos se hizo más delgado y un hecho terrible se alzó del otro lado, amenazador.

Teresa comenzó a hablar otra vez.

—Tom, ellos querían que terminara de esta manera. Preferible morir que ir enloqueciendo poco a poco durante años. Ahora ya se fueron. No teníamos alternativa ni una mejor manera de llevarlo a cabo. Ya está hecho y listo. Tenemos que entrenar a la gente nueva y continuar con las Pruebas. Ya hemos llegado muy lejos como para permitir que todo se desmorone.

Por un momento fugaz, Thomas la detestó. Él sabía que ella estaba tratando de ser fuerte.

—Eso no significa que tenga que gustarme —y no le gustaba. Nunca antes se había odiado tanto a sí mismo.

Teresa asintió, pero no dijo nada.

El Thomas que estaba soñando intentó invadir la mente de su ser más joven para explorar los recuerdos en ese espacio sin restricciones. Los Creadores originales, infectados por la Llamarada, purgados y muertos. Había innumerables voluntarios para tomar su lugar. Las dos Pruebas del Laberinto que se estaban realizando ya llevaban un año y daban nuevos resultados cada día. El armado del plano, lento pero seguro. El entrenamiento para los reemplazos.

Estaba todo allí, a su alcance. Para que recobrara su pasado. Pero después cambió de idea y le dio la espalda a todo eso. El pasado había quedado atrás. Sólo tenían el futuro por delante.

Se hundió en las tinieblas del olvido.

Thomas despertó aturdido y con un dolor sordo detrás de los ojos. El sueño todavía hacía vibrar su cerebro, aunque los detalles se habían vuelto borrosos. Sabía lo suficiente acerca de la Purga, que había sido el recambio de los Creadores originales por sus reemplazos. Después de un brote de la enfermedad, Teresa y él habían tenido que exterminar a todo el personal. No habían tenido otra opción: eran los únicos Inmunes entre los que quedaban. Juró no volver a pensar en eso.

Minho se hallaba sentado en una silla cerca de él; su cabeza se balanceaba con los ronquidos de un sueño intermitente.

—Minho —susurró Thomas—. Ey, Minho, despierta.

—¿Mmm? —abrió los ojos despacio y tosió—. ¿Qué? ¿Qué pasa?

—Nada. Sólo quiero saber qué pasó. ¿Hans logró anular el dispositivo? ¿Salió todo bien?

Minho sacudió la cabeza mientras bostezaba.

—Sí… nos operó a los dos. Al menos, eso dijo. Viejo, te volviste loco. ¿Te acuerdas de algo?

—Claro que sí —una oleada de vergüenza lo hizo sonrojarse—. Pero fue como si estuviera paralizado o algo así. Yo lo intenté, pero no logré impedir que me controlaran.

—Hermano, ¡trataste de rebanarme mis partes íntimas!

Thomas se echó a reír, algo que no había hecho en mucho tiempo y se sintió muy feliz.

—Lástima que no lo logré. Habría salvado al mundo de futuros Minhitos.

—Recuerda que me debes una.

—De acuerdo —estaba en deuda con todos.

Brenda, Jorge y Hans entraron en la habitación. Los tres tenían rostros serios y la sonrisa se borró del rostro de Thomas.

—¿Acaso Gally pasó por acá y les dio otra charla para levantarles el ánimo? —preguntó Thomas, con un tono forzado de alegría—. Se ven totalmente deprimidos.

—¿Desde cuándo estás tan feliz, *muchacho?* —repuso Jorge—. Hace unas pocas horas, intentabas acuchillarnos.

Thomas abrió la boca para disculparse —para dar una explicación—, pero Hans lo hizo callar. Se inclinó sobre la cama y le examinó los ojos con una lucecita.

—Parece que tu mente se está recuperando muy bien. El dolor pronto desaparecerá. Tu operación fue un poco más complicada porque tenías un programa de protección ante casos de extracción.

Thomas encaró a Brenda.

—¿Está todo bien?

—Funcionó —contestó ella—. A juzgar por el hecho de que ya no estás tratando de matarnos, podemos considerar que está desactivado. Y…

—¿Qué?

—Bueno, ya no podrás hablar o saber de Teresa y de Aris nunca más.

Tal vez el día anterior, Thomas habría sentido tristeza al oír aquello, pero en ese momento lo único que experimentó fue tranquilidad.

—Me parece fantástico. ¿Todavía no hay problemas a la vista?

Ella sacudió la cabeza.

—No, pero ellos no pueden correr riesgos. Hans y su mujer van a marcharse y él quería decirte algo antes.

Hans, que se había alejado hacia la pared para darles un poco de privacidad, se acercó cabizbajo.

—Ojalá pudiera ir con ustedes para ayudar, pero tengo esposa y ella es toda mi familia y, por lo tanto, mi preocupación principal. Quería desearles suerte. Espero que ustedes puedan hacer lo que yo no tuve el valor para intentar.

Thomas asintió. El cambio de actitud del hombre era notorio. Quizá el episodio reciente le había hecho recordar lo que CRUEL era capaz de realizar.

—Gracias. Y si logramos detener a CRUEL, regresaremos por ustedes.

—Ya veremos —murmuró Hans—. Hay muchas cosas que considerar.

Después de pronunciar esas palabras, Hans retornó a su puesto junto a la pared. Thomas estaba seguro de que el hombre cargaba en su mente oscuros recuerdos.

—¿Y ahora qué hacemos? —preguntó Brenda.

Thomas sabía que no tenían tiempo para descansar y ya había organizado en su cabeza los próximos pasos a seguir.

—Buscaremos al resto de la gente y la convenceremos de que se una al grupo. Después, volveremos a lo de Gally. Mi único logro en la vida fue armar un experimento que falló y atormentó a un montón de chicos. Es hora de hacer algo diferente. Vamos a detener la operación en su totalidad antes de que vuelvan a repetir la experiencia con nuevos Inmunes.

Por primera vez en un rato largo, Jorge hizo un comentario.

—¿Quiénes? ¿Nosotros? ¿Qué estás diciendo, *hermano*?

Con creciente determinación, Thomas desvió la mirada hacia el piloto.

—Tenemos que colaborar con el Brazo Derecho.

Nadie dijo una palabra.

—Está bien —acotó Minho finalmente—. Pero primero busquemos algo de comer.

29

Se dirigieron a una cafetería cercana que Hans y su mujer les habían recomendado.

Thomas nunca había estado en un sitio semejante. Al menos, no que recordara. Los clientes formaban una fila en la barra, elegían café y galletas y luego se encaminaban hacia una mesa o hacia la puerta. Observó cómo una mujer mayor levantaba nerviosamente su cubrebocas cada vez que sorbía su bebida caliente. Junto a la entrada, uno de esos guardias de camisa roja elegía gente al azar para hacerle la prueba de la Llamarada con su dispositivo manual. Un extraño aparato metálico le cubría la boca y la nariz.

Mientras Jorge iba a buscar la comida y la bebida, Thomas se sentó con Minho y Brenda en una mesa en la parte de atrás. No podía quitarle los ojos de encima a un individuo de unos treinta y cinco o cuarenta años que se hallaba en un banco cercano frente a un gran ventanal que daba a la calle. Desde que ellos llegaron no había tocado su café y ya no salía vapor de la taza. Encorvado, los codos en las rodillas, las manos ligeramente enlazadas, el hombre tenía la mirada perdida en un punto indefinido al otro lado del salón.

Había algo perturbador en su expresión, como de vacío. Los ojos parecían estar flotando en su rostro y, sin embargo, había un dejo de placer en ellos. Cuando Thomas se lo comentó a Brenda, ella le susurró que era probable que estuviera bajo los efectos de la Felicidad y, si lo atrapaban, terminaría en la cárcel. Thomas sintió escalofríos. Esperó que el tipo se marchara rápido.

Jorge volvió con emparedados y tazas de café humeante y los cuatro comieron y bebieron en silencio. A pesar de que todos estaban al tanto de lo apremiante que era la situación, Thomas se sintió feliz de poder descansar un poco y recuperar fuerzas.

Cuando terminaron, se levantaron para marcharse, pero Brenda permaneció en el asiento.

—¿Les importaría esperar unos minutos afuera? —preguntó. Por su mirada, resultó evidente que se refería a Jorge y a Minho.

—¿Perdón? —repuso Minho con tono exasperado—. ¿Más secretos?

—*No*. Nada que ver. Lo prometo. Sólo necesito un instante. Quiero decirle algo a Thomas.

Sorprendido y curioso a la vez, Thomas volvió a sentarse.

—Anda —dijo dirigiéndose a Minho—. Sabes que yo no te ocultaría nada. Y ella también lo sabe.

Su amigo refunfuñó, pero finalmente se fue con Jorge, y los dos se quedaron en la acera, junto a la ventana más cercana. Minho le dirigió a Thomas una sonrisita tonta y agitó la mano para demostrar que no estaba muy contento. Después de devolverle el saludo, Thomas centró su atención en Brenda.

—¿Entonces? ¿Qué querías decirme? —preguntó.

—Sé que tenemos que apurarnos, de modo que seré muy rápida. No hemos tenido oportunidad de estar solos y quería asegurarme de que ya no te quedara ninguna duda de que lo ocurrido en el Desierto no fue una actuación. Yo estaba allí con una misión, para ayudar a armar todo, pero *realmente* me sentí *muy* cerca de ti y eso me transformó. Y hay algunas cosas que pienso que mereces saber. Sobre mí, sobre la Ministra Paige, sobre…

Thomas alzó la mano para interrumpirla.

—Por favor, no sigas.

Con expresión de sorpresa, ella se echó hacia atrás.

—¿Cómo? ¿Por qué?

—No quiero saber nada. Ni una sola cosa más. Lo único que me importa es lo que vamos a hacer de ahora en adelante. No me interesan los asuntos de mi pasado o del tuyo o de CRUEL. Nada. Y tenemos que ponernos en marcha.

—Pero…

—No, Brenda. Hablo en serio. Estamos aquí, tenemos una meta y debemos concentrarnos en eso. Basta de palabras.

Ella le sostuvo la mirada en silencio y luego bajó los ojos hacia sus manos, que descansaban sobre la mesa.

—Entonces simplemente te voy a decir que sé que estás actuando bien, yendo en la dirección correcta. Y yo seguiré ayudando en todo lo que pueda.

Thomas esperaba no haber herido sus sentimientos, pero hablaba en serio. A pesar de que era obvio que ella se moría de ganas de contarle algo, era hora de olvidar. Mientras él buscaba una respuesta, sus ojos volvieron al extraño hombre del banco. Había sacado de su bolsillo algo que Thomas no alcanzaba a ver y lo apretaba contra la parte interior del codo derecho. Mantuvo los ojos cerrados un instante prolongado y, cuando los abrió de nuevo, lucía un poco aturdido. Su cabeza se balanceó ligeramente hacia atrás, hasta que se apoyó contra la ventana.

El guardia de camisa roja con el detector de la Llamarada ingresó en la cafetería y Thomas se inclinó para observar mejor. Camisa Roja enfiló hacia donde se encontraba el hombre drogado, que seguía descansando plácidamente. Una mujer de baja estatura se acercó al guardia y le susurró algo al oído mientras movía las manos nerviosamente.

—¿Thomas? —dijo Brenda.

Él se llevó el dedo a los labios y le señaló el posible enfrentamiento. Ella se movió en el asiento para ver qué sucedía.

Camisa Roja le pateó el pie al tipo del banco, quien alzó la mirada con un estremecimiento. Los hombres comenzaron a intercambiar frases, pero Thomas no podía escuchar lo que decían por el alboroto de la cafetería. El desconocido, que hasta entonces había estado tan tranquilo, se mostró repentinamente asustado.

Brenda interrumpió la concentración de Thomas.

–Tenemos que salir de aquí. Ahora.

–¿Por qué? –preguntó. El aire se había vuelto más denso y quería saber qué iba a suceder.

Brenda ya estaba de pie.

–¡Date prisa!

Caminó con ímpetu hacia la salida y Thomas finalmente se dispuso a ir tras ella. Acababa de levantarse de su asiento, cuando Camisa Roja extrajo un arma, le apuntó al tipo y se inclinó para colocar el dispositivo sobre su cara. De un manotazo, el hombre alejó el aparato y corrió hacia el frente, al tiempo que embestía al guardia. Paralizado, Thomas se quedó observando cómo el arma se deslizaba por el suelo y desaparecía bajo la barra. Los dos hombres chocaron contra una mesa y cayeron al piso.

Camisa Roja comenzó a gritar. A través de la máscara protectora de metal que le cubría la boca y la nariz, su voz sonaba como la de un robot.

–¡Tenemos un infectado! ¡Hay que evacuar el edificio!

El lugar se convirtió en un caos: los gritos saturaron el aire mientras la gente se abalanzaba hacia la única salida.

30

Thomas deseó no haber esperado tanto. Debería haber escapado cuando tuvo la oportunidad. Una aglomeración de cuerpos se apiñó entre las mesas, bloqueando la puerta. Aunque lo hubiera intentado, Brenda ya no habría podido volver atrás. Atascado en su mesa, Thomas observó asombrado cómo los dos hombres luchaban en el piso, golpeándose, forcejeando y tratando de dominarse mutuamente.

Comprendió que, aun cuando pudiera recibir alguna herida de la multitud que quería abandonar el lugar, en realidad no tenía nada que temer. Era inmune. El resto de las personas que se encontraban en la cafetería había enloquecido al saber que el virus se hallaba tan cerca. Y era comprensible. Según las probabilidades, al menos una de ellas se había contagiado. Pero en tanto él lograra mantenerse apartado de la conmoción, estaría seguro.

Al escuchar que alguien golpeaba la ventana, Thomas desvió la mirada y divisó a Brenda en la acera, junto a Minho y Jorge: ella le estaba haciendo señas desesperadas de que saliera. Pero Thomas quería ver lo que estaba sucediendo.

Después de un rato, Camisa Roja consiguió inmovilizar al hombre contra el suelo.

—¡Se acabó! Ya vienen en camino —gritó con esa voz mecánica y escalofriante.

El infectado dejó de pelear y estalló en sollozos frenéticos. Y fue apenas en ese momento cuando Thomas descubrió que toda la gente había desaparecido y que no quedaba nadie más en la cafetería, excepto él y los dos hombres. Un silencio estremecedor se instaló en el lugar.

Camisa Roja le echó una mirada.

–¿Por qué sigues aquí? ¿Acaso tienes instintos suicidas? –preguntó sin esperar respuesta–. Si piensas permanecer aquí, al menos sirve de algo. Tráeme el arma –ordenó y volvió a centrar su atención en el prisionero.

Thomas sintió que estaba en un sueño. Había visto mucha violencia pero aquello era extrañamente diferente. Fue a buscar el arma, que había desaparecido debajo de la barra.

–Yo soy… inmune –balbuceó mientras se ponía de rodillas y estiraba la mano hasta tocar el frío metal. Tomó el arma y se encaminó hacia Camisa Roja.

El guardia no le dio las gracias. Agarró la pistola y se levantó de un salto, apuntando a la cara del hombre infectado.

–Esto es malo, muy malo. Sucede cada vez más seguido. Es fácil detectar cuando alguien está bajo los efectos de la Felicidad.

–Entonces *era* la Felicidad –murmuró Thomas.

–¿Lo sabías? –preguntó Camisa Roja.

–Bueno, desde que entré vi que tenía un aspecto extraño.

–¿Y no dijiste nada? –la piel que rodeaba la máscara del guardia se volvió casi del mismo color que la camisa–. ¿Estás loco?

Thomas se quedó desconcertado ante la repentina irritación de Camisa Roja.

–Lo… lo siento. En verdad no sabía qué estaba sucediendo.

El hombre se había hecho un ovillo en el piso y sollozaba. El guardia se alejó de él y miró a Thomas con severidad.

–¿No *sabías?* ¿Qué clase de… ? ¿De dónde eres?

En ese momento, Thomas *realmente* deseó haber escapado.

–Soy… me llamo Thomas. No soy nadie. Yo sólo… –buscó algo que decir, una justificación–. No soy de esta zona. Lo siento.

Camisa Roja le apuntó con el arma.

–Siéntate. Allá –exclamó e hizo un rápido ademán con la pistola hacia una silla cercana.

–¡Espera! ¡Te juro que soy inmune! –gritó Thomas con el corazón latiéndole a toda prisa–. Por eso…

–¡En la silla! ¡Ahora!

Las rodillas de Thomas se aflojaron y se desplomó en el asiento. Al echar un vistazo hacia la puerta, su corazón se calmó un poco al distinguir a Minho aguardando junto a Brenda y Jorge. Pero Thomas no quería involucrar a sus amigos ni arriesgarse a que alguno de ellos saliera lastimado. Sacudió la cabeza para comunicarles que se mantuvieran al margen.

Camisa Roja ignoró a la gente que se hallaba en la entrada y se concentró en él.

—Si estás tan seguro de que eres un Muni, entonces no tendrás ningún problema en pasar ahora por el detector para demostrarlo, ¿no es cierto?

—No —respondió. En realidad, la idea lo tranquilizaba. Quizá el guardia lo dejaría ir al comprobar que decía la verdad—. Hazlo, por favor.

El hombre guardó el arma y se aproximó a él. Recuperó el dispositivo y se inclinó para colocarlo en la cara de Thomas.

—Mira adentro de él, con los ojos abiertos —exigió—. Sólo tomará unos segundos.

Thomas acató la orden porque quería terminar con todo eso lo antes posible. Contempló el mismo destello de luces coloridas que había visto en las puertas de la ciudad, sintió la misma ráfaga de aire y el pinchazo en el cuello.

Camisa Roja retiró el aparato y leyó la información en una pequeña pantalla.

—Bueno, mira tú. Después de todo, eres un maldito Muni. ¿Podrías explicarme cómo fue que llegaste a Denver y cómo es que no sabes absolutamente nada acerca de la Felicidad y de cómo detectar a un consumidor cuando lo tienes delante de la nariz?

—Trabajo para CRUEL —se le escapó sin pensarlo. Lo único que ansiaba era largarse de allí.

—Eso que acabas de decir es tan cierto como que el problema de drogas de este tipo no tiene nada que ver con la Llamarada. Más vale que no despegues tu trasero de esa silla o empezaré a disparar.

Thomas tragó saliva. En realidad, no tenía miedo sino que estaba muy enojado consigo mismo por haberse metido en una situación tan ridícula.

–Está bien –repuso.

Pero Camisa Roja ya se había marchado. Los refuerzos habían llegado: cuatro personas cubiertas de pies a cabeza con un grueso plástico verde que dejaba libre el rostro. En los ojos llevaban enormes gafas protectoras y, debajo de ellas, la misma máscara que su compañero. Las imágenes se arremolinaron en la mente de Thomas, pero la que logró fijar fue la de aquella vez que lo sacaron del Desierto después de que la herida de bala se le infectó. En aquel Berg, todos usaban un equipo muy similar al de esas cuatro personas.

–¿Qué rayos…? –dijo uno de ellos con la misma voz mecánica–. ¿Capturaste a dos?

–No exactamente –replicó Camisa Roja–. Encontré a un Muni. Creo que quiere quedarse aquí para contemplar el espectáculo.

–¿Un Muni? –repitió el otro hombre, anonadado.

–Exactamente. Se quedó sentado mientras todos corrían como liebres hacia la salida. Afirma que quería ver lo que ocurría. Peor aún: dice que sospechaba que nuestro futuro Crank, aquí presente, estaba bajo los efectos de la Felicidad, y en vez de comunicárselo a alguien, siguió bebiendo su café alegremente.

Todos observaron a Thomas, quien simplemente se encogió de hombros.

Camisa Roja retrocedió mientras los cuatro trabajadores con trajes protectores rodearon al hombre, que continuaba sollozando, acurrucado de costado en el piso. Uno de los recién llegados sostenía con ambas manos un grueso objeto de plástico color azul. Tenía una extraña boquilla en el extremo y la apuntaba sobre el enfermo como si fuera un arma. La situación era horrorosa y Thomas indagó en su memoria qué podría ser, pero no encontró nada.

–Señor, tiene que estirar las piernas –dijo el líder del grupo–. Mantenga el cuerpo inmóvil; no se mueva y trate de relajarse.

–¡Yo no sabía! –gimió el hombre–. ¿Cómo podía saberlo?

–¡Es mentira! –gritó Camisa Roja desde un costado–. Nadie toma la Felicidad sólo para divertirse.

–¡Me gusta cómo me hace sentir! –la súplica que había en su voz hizo que Thomas sintiera mucha lástima por él.

–Hay muchas drogas más baratas que esa. Deje de mentir y cierre la boca –advirtió Camisa Roja mientras sacudía la mano como si ahuyentara una mosca–. A quién le importa. Acaben con este idiota.

Thomas observó cómo el hombre infectado se enroscaba con más fuerza y apretaba las piernas contra el pecho.

–No es justo. ¡No lo sabía! Sáquenme de la ciudad. Prometo no regresar nunca más. En serio. ¡Lo juro! –aulló y volvió a lanzar esos sollozos atroces y frenéticos.

–Sí, no se preocupe, ellos lo sacarán –dijo Camisa Roja y por alguna razón desvió la mirada hacia Thomas. Parecía que sonreía detrás de la máscara, como si sus ojos brillaran de júbilo–. Muni, sigue mirando. Esto te va a gustar.

De repente, Thomas odió a Camisa Roja más que a nadie en el mundo. Apartó los ojos de él y se concentró en las cuatro personas de uniforme, que se acercaban agachadas al pobre hombre que yacía en el suelo.

–¡Estire las piernas! –repitió una de ellas–, o esto le dolerá terriblemente. ¡Hágalo ahora!

–No puedo. ¡Por favor, déjenme ir!

Caminando enérgicamente, Camisa Roja se aproximó al hombre, apartando a su paso a uno de los trabajadores. Luego se inclinó y colocó el extremo del arma sobre la cabeza del enfermo.

–Estire las piernas o le pongo una bala en el cerebro y acabamos con todo de una vez. ¡Hágalo! –Thomas no podía creer la falta de compasión del guardia.

Gimiendo y con los ojos llenos de terror, el infectado soltó lentamente las piernas y las extendió mientras todo su cuerpo temblaba. Camisa Roja enfundó el arma y se apartó del hombre.

De inmediato, la persona que tenía el extraño objeto azul se ubicó detrás de la cabeza del prisionero y colocó la boquilla en la parte posterior de su cráneo, haciendo fuerza contra el pelo.

—No se mueva —dijo una voz femenina que, a través de la máscara, le sonó a Thomas todavía más espeluznante que la de los hombres—, o perderá algo.

Apenas tuvo tiempo de preguntarse qué significaba eso cuando ella oprimió un botón y una sustancia que parecía ser un gel brotó de la boquilla. Era azul y viscosa, pero se deslizaba con rapidez, extendiéndose por la cabeza del hombre, alrededor de las orejas y la cara. Él gritó, pero el sonido se congeló en el aire mientras el gel se desparramaba por encima de la boca y descendía por el cuello y los hombros. Al resbalar, la sustancia se endurecía e iba formando una capa que parecía un caparazón, y se podía ver a través de ella. En instantes, la mitad del cuerpo estaba rígido, envuelto en una película rígida de ese material, que se filtraba en cada hendidura de la piel y entre las arrugas de la ropa.

Thomas percibió que Camisa Roja lo estaba mirando y lo enfrentó.

—¿Qué pasa? —preguntó.

—Bonito espectáculo, ¿no? —respondió el guardia—. Disfrútalo porque cuando termine, vendrás conmigo.

31

Thomas se sintió invadido por el desaliento. Un dejo de sadismo en los ojos de Camisa Roja le hizo desviar la mirada y volvió a concentrarse en el enfermo justo cuando el gel azul llegaba a sus pies y se solidificaba. Rodeado de ese revestimiento plástico y duro, el hombre yacía totalmente inmóvil. La mujer de la pistola de gel se puso de pie y Thomas comprobó que la herramienta ya no era más que una bolsa vacía. La dobló y se la metió en un bolsillo del overol verde.

—Retirémoslo de aquí —dijo ella.

Mientras los cuatro trabajadores se agachaban para levantarlo, los ojos de Thomas volvieron a Camisa Roja, que observaba cómo se llevaban al cautivo. ¿Qué rayos habría querido decir con eso de que Thomas se iría con él? ¿Adónde? ¿Por qué? Si el guardia no hubiera estado armado, habría salido corriendo.

En el instante en que los demás llegaron a la puerta, Minho volvió a aparecer. Cuando intentó entrar, Camisa Roja sacó el arma.

—¡Alto ahí! —gritó—. ¡Fuera!

—Pero es que venimos con él —dijo señalando a Thomas—. Y tenemos que marcharnos.

—Éste no va a ningún lado —exclamó y luego hizo una pausa, como si se le hubiera ocurrido algo. Su mirada pasó de Thomas a Minho—. Espera un segundo, ¿ustedes también son Munis?

El pánico estalló dentro de Thomas, pero Minho fue más veloz y salió disparando sin vacilar.

—¡Detente! —rugió el guardia, al tiempo que corría hacia la entrada.

Thomas se abalanzó hacia la ventana. Distinguió a Minho, Brenda y Jorge justo en el instante en que cruzaban la calle y desaparecían por la esquina.

Camisa Roja se había detenido afuera de la cafetería; decidió dejar ir a los otros y volvió a entrar. Su arma apuntaba directamente hacia Thomas.

—Por lo que acaba de hacer tu amiguito, tendría que dispararte en el cuello y mirar cómo agonizas. Es conveniente que agradezcas al cielo que los Munis sean tan valiosos. De lo contrario, lo haré igual sólo para sentirme mejor. He tenido un día espantoso.

Después de todo lo que le había sucedido, Thomas no podía creer que se encontraba envuelto en una situación tan estúpida. No sentía miedo, sino frustración.

—Bueno, el mío tampoco fue muy bueno que digamos —masculló.

—Gracias a ti, conseguiré una buena cantidad de dinero. Eso es todo. Y para que lo sepas, no me agradas. Con sólo mirarte me doy cuenta.

Thomas sonrió.

—Entonces estamos de acuerdo.

—Eres un tipo gracioso. Pura sonrisa. Ya veremos qué piensas esta noche cuando el sol se haya puesto. Vamos —ordenó, señalando la puerta con la pistola—. Y créeme, se me acabó la paciencia. Si intentas algo, te dispararé en la cabeza y le diré a la policía que actuabas como un infectado e intentabas huir. Es la política de tolerancia cero. Ni siquiera me harán preguntas. Cuando mucho, fruncirán el ceño.

Thomas permaneció quieto mientras calculaba sus próximos movimientos. Estaba consciente de lo irónico de la situación: había logrado fugarse de CRUEL para terminar en las garras de un simple trabajador del gobierno.

—No me hagas decirlo dos veces —le advirtió Camisa Roja.

—¿Adónde vamos?

—Ya lo sabrás en su momento. Y yo seré un tipo rico. Ahora, muévete.

Thomas ya había recibido dos disparos y sabía muy bien lo dolorosos que eran. Si no quería pasar por eso otra vez, la única opción que le quedaba era seguir al guardia. Le echó una mirada furiosa, enfiló hacia la puerta y se detuvo.

—¿En qué dirección? —preguntó.

—Hacia la izquierda. Con mucha calma, caminaremos tres cuadras y luego doblaremos a la izquierda. Hay un auto esperándonos ahí. ¿Es necesario que te repita lo que sucederá si intentas algo?

—Le dispararás en la cabeza a un chico desarmado. Comprendido, claro como el agua.

—Ay, Dios. Cómo odio a los Munis. Muévete de una vez —exclamó y apoyó la punta del arma en la espalda de Thomas.

Sin dirigirse la palabra, llegaron al final de la tercera cuadra y doblaron a la izquierda. El aire era sofocante y el sudor había humedecido hasta el último rincón del cuerpo de Thomas. Cuando levantó la mano para enjugarse la transpiración, Camisa Roja lo golpeó en la cabeza con la culata de la pistola.

—No hagas eso —dijo—. Puedo ponerme nervioso y perforarte el cerebro.

Thomas tuvo que recurrir a toda su fuerza de voluntad para no abrir la boca.

La calle estaba abandonada y había basura por doquier. Los carteles —advertencias de la Llamarada, imágenes de la Ministra Paige— tapizaban la parte inferior de los edificios, y las capas de pintura en aerosol se superponían unas a otras. Al llegar a una intersección, debieron esperar que pasaran algunos autos. En ese instante, Thomas divisó un cartel que parecía nuevo por la ausencia de graffiti. Leyó las palabras de advertencia.

Anuncio del Servicio Público
¡¡¡Detenga la propagación de la Llamarada!!!
Ayude a contener la enfermedad. Conozca los síntomas
antes de infectar a sus vecinos y seres queridos.
La Llamarada es el virus Fuegovirus (VC321xb47),
una enfermedad infecciosa diseñada por el hombre y altamente
contagiosa, que fue liberada por accidente durante el caos
que siguió a la catástrofe de las llamaradas solares.

La Llamarada provoca una enfermedad degenerativa
del cerebro, que causa movimientos descontrolados,
perturbaciones emocionales y deterioro mental.
Como resultado se ha convertido en una pandemia.
Los científicos están llevando a cabo las últimas fases
de los análisis clínicos, pero todavía no se ha desarrollado
un tratamiento para la Llamarada.
El virus es generalmente fatal y puede propagarse por el aire.
Ha llegado el momento de que los ciudadanos
se unan para prevenir una mayor
propagación de esta pandemia. Aprender a reconocer en ti mismo
y en los demás las Amenazas de Contagio Viral (ACV) es el primer
paso en la batalla contra la Llamarada*.

*Ante la presencia de algún sospechoso,
informe de inmediato a las autoridades.

Continuaba explayándose acerca del periodo de incubación, que era de cinco a siete días, y sobre los síntomas: la irritabilidad y problemas con el equilibrio eran señales de advertencia tempranas, seguidos más tarde de demencia, paranoia y agresividad severa. Thomas había sido testigo de primera mano de todos esos rasgos, ya que se había cruzado con Cranks en más de una ocasión.

Camisa Roja le dio un ligero empujón y continuaron la marcha. Mientras caminaban, Thomas no podía apartar de su mente el funesto mensaje del cartel. La parte que mencionaba que la Llamarada había sido diseñada por el hombre no sólo lo horrorizaba, sino que también removía algo en su cerebro, un recuerdo que no lograba aferrar. A pesar de que el letrero no lo decía en forma directa, él sabía que había algo más, y por primera vez en mucho tiempo deseó tener la posibilidad de acceder al pasado sólo por un segundo.

—Es allá adelante.

La voz de Camisa Roja lo devolvió al presente. A unos doce metros, un pequeño automóvil blanco se hallaba estacionado al final de la cuadra. Trató de pensar rápidamente en alguna forma de huir de allí. Si subía a ese vehículo, probablemente sería su final. ¿Pero podría arriesgarse a recibir un disparo?

—Te deslizarás con cuidado en el asiento trasero —dijo el guardia—. Adentro hay unas esposas y voy a mirar cómo te las colocas. ¿Crees que podrás hacerlo sin cometer ninguna estupidez?

Thomas no respondió. Deseó ansiosamente que Minho y los demás estuvieran cerca, que hubieran trazado un plan. Necesitaba algo o a alguien para distraer a su captor.

Llegaron hasta el auto y Camisa Roja sacó una tarjeta de acceso y la apoyó contra la ventanilla del asiento delantero. Las cerraduras se destrabaron y él abrió la puerta trasera sin dejar de apuntarle a Thomas.

—Sube, despacio.

Thomas vaciló, al tiempo que escudriñaba las calles en busca de alguien, de cualquier cosa. La zona estaba desierta pero, por el rabillo del ojo, percibió movimiento. Era un planeador casi tan grande como un automóvil. Dos cuadras más arriba, la máquina de la poli giró bruscamente y se dirigió hacia ellos. Al ir aproximándose, el zumbido aumentó de volumen.

—Dije que entraras —repitió Camisa Roja—. Las esposas están en la consola del centro.

—Se acerca una de esas máquinas de la poli —dijo Thomas.

—¿Y qué con eso? Está patrullando, ve cosas como ésta todo el tiempo. La gente que controla esos vehículos está de mi lado, no del tuyo. Mala suerte, grandulón.

Thomas suspiró: había valido la pena. ¿Dónde estaban sus amigos? Recorrió el área con la mirada por última vez y luego caminó hacia la puerta abierta y subió al auto. Cuando levantó la vista hacia Camisa Roja, el sonido de fuertes disparos se extendió por el aire. En segundos el guardia se tambaleaba hacia atrás en medio de fuertes sacudidas. Las balas golpearon su pecho y lanzaron chispas al chocar contra la máscara de metal. Dejó caer el arma y, al estrellarse contra la pared del edificio más cercano, se le cayó la máscara. Paralizado por el miedo, Thomas observó cómo el hombre se desplomaba a su lado.

De inmediato, todo concluyó. Thomas se quedó helado, preguntándose si él sería el próximo. Oyó el zumbido incesante de la máquina que planeaba frente a su portezuela, y comprendió que había sido ella la que había provocado el ataque. Esos vehículos no llevaban tripulación, pero estaban fuertemente armados. Desde un altavoz en el techo, brotó una voz familiar.

–Thomas, sal del auto.

Se estremeció. Reconocería esa voz en cualquier sitio.

Era Janson. La Rata.

32

Thomas no lograba ocultar su asombro. Titubeó un instante, pero después salió rápidamente del auto. La máquina de la poli se sostenía en el aire, a unos dos metros de distancia. En uno de sus flancos se había deslizado un panel para dejar ver una pantalla, desde la cual lo observaba el rostro de Janson.

Se calmó al constatar que realmente era la Rata, pero que no se hallaba en el vehículo. Era sólo un video con su imagen. Thomas supuso que el hombre también podría verlo a él.

—¿Qué pasó? —preguntó, aún embargado por la sorpresa y tratando de apartar la vista del hombre que yacía en el suelo—. ¿Cómo me encontraron?

La expresión de Janson era más sombría que nunca.

—Requirió una cantidad considerable de suerte y esfuerzo, créeme. Tienes que darme las gracias: acabo de salvarte de este cazador de recompensas.

Thomas soltó una carcajada.

—De todos modos, son ustedes los que le pagan. ¿Qué quiere?

—Thomas, voy a ser sincero contigo. La única razón por la cual no fuimos a buscarte a Denver es porque el nivel de infección es astronómico. Este fue el medio más seguro para contactarte. Te pido encarecidamente que te entregues y completes los análisis.

Thomas quería gritarle. ¿Por qué habría de regresar a CRUEL? Pero el ataque a Camisa Roja —su cadáver yacía a pocos metros— estaba demasiado fresco en su mente. Tenía que hacer la jugada correcta.

—¿Por qué debería volver?

El rostro de Janson era totalmente inexpresivo.

—Hemos usado nuestra información para seleccionar un Candidato Final y eres tú. Te necesitamos. Todo descansa sobre tus hombros.

Por encima de mi cadáver, pensó Thomas. Pero respondiendo eso no se libraría de la Rata. En cambio, ladeó la cabeza y fingió que lo estaba considerando.

—Lo pensaré —contestó.

—Eso espero —repuso la Rata e hizo una pausa—. Hay algo que me veo forzado a comentarte. Especialmente porque creo que puede influir en tu decisión y hacerte comprender que debes hacer lo que te pedimos.

Thomas se había reclinado sobre la cubierta redondeada del motor del automóvil. Toda esa odisea lo había agotado física y emocionalmente.

—¿Qué?

La Rata frunció el rostro de forma tal que se pareció todavía más a un roedor. Daba la impresión de que se deleitaba dando malas noticias.

—Es acerca de tu amigo, Newt. Me temo que se encuentra en serios problemas.

—¿Qué tipo de problemas? —preguntó Thomas con un nudo en el estómago.

—Me consta que sabes muy bien que él tiene la Llamarada y que ya has visto algunos de sus efectos.

Thomas asintió mientras recordaba repentinamente la nota que llevaba en el bolsillo.

—Sí.

—Bueno, parece estar sucumbiendo a ella con mucha rapidez. El hecho de que hubieras contemplado síntomas de irritación y pérdida de la concentración antes de que te marcharas significa que irá hundiéndose velozmente en la locura.

Fue como si le asestaran un puñetazo en el corazón. Thomas había aceptado que Newt no era inmune, pero había supuesto que pasarían semanas, o tal vez meses antes de que se pusiera realmente mal. Janson tenía razón: la presión de lo ocurrido parecía estar afectando a Newt con mucha rapidez. Y ellos lo habían dejado solo en las afueras de la ciudad.

—Podrías salvarlo muy fácilmente —dijo Janson en voz baja.

—Está disfrutando esto, ¿verdad? —preguntó Thomas—. Porque a menudo pareciera que encuentra mucho placer en toda esta situación.

Janson sacudió la cabeza.

—Sólo estoy haciendo mi trabajo, Thomas. Quiero encontrar esta cura más que nadie. Excepto tú, quizá, antes de que te quitáramos los recuerdos.

—Váyase de una vez —dijo Thomas.

—Espero que vengas —repuso Janson—. Tienes la oportunidad de hacer grandes cosas. Lamento nuestras diferencias, pero es necesario que te des prisa. El tiempo se está acabando.

—Lo pensaré —se obligó a decir una vez más. Lo irritaba tranquilizar a la Rata, pero era lo único que se le ocurrió para conseguir un poco más de tiempo. Además, siempre existía la posibilidad de que acabara como Camisa Roja: acribillado por esa máquina de la poli que volaba a pocos metros de él.

Janson sonrió.

—Eso es todo lo que pido. Espero verte por acá.

La transmisión se cortó y el panel se cerró. Luego la máquina se elevó en el aire y salió volando; el zumbido se fue apagando gradualmente. Thomas la vio desaparecer en la esquina. Cuando se marchó, sus ojos se clavaron en el hombre muerto. Desvió la vista deprisa: era lo último que deseaba ver.

—¡Allí está!

Miró hacia el lugar de donde había provenido el grito y divisó a Minho que corría por la acera hacia él. Brenda y Jorge venían detrás. Thomas nunca había estado tan contento de encontrarse con alguien.

Al distinguir al guardia tirado en la calle, Minho frenó de golpe.

—Cielos… ¿Qué le ocurrió? —preguntó observando a Thomas—. ¿Y tú? ¿Estás bien? ¿Tú hiciste eso?

Era absurdo, pero a Thomas le dieron ganas de reír.

—Claro, saqué mi ametralladora y lo hice volar en pedazos.

El rostro de Minho reveló que no apreciaba el sarcasmo, pero Brenda habló antes de que a él se le ocurriera una respuesta.

−¿Quién lo mató?

Thomas levantó la mano hacia el cielo.

−Una de esas máquinas de la poli. Apareció volando, le disparó hasta matarlo y, antes de que yo pudiera reaccionar, apareció la Rata en una pantalla. Intentó convencerme de que debo regresar a CRUEL.

−Viejo −dijo Minho−, no puedes ni siquiera…

−¡Ten un poco de confianza en mí! −gritó Thomas−. Ni loco vuelvo, pero tal vez el hecho de que ellos me necesiten tanto podría ayudarnos en algún momento. De lo que sí tenemos que preocuparnos es de Newt. Janson piensa que está sucumbiendo a la Llamarada más rápido de lo normal. Tenemos que ir a ver cómo está.

−¿Realmente dijo eso?

−Sí −respondió Thomas, que se sentía mal por haberle gritado a su amigo−. Y yo le creo. Tú viste cómo ha estado actuando Newt últimamente.

Con los ojos llenos de pesar, Minho se quedó mirándolo. Thomas recordó que Minho había conocido a Newt dos años antes que él, por lo tanto tenían una relación más cercana.

−Es mejor que vayamos a verlo −repitió Thomas−. Tenemos que hacer algo por él.

Minho sólo hizo un gesto con la cabeza y apartó la mirada. Thomas estaba tentado a sacar la nota de Newt del bolsillo y leerla ahí mismo, pero le había prometido que esperaría hasta que fuera el momento indicado.

−Se está haciendo tarde −dijo Brenda−. Y ellos no dejan que la gente entre y salga de la ciudad por la noche. Ya es suficientemente difícil controlar la situación durante el día.

Por primera vez, Thomas notó que la luz había comenzado a extinguirse. Encima de los edificios, el cielo estaba tomando un tono anaranjado.

Jorge, que se había mantenido callado, dijo:

−Tenemos problemas mucho mayores que ese. Algo extraño está sucediendo aquí, *muchachos.*

−¿De qué hablas? −preguntó Thomas.

—En la última media hora, toda la gente parece haberse esfumado, y las pocas personas que he visto no tenían muy buen aspecto.

—Esa escena de la cafetería logró dispersar a todo el mundo —señaló Brenda.

Jorge se encogió de hombros.

—No sé. Esta ciudad me está poniendo los pelos de punta, *hermana*. Como si estuviera viva y a punto de liberar algo realmente repugnante.

Un extraño malestar se arrastró sigilosamente por el interior de Thomas; volvió a pensar en Newt.

—Si nos apuramos, ¿podremos salir? ¿O escaparnos de alguna manera?

—Podemos intentarlo —dijo Brenda—. Pero tenemos que conseguir un taxi, porque nos encontramos en el lado opuesto de la ciudad.

—Hagámoslo —propuso Thomas.

Empezaron a caminar por la calle, pero la expresión en el rostro de Minho no era nada buena. Thomas deseó que no fuera un presagio de que se avecinaban cosas terribles.

33

Caminaron durante una hora y no vieron un solo automóvil, mucho menos un taxi. Se toparon con algunas personas aisladas y con las máquinas de la poli, que emitían ese inquietante sonido en sus vuelos errantes. Cada dos o tres minutos escuchaban algún ruido distante que a Thomas le recordaba el Desierto: alguien hablando muy fuerte, un grito, una risa siniestra. Mientras la luz iba dejando paso a la oscuridad, comenzó a sentirse cada vez más asustado.

Finalmente, Brenda se detuvo para hablarles.

—Tendremos que esperar a mañana —anunció—. Esta noche no vamos a conseguir transporte y estamos muy lejos como para ir caminando. Tenemos que dormir para estar frescos por la mañana.

Thomas odiaba tener que admitir que ella estaba en lo cierto.

—Tiene que haber una forma de llegar hasta la nave —insistió Minho.

Jorge le dio un apretón en el hombro.

—Es inútil, *hermano*. El aeropuerto está a no menos de dieciséis kilómetros. Y por el aspecto de esta ciudad, nos van a asaltar, disparar o dar una buena paliza en el camino. Brenda tiene razón, es mejor descansar e ir mañana a ayudarlo.

Thomas se dio cuenta de que Minho quería comportarse como el mismo tipo desafiante de siempre, pero aceptó la propuesta sin discutir. Lo que había dicho Jorge era incuestionable. La ciudad era inmensa, se había hecho de noche y no conocían bien el lugar.

—¿El hotel está cerca? —preguntó Thomas. Se convenció a sí mismo de que Newt podría arreglárselas otra noche sin ellos.

Jorge señaló hacia su izquierda.

—A unas pocas cuadras.

Enfilaron en esa dirección.

★★★

Faltaba sólo una cuadra cuando Jorge se detuvo en seco con una mano en el aire y un dedo en los labios. Thomas frenó bruscamente: una señal de alarma erizó de pronto sus nervios.

—¿Qué pasa? —preguntó Minho.

Jorge caminó en círculo para examinar la zona que los rodeaba y Thomas lo imitó, al tiempo que se preguntaba qué habría inquietado a su guía. La oscuridad se había instalado por completo y los pocos faroles de la calle que vieron no lograban atravesarla. El mundo que Thomas alcanzaba a percibir parecía hecho de sombras e imaginó cosas horribles que acechaban detrás de cada una de ellas.

—¿Qué pasa? —susurró Minho nuevamente.

—Tengo la sensación de que escucho algo detrás de nosotros —replicó Jorge—. Un murmullo. ¿Alguien más… ?

—¡Allí! —aulló Brenda, su voz sonó como un relámpago en el silencio—. ¿Vieron eso? —exclamó, apuntando hacia la izquierda.

Thomas hizo un esfuerzo pero no logró ver nada. Hasta donde alcanzaba su vista, las calles parecían desiertas.

—Alguien estaba saliendo de atrás de ese edificio y luego retrocedió de un salto. Les juro que lo vi.

—¡Hola! —gritó Minho—. ¿Quién anda ahí?

—¿Estás loco? —susurró Thomas—. Entremos al hotel.

—Cálmate, viejo. Si ellos quisieran dispararnos o algo así, ¿no crees que ya lo habrían hecho?

Exasperado, Thomas suspiró largamente. No le gustaba el aspecto que había tomado la situación.

—Yo debería haber dicho algo la primera vez que lo oí —dijo Jorge.

—Seguro que no es nada —intervino Brenda—. Y si hay algo, no sirve de nada que nos quedemos aquí. Vayamos al hotel.

—¡Hola! —gritó Minho otra vez, e hizo que Thomas se sobresaltara—. ¿Hay alguien ahí?

Thomas le dio un golpe en el hombro.

—Lo digo en serio: ¿puedes dejar de hacer eso?

Su amigo lo ignoró.

—¡Sal y da la cara!

Quien fuera que anduviera por ahí no respondió. Minho se movió como si fuera a cruzar la calle para ir a mirar, pero Thomas lo sujetó del brazo.

—Ni lo sueñes. Es la peor idea del mundo. Está oscuro y podría ser una trampa terrible. Vayamos a dormir un rato y mañana estaremos más atentos.

Minho no opuso mucha resistencia.

—Está bien. Si quieres, pórtate como un cobarde, pero esta noche yo duermo en una de las camas.

Y diciendo eso subieron a la habitación. A Thomas le tomó un siglo conciliar el sueño; su mente no dejaba de pensar quién los habría estado siguiendo. Sin embargo, aunque sus pensamientos vagaran sin sentido, siempre regresaban a Teresa y a los demás. ¿Dónde se hallarían? ¿Podría haber sido Teresa la persona que estaba allí afuera espiándolos? ¿O habrían sido Gally y el Brazo Derecho?

Además, Thomas detestaba la idea de que se hubieran visto forzados a esperar una noche para ir a ver a Newt. ¿Y si le había ocurrido algo?

Un rato después, su mente se apaciguó, las preguntas se desvanecieron y se durmió.

34

A la mañana siguiente, Thomas se sorprendió de lo descansado que se sentía. Al parecer, había dado vueltas toda la noche, pero en cierto momento logró dormir profundamente y recobrar fuerzas. Después de una ducha caliente y prolongada, y de un desayuno salido de una máquina expendedora, estaba listo para enfrentar el día.

Preguntándose qué les depararía la ciudad en el camino al aeropuerto, abandonaron el hotel alrededor de las ocho de la mañana. Se cruzaron con algunas personas aquí y allá, pero muchas menos que las que habían visto durante el ajetreo del día previo. Y Thomas no notó ruidos extraños como los que habían oído en la caminata de la noche anterior.

—Les digo que acá pasa algo raro —insistió Jorge mientras buscaban un taxi—. Debería haber más gente en la calle.

Thomas observó a los escasos peatones que se hallaban a su alrededor. Ninguno lo miraba a los ojos. Todos mantenían la cabeza baja y algunos sostenían el cubrebocas contra la cara, como si temieran que un viento repentino se los fuera a arrancar. Caminaban a un ritmo acelerado y frenético, apartándose casi de un salto cuando otra persona se acercaba demasiado a ellos. Vio a una mujer examinando un cartel sobre la Llamarada igual al que había leído el día anterior mientras Camisa Roja lo escoltaba hacia el auto. Le trajo a la memoria lo que había vivido y sintió que eso le haría perder la cordura.

—Tenemos que darnos prisa para llegar a ese aeropuerto garlopo —refunfuñó Minho—. Este sitio me produce escalofríos.

—Deberíamos ir por allá —dijo Brenda estirando el brazo—. Cerca de esas oficinas tiene que haber taxis.

Atravesaron la calle y enfilaron por una más angosta que pasaba delante de lo que parecía ser un terreno baldío de un lado y un edificio viejo y destartalado del otro.

Minho se inclinó hacia Thomas y le habló en voz baja.

—Viejo, siento que estoy perdiendo la razón. Me asusta pensar cómo estará Newt cuando lleguemos.

Thomas también tenía miedo, pero no quería admitirlo.

—No te preocupes. Estoy seguro de que debe estar bien, por ahora.

—Ésa es buena. Y yo estoy seguro de que la cura para la Llamarada va a salir volando de tu trasero en cualquier momento.

—Quién sabe, tal vez ocurra. Aunque tendría un olor un poco raro —bromeó, pero a su amigo no le pareció muy gracioso el comentario—. Mira, no podemos hacer nada hasta que lleguemos ahí y lo veamos —afirmó. A Thomas no le gustaba sonar tan insensible, pero las cosas ya eran bastante difíciles: no podían suponer lo peor.

—Gracias por tratar de levantarme el ánimo.

El terreno vacío que se hallaba a su derecha contenía los restos aislados de un antiguo edificio de ladrillos, completamente cubierto de maleza. En el centro se levantaba un gran sector de pared y, mientras pasaban frente a él, Thomas percibió un movimiento al final del muro. Se detuvo e instintivamente levantó la mano para frenar a Minho. Antes de que éste pudiera inquirir qué estaba sucediendo, le hizo un ademán de que se quedara callado.

Brenda y Jorge lo notaron y permanecieron inmóviles. Thomas les hizo una seña en dirección al movimiento y luego intentó ver mejor.

De espaldas a ellos, un hombre que tenía el torso desnudo estaba agachado y cavaba con las manos, como si estuviera tratando de encontrar en el lodo algo que había perdido. Sus hombros estaban cubiertos de rasguños de formas extrañas y una costra larga atravesaba el centro de su columna. *Sus movimientos son espasmódicos y… desesperados*, pensó Thomas. Los codos saltaban hacia atrás, como si arrancara algo del suelo.

La altura de las hierbas le impedía distinguir qué era lo que estaba haciendo tan frenéticamente.

Brenda le susurró desde atrás.

—Sigamos andando.

—El tipo está enfermo —murmuró Minho—. ¿Cómo puede estar tan desquiciado?

Thomas no tenía idea.

—Vámonos.

El grupo comenzó a caminar otra vez, pero Thomas no podía despegar los ojos de aquella escena tan perturbadora. ¿Qué estaba haciendo ese hombre?

Cuando llegaron a la esquina, Thomas se detuvo y los demás también. Era evidente que la extraña situación los molestaba a todos tanto como a él. Querían echar una última mirada.

Sin previo aviso, el loco pegó un salto y se volvió hacia ellos. Tenía la boca y la nariz cubiertas de sangre. Thomas retrocedió y chocó contra Minho. Mostrando los dientes, esbozó una sonrisa repugnante y luego agitó las manos ensangrentadas. Thomas estaba a punto de gritarle cuando el tipo se agachó y retornó a su tarea. Afortunadamente no podían ver de qué tarea se trataba.

—Este es un buen momento para retirarse —dijo Brenda.

Al sentir como si unos dedos helados treparan por su espalda y sus hombros, Thomas pensó que Brenda tenía razón. Todos salieron disparados y no disminuyeron la velocidad hasta dos cuadras después.

Después de otra media hora de buscar un taxi, finalmente se encontraban camino al aeropuerto. Thomas quería hablar sobre lo que habían visto en el terreno baldío, pero no lograba expresarlo con palabras. Lo había conmovido hasta la médula.

Minho fue el primero en hacer un comentario.

—Ese tipo se estaba comiendo a una persona. Estoy seguro.

—Puede ser… —comenzó Brenda—. Quizá sólo era un perro vagabundo —el tono que utilizó hizo que Thomas no le creyera ni por un segundo—. Aunque eso tampoco estaría bien.

Minho resopló.

—Estoy perfectamente seguro de que eso no es algo que uno debería contemplar durante un lindo paseo en pleno día por una ciudad en cuarentena. Creo que Gally tiene razón. Pienso que este sitio está repleto de Cranks y pronto todos los habitantes de la ciudad empezarán a matarse unos a otros.

Nadie respondió. El resto del viaje transcurrió en silencio.

No les llevó mucho tiempo pasar el puesto de seguridad y cruzar los enormes muros que rodeaban la ciudad. En todo caso, los empleados se mostraron felices de que ellos se marcharan.

El Berg los esperaba exactamente donde lo habían dejado, como el caparazón abandonado de un insecto gigante sobre el cemento caliente y húmedo. Todo estaba quieto a su alrededor.

—Apúrate y abre la escotilla —dijo Minho.

Sin inmutarse ante la orden, Jorge extrajo del bolsillo su pequeño control y oprimió unos botones. Las bisagras crujieron cuando la rampa de la escotilla descendió lentamente hasta que el borde aterrizó en el suelo con un chirrido. Thomas había esperado que Newt bajara corriendo, contento de verlos y con una gran sonrisa en el rostro.

Sin embargo, al no percibir ningún movimiento ni adentro ni afuera, se sintió desolado.

—Algo anda mal —dijo Minho, que obviamente estaba tan triste como Thomas y, antes de que éste atinara a hacer algo, corrió hasta la puerta y subió la rampa a toda velocidad.

—Será mejor que entremos —dijo Brenda—. Tal vez Newt se haya vuelto peligroso.

Thomas detestó el sonido de esas palabras, pero sabía que ella tenía razón. Sin decir nada, fue detrás de Minho y penetró en la oscuridad y el aire sofocante del Berg. En algún momento se habían apagado todos los circuitos: no había aire acondicionado ni luces ni nada.

Jorge subió pisándole los talones a Thomas.

—Dejen que lo encienda o transpiraremos tanto que en un rato no seremos más que un montón de piel y huesos —comentó y se dirigió hacia la cabina.

Brenda se colocó al lado de Thomas y ambos atisbaron en la penumbra de la nave. La única luz que entraba provenía de los ojos de buey. Podían escuchar a Minho llamando a Newt en las profundidades del Berg, pero el chico infectado no respondía. En el interior de Thomas comenzó a formarse un orificio que dejó escapar toda la esperanza que había alimentado.

—Yo voy por la izquierda —dijo señalando el pequeño pasillo que llevaba hacia el área común—. ¿Por qué no sigues a Jorge y buscas por allí? Algo está mal. Si todo estuviera bien, habría salido a recibirnos.

—Y la luz y el aire estarían encendidos —comentó Brenda. Le echó una mirada sombría y partió.

Thomas caminó por el pasillo hasta el salón principal. Minho estaba sentado en uno de los sillones, mirando un pedazo de papel. Era la primera vez que Thomas contemplaba la expresión glacial que había en su rostro. El vacío en su interior se hizo más hondo y se esfumó el último vestigio de esperanza.

—Ey —dijo—. ¿Qué es eso?

Minho no respondió; únicamente continuó observando el papel con atención.

—¿Qué pasa?

Su amigo alzó la mirada hacia él.

—Ven a verlo por ti mismo —contestó mientras sostenía el papel en una mano y se reclinaba en el sillón como si estuviera a punto de echarse a llorar—. Se ha ido.

Thomas se adelantó y tomó la hoja.

Garabateado en marcador negro, decía:

Ellos lograron entrar. Me llevan a vivir con los otros Cranks.
Es lo mejor. Gracias por ser mis amigos.
Adiós.

–Newt –susurró Thomas. El nombre de su amigo quedó flotando en el aire como un anuncio de muerte.

35

Unos instantes después, todos estaban sentados. El objetivo era discutir qué harían a continuación, pero en realidad no tenían nada que decir. Los cuatro permanecieron en silencio, con los ojos clavados en el piso. Por alguna razón, Thomas no conseguía sacarse a Janson de la cabeza. ¿Acaso regresar sería una forma de salvar a Newt? Todo su ser se rebelaba contra la idea de volver, pero si lo hacía y lograba completar los análisis…

Minho rompió el amargo silencio.

–Quiero que los tres me escuchen bien –hizo una pausa para mirarlos uno por uno y luego continuó–. Desde que nos escapamos de CRUEL, lo único que he hecho ha sido acatar lo que ustedes decían que debíamos hacer. Y no me quejé. No mucho –agregó y le dirigió una sonrisa irónica a Thomas–. Pero ahora voy a tomar una decisión y ustedes van a hacer lo que yo diga. Y si alguien se echa atrás, se puede ir al diablo.

Thomas sabía lo que su amigo quería y estaba de acuerdo con él.

–Sé que tenemos metas más importantes –prosiguió Minho–. Debemos contactarnos con el Brazo Derecho, resolver qué haremos con CRUEL… toda esa garlopa de salvar al mundo. Pero primero vamos a buscar a Newt. Y este tema no admite discusión. Los cuatro juntos vamos a ir volando adonde sea y sacaremos a Newt de allí.

–Lo llaman el Palacio de los Cranks –señaló Brenda. Cuando Thomas la miró, ella tenía la vista perdida en un punto indefinido–. Tiene que haberse referido a eso. Es probable que algunos Camisas Rojas hayan conseguido entrar al Berg, encontraron a Newt y descubrieron que estaba infectado. Le permitieron que dejara una nota. No tengo la menor duda de que fue eso lo que pasó.

—Suena sofisticado —dijo Minho—. ¿Has estado ahí?

—No. Todas las grandes ciudades tienen uno. Es el sitio adonde envían a los enfermos para que vivan de manera tolerable hasta que llegue el Final. Sé que no es un lugar agradable para nadie. Allí, son los Inmunes quienes se encargan de todo y les pagan muy bien, ya que nadie que no lo sea se arriesgaría a contagiarse la Llamarada. Si quieren ir, tendríamos que pensarlo muy bien. Se nos han agotado por completo las municiones, así que estaríamos desarmados.

A pesar de tan siniestra descripción, en los ojos de Minho había un rayo de esperanza.

—Ya lo pensamos muy bien. ¿Sabes dónde se encuentra el más cercano?

—Sí —contestó Jorge—. Mientras veníamos hacia acá, pasamos por delante de él. Está en el extremo de este valle, hacia el oeste, frente a las montañas.

Minho dio una palmada.

—Allí es adonde iremos. Jorge, despega de una vez este pedazo de plopus.

Thomas esperaba que hubiera al menos alguna discusión o resistencia, pero no fue así.

—Me caerá bien un poco de aventura, *muchacho* —dijo Jorge, poniéndose de pie—. En veinte minutos estaremos allí.

Jorge cumplió su palabra. Aterrizó el Berg en un claro justo al lado de un bosque increíblemente verde que se extendía por la ladera de la montaña. Casi la mitad de los árboles estaban muertos, pero la otra mitad parecía estar reponiéndose de años de largas temporadas de calor. Thomas se puso triste al pensar que alguna vez el mundo se recuperaría de las llamaradas solares pero, cuando llegara ese día, estaría deshabitado.

Bajó por la rampa y observó el muro que rodeaba lo que debía ser el Palacio de los Cranks, a unos cien metros de distancia. Estaba hecho con gruesas tablas de madera. El portón más cercano comenzaba a abrirse y dos personas aparecieron empuñando unos enormes Lanzadores de Granadas. Lucían exhaustas, pero lentamente se pusieron en posición defensiva y apuntaron las armas. Era evidente que habían visto u oído la llegada del Berg.

—No es un buen comienzo —comentó Jorge.

Uno de los guardias gritó algo que Thomas no alcanzó a escuchar.

—Vayamos para allá y hablemos con ellos. Si tienen esos Lanzadores, deben ser Inmunes.

—A menos que los Cranks hayan tomado el lugar —sugirió Minho, pero luego le echó una mirada extraña a Thomas—. De cualquier forma, vamos a entrar y no nos vamos a retirar sin Newt.

Con la cabeza en alto, el grupo caminó despacio hasta el portón, asegurándose de no hacer ningún movimiento sospechoso. Lo último que deseaba Thomas era recibir el disparo de otra granada. Al aproximarse, notó que los hombres tenían peor aspecto de cerca. Estaban sucios, sudorosos y cubiertos de rasguños y moretones.

Al llegar al portón se detuvieron y uno de los guardias se adelantó hacia ellos.

—¿Quiénes son ustedes? —preguntó. Tenía pelo negro, bigote y era unos cuantos centímetros más alto que su compañero—. No se parecen mucho a esos científicos tontos que vienen de vez en cuando.

Al igual que en el aeropuerto de Denver, Jorge se encargó de hablar.

—*Muchacho,* no podías saber que vendríamos. Somos de CRUEL y uno de los nuestros fue capturado y traído acá por error. Vinimos a recogerlo.

Thomas se quedó sorprendido. En realidad, lo que Jorge había dicho era técnicamente cierto.

El guardia no se mostró muy impresionado.

—¿Acaso creen que me importan ustedes y sus fascinantes trabajos para CRUEL? No son los primeros que caen por aquí con aires de superioridad y actúan como si fueran los dueños del lugar. ¿Quieren venir a divertirse con los Cranks? Será un placer. Especialmente después de lo que ha estado ocurriendo últimamente —señaló y apartó hacia el costado con un gesto de bienvenida exagerado—. Disfruten de su estadía en el Palacio de los Cranks. Si pierden un brazo o un ojo, no se admiten cambios ni devoluciones.

La tensión se podía oler en el aire. Preocupado ante la idea de que Minho pudiera hacer enojar a esos tipos con algún comentario sarcástico, Thomas habló rápidamente.

—¿Qué quieres decir con eso de *lo que ha estado ocurriendo últimamente?* ¿Qué ha pasado?

El tipo se encogió de hombros.

—No es un sitio muy alegre, y eso es todo lo que tienen que saber —comentó y no agregó nada más.

A Thomas no le gustó cómo estaban saliendo las cosas.

—Bueno; ¿sabes si algún nuevo… —decir *Cranks* no le sonó bien— *personaje* ingresó en los últimos dos días? ¿Tienes un registro?

El otro guardia —bajo y fornido, con la cabeza rapada— se aclaró la garganta y escupió.

—¿A quién buscan? ¿Varón o mujer?

—Varón —respondió Thomas—. Se llama Newt. Un poco más alto que yo, pelo rubio, largo. Es rengo.

El hombre volvió a escupir.

—Es posible que supiera algo. Pero entre saber y decir hay una gran diferencia. Ustedes, chicos, parecen tener mucho dinero. ¿Quisieran compartirlo?

Sintiendo renacer la esperanza, Thomas echó una mirada a Jorge, que tenía el rostro tenso por la ira.

Minho se le adelantó.

—Tenemos dinero, cara de garlopo. Ahora dinos dónde está nuestro amigo.

El guardia apuntó el Lanzador hacia ellos con más ferocidad.

—Muéstrenme sus tarjetas de efectivo o esta conversación se terminó. Quiero por lo menos mil.

—Él tiene todo —dijo Minho señalando a Jorge mientras sus ojos taladraban al guardia—. Payaso codicioso.

Jorge sacó la tarjeta y la agitó en el aire.

—Tendrán que matarme para quitarme esto, y ustedes saben muy bien que no les servirá de nada sin mis huellas dactilares. Tendrás tu dinero, *hermano*. Ahora muéstranos el camino.

—Muy bien —dijo el hombre—. Síganme. Y recuerden: si alguna parte de su cuerpo se llegara a desprender debido a un desafortunado encuentro con un Crank, les aconsejo abandonar dicha parte y salir corriendo a toda velocidad. A menos que se trate de una pierna, por supuesto.

Sin decir una palabra más, cruzó el portón abierto.

36

El Palacio de los Cranks era un sitio horrible y mugriento. El guardia bajito demostró ser muy conversador, y mientras se abrían paso a través del caos que reinaba en ese espacio aterrador, les brindó mucha más información que la que Thomas jamás se hubiera atrevido a exigir.

Describió la aldea de los infectados como una enorme serie de círculos, unos dentro de otros, con todas las áreas comunes —cafetería, enfermería, recreación— ubicadas en el centro y rodeadas por hileras de viviendas de mala calidad. Los Palacios habían sido concebidos como alternativas humanas: refugios para los enfermos hasta que la locura se apoderara de ellos. Después de eso, los enviaban a localidades remotas que habían sido abandonadas durante la peor etapa de las llamaradas solares. Quienes habían construido esos palacios habían deseado proporcionar a los ocupantes la última oportunidad de llevar una vida decente antes del fin. Complejos de ese tipo se habían diseminado alrededor de la mayoría de las ciudades del mundo que aún permanecían en pie.

No obstante, las buenas intenciones no habían sido suficientes. Llenar un espacio con personas que carecían de toda esperanza y que sabían que estaban a punto de caer en un horrible abismo de destrucción, dio como resultado una de las zonas más espantosas y anárquicas que el hombre alguna vez haya conocido. Como los residentes estaban muy conscientes de que no podía haber un castigo real o consecuencias peores que las que ya enfrentaban, los índices de criminalidad crecieron de forma astronómica y esas urbanizaciones se convirtieron en el paraíso del libertinaje.

Mientras el grupo pasaba por delante de las casas —simples chozas que habían caído en el abandono—, Thomas imaginó lo horroroso que debería ser vivir en un paraje semejante. La mayoría de las ventanas de los edificios estaban destrozadas y el guardia les explicó que había sido una gran equivocación colocar vidrios en las aldeas. Se habían transformado en las armas más eficaces. La basura cubría las calles y, a pesar de que aún no habían visto a nadie, tenía la sensación de que los vigilaban desde las sombras. Oyó a alguien gritar obscenidades en la lejanía; después surgió otro aullido, procedente de otra dirección, que lo alteró todavía más.

—¿Por qué no cierran el complejo y listo? —preguntó Thomas, que fue el primero en hablar—. Quiero decir… si las cosas están tan mal.

—¿Tan mal? —observó el guardia—. Amigo, mal es un término relativo. Es la realidad. ¿Qué otra cosa puedes hacer con esta gente? No puedes permitir que convivan con los que están sanos en las ciudades fortificadas ni arrojarlos en una zona llena de Cranks mucho más allá del Final y dejar que se los coman vivos. Y ningún gobierno ha alcanzado un grado tal de desesperación como para empezar a matar a las personas no bien pescan la Llamarada. Así son las cosas. Y como nadie más vendría a trabajar acá, se ha convertido en una buena manera para que nosotros los Inmunes hagamos buen dinero.

Sus afirmaciones llenaron a Thomas de desconsuelo. El mundo se hallaba en un estado lastimoso. Tal vez él estaba actuando de manera egoísta al no ayudar a CRUEL a concluir las pruebas.

Desde que habían atravesado los portones de la aldea, el rostro de Brenda estaba fruncido por la indignación, y ya no pudo contenerse más:

—¿Por qué no dices la verdad de una buena vez? Permiten que los infectados deambulen por este sitio olvidado hasta que ya se encuentran tan mal que su conciencia les permite librarse de ellos sin ensuciarla.

—Esa es más o menos la idea —respondió el guardia fríamente. A Thomas le resultó difícil odiar a ese tipo: sólo sintió pena por él.

Continuaron caminando ante interminables hileras de casas sucias y ruinosas.

—¿Dónde está todo el mundo? —preguntó Thomas—. Yo pensé que este sitio estaría atestado de gente. ¿Y qué quisiste decir antes con eso de que algo ha estado ocurriendo últimamente?

Ante esa pregunta, fue el guardia del bigote quien respondió, y resultó agradable escuchar otra voz para variar.

—Algunos pocos afortunados están vegetando en sus casas bajo los efectos de la Felicidad. Pero la mayoría está en la Zona Central, comiendo o jugando o metidos en algo raro. Nos están enviando demasiados infectados antes de que podamos despachar a los anteriores. Y no sé cuál será el motivo, pero a eso se suma que estamos perdiendo Inmunes a diestra y siniestra. La proporción está disminuyendo día a día y en algún momento las cosas tenían que llegar a un punto límite.

—¿Perdiendo Inmunes a diestra y siniestra? —repitió Thomas. Parecía que CRUEL estaba explotando todos los recursos a su alcance para llevar adelante más Pruebas. Aun cuando eso tuviera consecuencias peligrosas.

—Sí. En los últimos dos meses han desaparecido casi la mitad de nuestros empleados. Sin dejar rastros, sin explicaciones. Lo cual hace que mi trabajo sea mil veces más duro.

Thomas profirió un gruñido.

—Sólo queremos que nos mantengan alejados de la multitud y nos lleven a alguna zona segura cuando hayamos encontrado a Newt.

—Me parece bien —añadió Minho.

El guardia hizo un gesto de indiferencia.

—No hay problema. Mientras me den el dinero…

Finalmente los dos hombres se detuvieron a dos círculos de distancia de la Zona Central y le dijeron al grupo que esperara. Thomas y los demás se amontonaron en un espacio sombreado, detrás de una de las casuchas. El bullicio iba en rápido aumento y, al hallarse tan cerca de la sección del Palacio más densamente poblada, sonaba como si ahí mismo se estuviera llevando a cabo una pelea monstruosa. Thomas detestó cada segundo que permaneció sentado, esperando, escuchando aquellos ruidos horrorosos y preguntándose incesantemente si el guardia regresaría alguna vez, solo o llevando a Newt a rastras.

Unos diez minutos después, dos personas salieron de una cabañita que se encontraba al otro lado del sendero. El corazón de Thomas comenzó a latir con más fuerza y, antes de constatar que su aspecto no era en absoluto amenazador, casi se puso de pie y echó a correr. Era una pareja que iba de la mano, y salvo que estaban algo sucios y llevaban ropa vieja y arrugada, parecían bastante saludables.

Se aproximaron a los chicos y se detuvieron frente a ellos.

—¿Cuándo llegaron? —preguntó la mujer.

Thomas trató de encontrar qué decir, pero Brenda se anticipó.

—Entramos con el último grupo. Estamos buscando a un amigo que estaba con nosotros. Se llama Newt: pelo rubio, rengo. ¿Lo han visto?

El hombre respondió como si acabara de escuchar la pregunta más tonta del mundo.

—Hay muchísima gente rubia por aquí, ¿cómo podremos distinguir quién es quién? Además, Newt; ¿de dónde sacaron ese nombre?

Cuando Minho abrió la boca para contestar, el ruido que provenía del centro del pueblo se acrecentó y todos miraron en esa dirección. El hombre y la mujer se miraron con preocupación. Luego, sin decir una palabra, volvieron a meterse en su casa a toda prisa. Cerraron la puerta y Thomas escuchó el ruido del cerrojo. Unos segundos después, una tabla de madera tapó la ventana y un trozo de vidrio cayó al piso.

—Parecen tan felices como nosotros de estar acá —dijo Thomas.

Jorge resopló.

—Muy amistosos. Creo que voy a volver a visitarlos.

—Es obvio que no llevan aquí mucho tiempo —dijo Brenda—. No puedo imaginarme lo que deben sentir: descubrir que estás infectado, que te manden a vivir con los Cranks, tener ante tus ojos la imagen del ser en quien te convertirás.

Thomas sacudió la cabeza. Sería el sufrimiento en su forma más pura.

—¿Dónde están esos *guardias?* —preguntó Minho con tono claramente impaciente—. ¿Cuánto tiempo les puede llevar encontrar a alguien y decirle que sus amigos están aquí?

Diez minutos después, los dos hombres doblaron la esquina y todos se levantaron de un salto.

—¿Qué averiguaron? —inquirió Minho con urgencia.

El bajito se veía inquieto, movía los ojos de un lado a otro como si hubiera perdido el descaro que había mostrado unos minutos antes, y Thomas se preguntó si un viaje a lo que ellos llamaban la Zona Central siempre lo pondría en ese estado.

Su compañero respondió.

—Después de hacer algunas indagaciones, creo que encontramos a su amigo. Luce como ustedes lo describieron y volteó cuando pronunciamos su nombre. Pero… —se interrumpió e intercambió una mirada incómoda con el otro guardia.

—¿Pero qué? —presionó Minho.

—Me pidió, y de manera muy específica, debo agregar, que les dijera que se largaran.

37

Para Thomas esas palabras fueron como un puñal en el corazón, e imaginó cómo debía sentirse Minho.

—Llévanos hasta él —ordenó su amigo de manera tajante.

El guardia levantó las manos.

—¿Acaso no escucharon lo que acabo de decir?

—Tienes que terminar tu trabajo —dijo Thomas. Estaba de acuerdo con Minho. No importaba lo que Newt había dicho: debían hablar con él.

El guardia más bajo sacudió la cabeza categóricamente.

—De ninguna manera. Nos pidieron que buscáramos a su amigo y eso hicimos. Ahora dennos el dinero.

—¿Acaso está aquí con nosotros? —preguntó Jorge—. Nadie verá un solo centavo hasta que estemos todos juntos.

Brenda no abrió la boca, pero permaneció junto a Jorge, asintiendo para mostrar su apoyo. Thomas se tranquilizó al constatar que todos estaban de acuerdo en ir a ver a Newt a pesar del mensaje que les había enviado.

Los dos guardias no se mostraron muy contentos y comenzaron a discutir entre ellos en voz muy baja.

—¡Oigan! —rugió Minho—. Si quieren ese dinero, ¡muévanse!

—Está bien —dijo finalmente el de bigote, ante la mirada iracunda de su compañero—. Síganos.

Enfilaron en la misma dirección por la que habían venido. Minho iba pegado a los guardias, seguido por el resto del grupo.

Al adentrarse en las profundidades del complejo, Thomas seguía creyendo que las cosas no podían empeorar, pero se equivocó. Las construcciones estaban más destartaladas; las calles, más sucias. Vio a mucha gente echada en la acera, con la cabeza apoyada sobre bolsas roñosas o bultos de ropa. Observaban el cielo con ojos vidriosos, la mirada alegre y enajenada. *La Felicidad es un nombre muy adecuado,* pensó Thomas.

Los guardias avanzaban moviendo los Lanzadores a derecha e izquierda, apuntando a cualquiera que se acercara a menos de tres metros de distancia. Pasaron junto a un hombre de aspecto destruido —la ropa rasgada, el pelo apelmazado y pegajoso, la piel cubierta de sarpullido— que se arrojó sobre un adolescente dopado y comenzó a pegarle.

Thomas se detuvo y se preguntó si deberían ayudar.

—Ni lo pienses —dijo el guardia de baja estatura antes de que él pudiera proferir una palabra—. Sigan caminando.

—¿Pero acaso no es tu trabajo… ?

El otro guardia lo interrumpió con rudeza.

—Cierra la boca y deja que nosotros nos encarguemos de manejar la situación. Si nos inmiscuyéramos en cada pelea de hombres o mujeres que vemos, no terminaríamos nunca. Probablemente ya estaríamos muertos. Esos dos pueden solucionar sus propios problemas.

—Sólo llévennos adonde está Newt —dijo Minho sin alterar la voz.

Tratando de ignorar un aullido escalofriante que brotó súbitamente a sus espaldas, Thomas y los demás continuaron la marcha.

Por fin llegaron a una pared alta con un gran arco por el que se accedía a un espacio abierto lleno de gente. Un cartel en la parte superior anunciaba en letras brillantes que esa era la Zona Central. Thomas no alcanzó a descifrar qué ocurría en el interior, pero todos parecían estar muy atareados.

Los guardias frenaron el paso y el de bigote se dirigió al grupo.

—Lo voy a preguntar una sola vez. ¿Están seguros de que quieren entrar ahí?

—Sí —respondió Minho con rapidez.

—Muy bien. Su amigo está en el boliche. Apenas lo señalemos, nos entregarán el dinero.

—Avancemos de una vez —gruñó Jorge.

Siguieron a los guardias a través del arco e ingresaron en la Zona Central. Unos instantes después, se detuvieron para examinar el sitio.

La primera palabra que surgió en la mente de Thomas fue *manicomio* y se dio cuenta de que era casi literalmente cierto.

Había Cranks por todos los rincones.

Pululaban dentro de un área circular de más de cien metros, que se encontraba bordeada por lo que al parecer habían sido tiendas, restaurantes y locales de entretenimiento. Casi todos estaban en ruinas y clausurados. La mayoría de los infectados no parecían tan idos como el tipo del pelo pegoteado que habían visto en la calle, pero se respiraba un clima de furor. Para Thomas, la forma de actuar y los gestos de la gente parecían… exagerados. Con un brillo salvaje en la mirada, algunas personas reían histéricamente, mientras se daban fuertes palmadas en la espalda unas a otras. Algunos lloraban desconsoladamente: sollozaban en soledad, tumbados en el suelo o caminando en círculo, con la cara entre las manos. Por todos lados se suscitaban pequeñas reyertas. Aquí y allá se podía contemplar a un hombre o a una mujer de pie, inmóviles, gritando con todas sus fuerzas, los rostros enrojecidos y los cuellos rígidos.

También estaban aquellos que se apiñaban en grupos con los brazos cruzados y sacudían la cabeza de un lado a otro, como si estuvieran esperando un ataque inminente. Y, de la misma manera en que Thomas había contemplado que ocurría en los anillos exteriores, algunos de los Cranks estaban perdidos en la nebulosa de la Felicidad: sentados o echados en el piso, sonreían abstraídos del caos circundante. Armas en mano, unos pocos guardias –ampliamente superados en número– daban vueltas por el lugar.

–Recuérdame no comprar ninguna propiedad en esta zona –bromeó Minho.

Thomas no consiguió reírse. La ansiedad lo carcomía y deseaba desesperadamente terminar con aquello lo antes posible.

–¿Dónde queda el boliche? –preguntó.

–Por acá –dijo el guardia más bajo.

Pegado a la pared, se dirigió hacia la izquierda mientras Thomas y los demás lo seguían. Brenda caminaba junto a Thomas; sus brazos se rozaban a cada paso. Él quería tomarla de la mano, pero no deseaba hacer ningún movimiento que llamara la atención sobre él. La situación era tan impredecible que prefirió no hacer nada que no fuera absolutamente necesario.

Al verlos aproximarse, la mayoría de los Cranks interrumpieron sus actividades febriles y observaron al pequeño grupo de recién llegados. Thomas mantenía la vista baja pues temía que, si llegaba a establecer contacto visual con los enfermos, estos se volverían hostiles o intentarían hablarle. Mientras proseguían el recorrido, recibieron abucheos, silbidos, chistes e insultos groseros. Pasaron frente a un pequeño supermercado derruido y Thomas alcanzó a ver a través de las ventanas abiertas –los vidrios habían desaparecido hace mucho– que casi todos los estantes estaban vacíos. Había un consultorio y un negocio de comida rápida, pero ninguno de ellos tenía luz.

Alguien sujetó la camisa de Thomas a la altura del hombro. Cuando apartó la mano y giró para ver de quién se trataba, se encontró con una mujer. Tenía el pelo oscuro y desgreñado y un rasguño en el mentón, pero salvo eso su aspecto era bastante normal. Se le quedó mirando a Thomas con el gesto fruncido durante unos segundos, antes de abrir la boca cuan grande era. A pesar de que los dientes necesitaban una buena cepillada, estaban en buen estado, y la lengua se veía inflamada y descolorida. Luego cerró la boca otra vez.

–Quiero besarte –exclamó–. ¿Qué dices, Muni? –preguntó con una risa que parecía un cacareo maniaco lleno de resoplidos, mientras deslizaba suavemente la mano por el pecho de Thomas.

Éste retrocedió de un salto y siguió caminando. Notó que los guardias ni siquiera se habían detenido para vigilar que no sucediera nada malo.

Brenda se inclinó hacia él y le habló en un murmullo.

–Eso debe haber sido lo más espeluznante que nos ocurrió hasta ahora.

Thomas simplemente asintió con la cabeza y continuó la marcha.

38

El recinto donde se hallaba el boliche no tenía puertas. A juzgar por la gruesa capa de óxido que cubría las bisagras, habían sido arrancadas y desechadas mucho tiempo atrás. Arriba de la entrada había un gran letrero de madera, pero las palabras que alguna vez había exhibido se habían desvanecido, dejando en su lugar nada más que rayones descoloridos.

—Está allí adentro —dijo el guardia de bigote—. Ahora paguen lo que deben.

Minho pasó delante del hombre, se asomó por la abertura y estiró el cuello para ver el interior. Luego se volvió a mirar a Thomas.

—Se encuentra en el fondo —dijo con cara de preocupación—. Está oscuro, pero estoy seguro de que es él.

Thomas descubrió que había estado tan angustiado por encontrar a su viejo amigo que no había considerado qué harían a continuación. ¿Por qué les habría dicho que se largaran?

—Queremos nuestro dinero —insistió el guardia.

Jorge ni se inmutó.

—Les daré el doble si me garantizan que regresaremos sanos y salvos al Berg.

Una vez que los dos hombres se consultaron entre sí, le tocó el turno de hablar al más bajo de los dos.

—El triple. Y queremos la mitad ahora para estar seguros de que no nos están tomando el pelo.

—Es un trato, *muchacho*.

Mientras Jorge sacaba su tarjeta y la apoyaba sobre la del guardia para transferir el dinero, Thomas experimentó una morbosa satisfacción al descubrir que le estaban robando su dinero a CRUEL.

—Esperaremos aquí —dijo el guardia cuando terminaron la transacción.

—Vamos —repuso Minho, e ingresó en el edificio sin esperar respuesta.

Thomas miró a Brenda, que tenía el ceño fruncido.

—¿Qué pasa? —le preguntó.

—No lo sé —respondió—. Tengo un mal presentimiento.

—Sí, ambos lo tenemos.

Ella le sonrió levemente y le agarró la mano. Esta vez, Thomas la aceptó con agrado. De inmediato, entraron al salón con Jorge detrás.

Como había ocurrido tantas veces desde que le borraron la memoria, Thomas tenía en la mente imágenes de cómo debería haber sido un boliche y cómo funcionaba, pero no podía recordar que alguna vez hubiera jugado a los bolos. El recinto en el cual ingresaron era muy distinto de lo que había esperado.

Las mesas donde alguna vez se había jugado se hallaban completamente destruidas, y la mayor parte de las tablas de madera, arrancadas o rotas. Los espacios estaban sembrados de mantas y bolsas de dormir, donde la gente dormía la siesta o simplemente miraba el techo en estado de aturdimiento. Brenda le había contado a Thomas que sólo los ricos podían pagar la Felicidad, así que se preguntó cómo las personas se atrevían, en un sitio semejante, a revelar a los demás que la estaban consumiendo. Se imaginó que no pasaría mucho tiempo antes de que alguien decidiera hacer lo que fuera necesario para apoderarse de la droga.

En los huecos donde solían colocarse los bolos ardían varias fogatas, lo cual no resultaba demasiado seguro, pero había al menos una persona sentada delante de cada hoguera, ocupándose de ella. El olor a madera quemada flotaba en la oscuridad y una densa humareda viciaba el aire.

Minho señaló hacia la mesa más lejana del lado izquierdo, a unos treinta metros de distancia. En ese rincón no había muchas personas —la mayoría se congregaba en las mesas centrales— pero Thomas divisó a Newt de inmediato a pesar de la escasa luz. Reconoció los destellos que su largo cabello rubio lanzaba con la luz del fuego y la forma tan característica de su cuerpo encorvado. Se encontraba de espaldas a ellos.

—Allá vamos —le dijo Thomas a Brenda con un suspiro.

Nadie los molestó mientras se abrían paso con cuidado entre el laberinto de personas que dormitaban envueltas en mantas. Thomas miraba bien dónde ponía el pie, pues no deseaba pisar a algún Crank y recibir una mordida en la pierna.

Cuando se hallaban a unos tres metros de Newt, el rugido de su voz resonó como un eco entre las paredes oscuras del salón.

—Malditos larchos, ¡les dije que se largaran!

Minho frenó de golpe y Thomas casi choca con él. Brenda apretó la mano de Thomas y después la soltó. En ese instante descubrió cuánto había transpirado. El sonido de las palabras de Newt fue la revelación de que todo se había terminado. Su amigo ya nunca sería el de antes: sólo le quedaban días negros por delante.

—Es necesario que hablemos —dijo Minho acercándose unos pasos hacia él. Al hacerlo tuvo que pasar por encima de una mujer muy delgada, que estaba echada de costado.

—No te acerques más —repuso Newt con voz suave pero amenazadora—. Esos matones me trajeron acá por un motivo. Pensaron que era un maldito Inmune escondido en ese Berg miertero. No se imaginan cómo se sorprendieron al comprobar que la Llamarada estaba comiéndome el cerebro. Cuando me arrojaron en este nido de ratas, dijeron que se trataba de un deber cívico.

Al ver que Minho se quedaba en silencio, Thomas hizo un gran esfuerzo para no dejarse abrumar por las palabras de Newt, y le respondió.

—¿Por qué crees que estamos aquí? Lamento que hayas tenido que quedarte, que te hayan atrapado y que te trajeran a este lugar. Pero podemos sacarte de acá. A nadie le importa una garlopa quién entra y quién sale.

Despacio, Newt giró hasta quedar frente a ellos. A Thomas se le hizo un nudo en la garganta al ver que el chico sostenía un Lanzador en las manos. Tenía muy mal aspecto, como si hubiera pasado tres días completos corriendo, peleando y despeñándose por acantilados. Sin embargo, a pesar de la furia que anidaba en sus ojos, la locura todavía no lo había invadido por completo.

—¡Shuck! —dijo Minho. Dio un paso hacia atrás y casi se tropieza con la mujer que se encontraba junto a sus talones—. Tranquilo. Podemos hablar sin que me apuntes a la cara con un Lanzador. ¿Y cómo conseguiste esa garlopa?

—Lo robé —respondió Newt—. Se lo saqué a un guardia que... no me hacía feliz.

Las manos de Newt mostraron un ligero temblor, lo cual inquietó a Thomas. Los dedos de su amigo se movían nerviosamente alrededor del disparador del arma.

—No estoy... bien —confesó—. En serio, shanks, les agradezco que vinieran a buscarme. De verdad. Pero acá se termina toda esta maldita cuestión. Ahora vuelvan a cruzar esa puerta, se dirigen al Berg y se van volando de aquí. ¿Me entendieron?

—No, Newt, no entiendo —contestó Minho con un creciente tono de frustración—. Arriesgamos nuestras cabezas para venir a este sitio, eres nuestro amigo y te vamos a llevar a casa. Si quieres quejarte y llorar mientras tu mente enloquece, no hay problema. Pero lo harás con nosotros, no con estos Cranks mierteros.

De repente, Newt se levantó de un salto y Thomas se tambaleó hacia atrás. Elevó el Lanzador y lo apuntó hacia Minho.

—¡Minho, *yo* soy un Crank! ¡Yo *también* lo soy! ¿Por qué no puedes meterte eso en tu maldita cabeza? Si tuvieras la Llamarada y supieras lo que te va a ocurrir, ¿querrías que tus amigos se quedaran a tu lado observando? ¿Eh? ¿Te gustaría? —terminó de hablar a gritos, temblando cada vez más.

Minho no dijo nada y Thomas entendió por qué. Él mismo se esforzaba por encontrar las palabras adecuadas, pero su mente estaba en blanco. La mirada colérica de Newt se volvió hacia él.

—Y *tú*, Tommy —dijo el chico, bajando la voz—. ¿Con qué cara vienes acá a pedirme que me vaya con ustedes? ¿Cómo te atreves? Te miro y me dan ganas de vomitar.

Atónito, Thomas permaneció en silencio. Nunca le habían dicho algo tan doloroso. Jamás.

39

Thomas no encontró ninguna explicación a semejante afirmación.

—¿De qué estás hablando? —preguntó.

Newt no respondió. Se quedó observándolo con los ojos endurecidos, los brazos temblorosos y el Lanzador apuntado directamente a su pecho. Pero después se calmó y su rostro se suavizó. Bajó el arma y miró hacia el piso.

—No entiendo —insistió Thomas por lo bajo—. ¿Por qué dices eso?

Newt volvió a levantar la mirada: ya se había disipado toda la amargura que había mostrado unos segundos antes.

—Lo lamento, chicos. En serio. Pero quiero que me escuchen. Cada segundo que pasa, estoy peor. No me queda mucha cordura. Por favor, váyanse.

Cuando Thomas abrió la boca para discutir, Newt elevó las manos en el aire.

—¡No! Basta de hablar. Sólo... váyanse. Por favor. Les suplico que hagan una sola cosa por mí. Les ruego con todo mi corazón, como nunca lo hice antes. Conocí a un grupo de personas que son muy parecidas a mí y están planeando fugarse a Denver en unas horas. Voy a ir con ellos.

Hizo una pausa y Thomas tuvo que recurrir a toda su voluntad para mantenerse callado. ¿Por qué querrían escaparse a Denver?

—No espero que lo entiendan, pero ya no puedo estar con ustedes. Ya es bastante difícil para mí ahora, y sería terrible si supiera que ustedes tienen que ser testigos de mi decadencia. Y lo peor de todo, si llegara a lastimarlos. Mejor despidámonos de una maldita vez y después pueden prometerme que sólo recordarán los buenos tiempos.

–Yo no puedo hacer eso –dijo Minho.

–¡Shuck! –gritó Newt–. ¿Tienen alguna idea de lo duro que me resulta mantenerme calmado? Ya dije mi parte y listo. ¡Ahora váyanse! ¿Me escucharon? ¡*Lárguense de aquí!*

Thomas sintió un golpe en el hombro: varios Cranks se habían congregado detrás de él. La persona que lo había tocado era un hombre alto, de pecho ancho, con cabello largo y grasiento. Estiró la mano nuevamente y apoyó con fuerza la punta del dedo en el pecho de Thomas.

–Me parece que nuestro nuevo amigo les pidió que lo dejaran tranquilo –dijo el tipo, mientras se pasaba la lengua por los labios como una serpiente.

–Esto no es asunto tuyo –replicó Thomas. Podía percibir el peligro pero, por algún motivo, no le importó. En su cabeza, sólo había espacio para Newt–. Él era nuestro amigo mucho antes de venir acá.

El hombre se pasó la mano por el pelo grasoso.

–Ahora ese chico es un Crank y nosotros también. Eso lo convierte en asunto nuestro. Ya *déjenlo…* en *paz.*

Antes de que Thomas pudiera responder, Minho intervino.

–Ey, lunático, quizá la Llamarada te haya tapado los oídos. Esto es entre Newt y nosotros. *Lárgate.*

Con el ceño fruncido, el hombre levantó la mano para mostrarles el largo fragmento de vidrio que sujetaba en el puño, de donde manaba sangre.

–Esperaba que se resistieran –gruñó–. Este lugar es muy aburrido.

Como un relámpago, extendió el brazo hacia Thomas y lo atacó con el vidrio filoso. Thomas se agachó y levantó las manos para desviar el embate. Pero antes de que el arma lo alcanzara, Brenda se interpuso y, de un golpe, alejó la mano del Crank. El vidrio salió volando por el aire. En segundos, Minho se abalanzó sobre él y lo arrojó al piso. Ambos aterrizaron encima de la mujer –la misma que Minho había esquivado antes para llegar hasta Newt–, que se puso a chillar como una loca al tiempo que se sacudía y pataleaba. Pronto los tres se enredaron en una lucha libre.

–¡Deténganse! –gritó Newt– ¡Ahora mismo!

Agachado e inmóvil, Thomas esperaba la oportunidad de entrar en acción para ayudar a Minho. Pero luego distinguió a Newt, con la mirada desencajada por la furia, sosteniendo su Lanzador en posición de ataque.

—Dejen de pelear o empiezo a disparar sin fijarme quién es el maldito miertero que recibe el disparo.

El hombre del pelo grasiento se apartó del tumulto y se puso de pie mientras le pegaba una patada en las costillas a la mujer, que lanzó un gemido. Minho se incorporó con la cara llena de rasguños.

El sonido eléctrico de la carga del Lanzador tiñó el aire justo cuando Thomas percibió el olor a ozono quemado. Entonces Newt oprimió el gatillo. Una granada se impactó en el pecho de Pelo Grasoso y unas estelas de luz envolvieron su cuerpo. Aullando, se desplomó en el piso. Mientras se sacudía, sus piernas se mantenían rígidas y la espuma chorreaba de su boca.

Thomas no podía creer lo que estaba sucediendo. Observó a Newt con los ojos muy abiertos, contento ante lo que había hecho y feliz de que no hubiera apuntado el Lanzador hacia él o hacia Minho.

—Le dije que se detuviera —dijo Newt en un susurro. Luego dirigió el arma hacia Minho con brazos temblorosos—. Ahora váyanse, chicos. No más discusiones. Lo siento.

Minho alzó las manos.

—¿Vas a dispararme, viejo amigo?

—Váyanse —dijo Newt—. Lo pedí de buena manera. Ahora es una orden. Esto es muy duro para mí. Márchense.

—Newt, vayamos afuera…

—¡Basta! —rugió aproximándose más y apuntando con más firmeza—. ¡Lárguense de aquí!

Thomas aborreció lo que estaba contemplando: el estado salvaje en que se encontraba Newt. Le temblaba el cuerpo y sus ojos habían perdido toda huella de cordura. Se estaba volviendo completamente loco.

—Vamos —dijo Thomas, una de las palabras más tristes que había pronunciado en toda su vida—. Larguémonos.

La mirada de Minho se desvió bruscamente hacia él. Parecía tener el corazón destrozado.

—No hablas en serio.

Thomas sólo atinó a asentir con la cabeza.

Minho echó los hombros hacia adelante y bajó los ojos.

—Shuck. ¿Cómo fue que el mundo se transformó en esta garlopa? —las palabras brotaron con dificultad, graves y llenas de dolor.

—Lo siento —dijo Newt. Las lágrimas corrían por sus mejillas—. Voy a… dispararles, si no se van. Ahora.

Thomas no pudo soportar más. Tomó a Brenda de la mano, a Minho del brazo y comenzó a empujarlos hacia la salida, pasando por encima de los cuerpos y zigzagueando entre las mantas. Minho no se resistió y Thomas no se atrevió a mirarlo. Esperó que Jorge viniera detrás. No se detuvo. Siguió andando. Atravesó el vestíbulo, enfiló hacia las puertas y salió a la Zona Central y a las caóticas multitudes de Cranks.

Lejos de Newt. Lejos de su amigo y de su mente enferma.

40

No había rastros de los guardias que los habían escoltado hasta ahí, pero había más Cranks que cuando entraron al boliche. Y casi todos parecían estar esperando a los recién llegados. Era probable que hubieran oído el sonido del Lanzador y los gritos del tipo que había recibido el disparo. O tal vez alguien había ido a contar las novedades. De cualquier manera, Thomas sintió que todas las personas que lo miraban estaban más allá del Final y ávidas de alimento humano.

—Miren a estos payasos —exclamó alguien.

—Sí, ¡son realmente hermosos! —repuso otro—. Vengan a jugar con los Cranks. ¿O van a unirse a nosotros?

Thomas siguió caminando hacia el arco de la entrada a la Zona Central. Había soltado el brazo de Minho, pero mantenía aferrada la mano de Brenda. Pasaron entre la muchedumbre y Thomas tuvo que evitar establecer contacto visual con la gente. Lo único que veía era locura, envidia y sed de sangre grabadas en infinitos rostros heridos y destrozados. Quería correr, pero tenía la sensación de que si lo hacía, los Cranks los atacarían como una manada de lobos.

Llegaron al arco y lo cruzaron sin detenerse. Thomas los guió a lo largo de la calle principal y a través de los círculos de casas destartaladas. Una vez que se alejaron, el barullo de la Zona pareció recomenzar y los sonidos sobrecogedores de risas dementes y gritos salvajes los acompañaron en su caminata. Cuanto más se separaban del ruido, más relajado se sentía Thomas. No se atrevía a preguntarle a Minho cómo se hallaba. Además, ya sabía la respuesta.

Estaban pasando ante otra serie de casas ruinosas cuando oyó un par de gritos y, a continuación, el sonido de pasos.

–¡Corran! –gritó alguien–. ¡Corran!

Thomas frenó bruscamente justo cuando los guardias que los habían abandonado aparecieron por un recodo a toda prisa. No se detuvieron y continuaron corriendo hacia el círculo más alejado del pueblo y hacia el Berg. Ya no llevaban consigo los Lanzadores.

–¡Ey! –gritó Minho–. ¡Regresen!

El guardia de bigote miró hacia atrás.

–¡Idiotas, les dije que corrieran! ¡Vamos!

Thomas no lo pensó dos veces. Sabiendo que era la única opción, salió detrás de ellos a toda carrera. Minho, Jorge y Brenda lo imitaron. Al mirar hacia atrás, divisó a un grupo de Cranks que los perseguían. Eran al menos doce. Parecían frenéticos, como si alguien hubiera apretado un botón y todos hubiesen alcanzado el Final al mismo tiempo.

–¿Qué ocurrió? –preguntó Minho, con la respiración entrecortada.

–¡Nos arrastraron fuera de la Zona! –explicó el hombre más bajo–. Juro por Dios que nos iban a comer vivos. Apenas logramos escapar.

–¡No se detengan! –agregó el otro guardia. De repente, ambos se desviaron en otra dirección, hacia un callejón escondido.

Thomas y sus amigos continuaron hacia la salida que los conduciría hasta el Berg. Con los abucheos y silbidos a sus espaldas, se arriesgó a echar otro vistazo a sus perseguidores: ropa rasgada, pelo pegoteado, rostros cubiertos de lodo. Pero no habían logrado ganar terreno.

–¡No pueden alcanzarnos! –gritó justo cuando el portón exterior surgió ante sus ojos–. ¡Apúrense, falta muy poco!

De todas maneras, Thomas corrió más rápido que nunca, más aún que en el Laberinto. Imaginar que esos Cranks pudieran llegar a atraparlos lo llenaba de horror. El grupo logró llegar al portón y lo atravesó sin disminuir la velocidad. No se preocuparon por cerrarlo: se dirigieron directamente al Berg, cuya escotilla se abrió mientras Jorge oprimía unos botones en el control.

Cuando arribaron a la rampa, Thomas subió ágilmente y se arrojó en el interior. Sus amigos se deslizaron en el piso a su alrededor. La rampa comenzó a crujir a medida que se elevaba. A pesar de que la banda de Cranks que venía tras ellos no lograría llegar a tiempo, continuaban corriendo y gritando tonterías. Uno de ellos se agachó, tomó una piedra y la arrojó. Cayó a seis metros de distancia.

El Berg se elevó en el aire justo en el momento en que la puerta se cerró.

Mientras los demás se recuperaban, Jorge piloteó la nave a poco más de diez metros de altura. Desde el suelo, los Cranks no representaban amenaza alguna, pues no tenían armas. Al menos no aquellos que los habían perseguido fuera de los muros.

Desde uno de los puestos de observación, Thomas, Minho y Brenda miraron a la multitud enfurecida y delirante. Costaba creer que lo que estaban contemplando fuera real.

—Mírenlos ahí abajo —dijo Thomas—. Quién sabe qué estaban haciendo unos meses atrás. Tal vez vivían en un apartamento y trabajaban en alguna oficina. Ahora están persiguiendo gente como si fueran animales salvajes.

—Yo te voy a decir qué estaban haciendo hace unos meses —repuso Brenda—. Llevaban una vida miserable, muertos de miedo de contagiarse la Llamarada, sabiendo que era inevitable.

Minho se mostró sorprendido.

—¿Cómo puedes preocuparte por *ellos?* ¿Acaso no recuerdas con quién estuvimos? ¿Con mi *amigo?* ¿*Newt?*

—No había nada que pudiéramos hacer —gritó Jorge desde la cabina. Thomas se estremeció ante la falta de compasión.

Minho encaró al piloto.

—Garlopo, mejor cierra la boca y vuela de una vez.

—Haré lo que pueda —dijo Jorge con un suspiro. Movió algunos instrumentos y el Berg se puso en movimiento.

Como si se hubiera derretido, Minho se derrumbó en el suelo.

—¿Qué pasará cuando se le acaben las granadas? —se preguntó en voz alta, con la mirada perdida.

Thomas no supo qué responder; no encontraba la manera de expresar la tristeza que embargaba su pecho. Se echó al lado de Minho y permaneció ahí sin decir palabra, mientras el Berg se elevaba cada vez más alto y se alejaba del Palacio de los Cranks.

Newt ya no estaba con ellos.

41

Un rato después, Thomas y Minho fueron a sentarse en un sofá del área común, al tiempo que Brenda ayudaba a Jorge en la cabina.

Con tiempo para pensar, la cruda realidad de lo que había sucedido se desplomó sobre Thomas como una bomba. Desde que él había llegado al Laberinto, Newt siempre había estado a su lado. Hasta ese instante no había caído en la cuenta de lo amigos que eran. Le dolía el corazón.

Intentó recordarse a sí mismo que Newt no estaba muerto. Pero, de alguna manera, eso era peor. Su amigo era un demente y estaba rodeado de Cranks sedientos de sangre. Y la perspectiva de no verlo nunca más era insoportable.

Finalmente, Minho habló con tono desanimado.

—¿Por qué hizo eso? ¿Por qué no quiso regresar con nosotros? ¿Por qué me apuntó el arma a la cara?

—Él nunca hubiera apretado el gatillo —señaló Thomas, aunque no estaba seguro de que fuera verdad.

Minho sacudió la cabeza.

—¿Notaste cómo se transformaron sus ojos? Estaba totalmente desquiciado. Si hubiera seguido insistiendo, me habría quemado. Está loco. Es un completo chiflado.

—Quizá no sea tan malo después de todo.

—¿Perdón? —preguntó Minho mirándolo fijamente.

—Cuando su mente se pierde, dejan de ser ellos mismos. Tal vez el Newt que conocemos ya se fue y él no es capaz de percibir lo que le está sucediendo. De modo que realmente no está sufriendo.

Minho casi se mostró ofendido con la explicación.

—Aprecio tu buena intención, pescado, pero no creo que sea así. Pienso que él siempre estará allí, aullando en su interior, trastornado y sufriendo cada miertero segundo que dure la enfermedad. Atormentado como si lo hubieran enterrado vivo.

Esa imagen le arrancó a Thomas las ganas de hablar y volvieron a quedarse en silencio. Con la mirada clavada en un punto del suelo, Thomas experimentó todo el horror del destino que le había tocado en suerte a Newt, hasta que el Berg volvió a aterrizar de un golpazo en el aeropuerto de Denver.

Se frotó la cara con las dos manos.

—Me parece que llegamos.

—Creo que ahora entiendo a CRUEL un poco más —dijo Minho distraídamente—. Después de ver de cerca esos ojos, la locura. No es lo mismo cuando se trata de alguien que conoces hace mucho tiempo. Yo vi morir a muchos amigos, pero no puedo imaginarme nada peor. La Llamarada, viejo. Si pudiéramos encontrar una cura para eso…

No terminó la frase, pero Thomas sabía muy bien qué estaba pensando. Cerró los ojos durante un segundo. Nada era totalmente blanco o negro. Todo era incierto y siempre lo sería.

Después de permanecer callados un rato, se les unieron Brenda y Jorge.

—Lo siento mucho —murmuró Brenda.

Minho masculló algo y Thomas asintió y la miró largamente, intentando comunicarle con los ojos lo mal que se sentía. Jorge se quedó sentado con la vista baja.

Brenda se aclaró la garganta.

—Sé que es duro, pero tenemos que pensar qué vamos a hacer.

Minho se puso de pie violentamente y la señaló con la mano.

—Brenda, tú puedes pensar toda la garlopa que se te ocurra. Nosotros acabamos de dejar a nuestro amigo con un montón de psicópatas —exclamó y se alejó furioso.

Los ojos de Brenda se posaron en Thomas.

–Perdón.

Él se encogió de hombros.

–Está bien. Él estuvo con Newt dos años antes de mi llegada al Laberinto. Necesita tiempo.

–*Muchachos,* estamos realmente agotados –dijo Jorge–. Tal vez deberíamos tomarnos unos días para descansar y reflexionar.

–Claro –murmuró Thomas.

Brenda se inclinó hacia él y le apretó la mano.

–Ya se nos ocurrirá algo.

–Hay un solo lugar por donde comenzar –comentó Thomas–. Con Gally.

–Quizá tengas razón –dijo ella y volvió a tomarle la mano. Luego la soltó y se levantó–. Vamos, Jorge. Preparemos algo de comer.

Los dos se alejaron, dejando a Thomas a solas con su tristeza.

Después de una comida espantosa durante la cual nadie pronunció más de dos palabras juntas, cada uno se fue por su lado. Mientras vagaba sin rumbo por el Berg, Thomas no podía dejar de pensar en Newt. Se le oprimía el corazón al pensar en qué se transformaría la vida de su amigo perdido y cuán poco tiempo le quedaba.

La carta.

Por un instante, Thomas se quedó aturdido, luego corrió al baño y cerró la puerta. ¡La nota! En medio del caos del Palacio de los Cranks, se había olvidado por completo de ella. Newt había dicho que Thomas sabría cuándo había llegado el momento de leerla. Y tendría que haberlo hecho antes de dejarlo en ese sitio repugnante. Si esa no había sido la ocasión apropiada, ¿entonces cuándo lo sería?

Extrajo el sobre del bolsillo, lo rasgó y sacó la hoja de papel. Las luces tenues que enmarcaban el espejo iluminaron el mensaje con un cálido resplandor. Eran dos frases cortas:

Mátame. Si alguna vez fuiste mi amigo, por favor mátame.

Esperando que las palabras cambiaran, Thomas la leyó una y otra vez. Pensar que su amigo había estado tan asustado como para haber tenido la previsión de escribir aquellas palabras, le daba náuseas. Y recordó lo enojado que se había mostrado Newt específicamente con él cuando lo habían encontrado en el boliche. Había querido evitar el destino inexorable de convertirse en un Crank.

Y Thomas le había fallado.

42

Thomas decidió no contarles a los demás acerca del mensaje de Newt. No veía qué utilidad podía tener. Era hora de seguir adelante y lo hizo con una frialdad desconocida.

Pasaron dos noches en el Berg, descansando y haciendo planes. Ninguno de ellos conocía demasiado la ciudad ni tenía verdaderos contactos. Las conversaciones siempre volvían a Gally y al Brazo Derecho. Ese grupo quería detener a CRUEL. Y si era cierto que CRUEL pensaba retomar las Pruebas con nuevos Inmunes, entonces Thomas y sus amigos tenían los mismos objetivos que el Brazo Derecho.

Gally. Debían volver a buscar a Gally.

En la mañana del tercer día después del encuentro con Newt, Thomas se duchó y luego se reunió con los demás para comer algo rápido. Tras dos días de estar sentados, era obvio que todos estaban ansiosos por salir. El plan consistía en ir al apartamento de Gally y empezar desde ahí. Habían estado un poco preocupados por lo que Newt les había comentado –que algunos Cranks iban a fugarse del Palacio e ir a Denver– pero no habían tenido señales de ellos desde el aire.

Cuando estuvieron listos, los cuatro se reunieron en la escotilla.

–Dejen que yo hable nuevamente –dijo Jorge.

Brenda estuvo de acuerdo.

–Y cuando estemos adentro, buscaremos un taxi.

–Bueno –masculló Minho–. Basta de charla miertera y vámonos ya.

Thomas no podría haberlo expresado mejor. Ponerse en movimiento era lo único que sofocaría la desesperación que sentía por Newt y la nota fatal.

Jorge pulsó un botón y la inmensa rampa de la escotilla comenzó a descender. La puerta sólo se había abierto hasta la mitad cuando divisaron a tres personas delante del Berg. En el momento en que el borde golpeó el piso con estruendo, Thomas comprendió que no se trataba de un comité de bienvenida.

Dos hombres y una mujer. Llevaban las mismas máscaras metálicas protectoras que Camisa Roja en la cafetería. Ellos empuñaban pistolas y ella sostenía un Lanzador. Sus caras estaban sucias y sudorosas y parte de su ropa rasgada, como si para llegar ahí hubieran tenido que abrirse paso a través de un ejército. Thomas deseó que fuera gente de seguridad, actuando con extrema cautela.

–¿Qué es esto? –preguntó Jorge.

–Cierra la boca, Muni –dijo uno de los hombres. Su voz mecánica hacía que sus palabras sonaran más siniestras–. Bajen con mucho cuidado o se arrepentirán. No intenten nada raro.

Thomas echó una mirada más allá de los agresores y se asombró al comprobar que los portones que conducían a Denver estaban abiertos de par en par y dos personas yacían sin vida en el angosto pasadizo que llevaba a la ciudad.

Jorge fue el primero en responder.

–*Idiota*, si comienzas a disparar eso, caeremos encima de ti como fieras. Tal vez logres bajar a uno, pero nosotros los agarraremos a los tres.

Thomas se dio cuenta de que era una amenaza inútil.

–No tenemos nada que perder –repuso el hombre–. Puedes hacer lo que quieras. Estoy seguro de que antes de que alguien logre dar un paso, voy a embocar a dos de ustedes –advirtió levantando el arma unos centímetros y apuntando a la cara de Jorge.

–Está bien –dijo Jorge en voz baja y puso las manos arriba de la cabeza–. Por ahora, tú ganas.

Minho emitió un gruñido.

–Eres un payaso con agallas –exclamó, pero también levantó las manos–. Les conviene no descuidarse. Es lo único que les advierto.

Thomas comprendió que no les quedaba otra que seguirles la corriente. Con las manos en alto, fue el primero en descender por la rampa. Los condujeron hacia la parte trasera del Berg, donde los esperaba una camioneta destartalada con el motor encendido. Una mujer con máscara protectora estaba sentada al volante y otros dos hombres con Lanzadores se hallaban en el asiento de atrás.

Uno de sus captores abrió la puerta lateral y les indicó con la cabeza que subieran.

—Adentro. Un movimiento en falso y comenzarán a volar las balas. Como ya les dije, no tenemos nada que perder. Y se me ocurren varias cosas mucho peores que privar al mundo de un par de Munis.

Sin dejar de evaluar sus posibilidades, Thomas trepó a la parte trasera de la camioneta. *Cuatro contra seis,* pensó. Y ellos estaban armados.

—¿Quién les paga por secuestrar Inmunes? —preguntó, mientras sus amigos ascendían y se sentaban junto a él. Quería que alguien le confirmase lo que Teresa le había contado a Gally: que secuestraban a los Munis y los vendían.

Nadie respondió.

Las tres personas que los habían recibido al salir del Berg se metieron en la camioneta y cerraron las puertas. Luego apuntaron las armas hacia el asiento trasero.

—En el rincón hay una pila de capuchas negras —dijo el líder del grupo—. Pónganselas. Y no me va a caer nada bien si pesco a alguno de ustedes espiando durante el camino. No nos gusta revelar nuestros secretos.

Thomas suspiró: no tenía sentido discutir. Tomó una de las capuchas y se la deslizó sobre la cabeza. El motor rugió y la camioneta arrancó de una sacudida, dejando a Thomas en la más completa oscuridad.

43

Fue un viaje sin sobresaltos, pero interminable. Y si había algo que Thomas no necesitaba era tener mucho tiempo para pensar. En especial sin poder mirar a su alrededor. Cuando finalmente se detuvieron, ya se sentía mareado.

Apenas se abrió la puerta lateral de la camioneta, estiró instintivamente la mano para quitarse la capucha.

—No lo hagas —advirtió el líder con brusquedad—. No te atrevas a sacarte eso hasta que te avisemos. Ahora bajen, despacito y sin movimientos raros. No tenemos ganas de matarlos.

—Ya veo que eres un tipo recio —Thomas escuchó decir a Minho—. Eso es sencillo cuando uno tiene a seis personas armadas. ¿Por qué no…?

Fue interrumpido por un golpe seco seguido de un gruñido sonoro.

Unas manos sujetaron a Thomas y lo arrastraron fuera del vehículo con tanta fuerza que casi se cae. Una vez recuperado el equilibrio, la misma persona lo empujó nuevamente para llevarlo a otro sitio. Le costaba mucho mantener el paso.

Se quedó callado mientras lo hicieron descender por una escalera y lo condujeron a lo largo de un pasillo. Se detuvieron y él escuchó el roce de una tarjeta de acceso, el clic de una cerradura y luego el ruido de una puerta que se abría. El aire se llenó de murmullos de voces apagadas, como si decenas de personas esperaran en el interior.

Le dieron un empujón y se tambaleó hacia adelante. De inmediato, se quitó la capucha de la cabeza justo cuando la puerta se cerraba detrás de él.

Thomas y sus amigos se encontraban en una habitación enorme atestada de gente que, en su mayoría, estaba sentada en el suelo. En el techo, unas luces débiles iluminaban las decenas de rostros que los contemplaban, algunos sucios, casi todos con rasguños y moretones.

Una mujer, con la cara arrugada por el miedo y la ansiedad, se adelantó hacia ellos.

—¿Cómo andan las cosas allá afuera? —preguntó—. Nosotros llevamos aquí unas horas, pero ya se había desatado el caos. ¿Se ha puesto peor?

Al contestar, más gente comenzó a aproximarse al grupo.

—Nos encontrábamos en las afueras de la ciudad y nos atraparon en la entrada. ¿Qué quieres decir con eso de que se había desatado el caos? ¿Qué pasó?

Ella bajó la mirada.

—Sin ninguna advertencia, el gobierno declaró estado de emergencia. Después la policía, las máquinas de la poli, los detectores de la Llamarada, todos se esfumaron. Al parecer, al mismo tiempo. Cuando intentábamos entrar al edificio municipal nos atraparon estas personas. No tuvimos tiempo de reaccionar y averiguar qué estaba sucediendo.

—Nosotros éramos guardias del Palacio de los Cranks —dijo otro hombre—. Mucha gente como nosotros ha estado desapareciendo en forma extraña, de modo que hace unos días decidimos dejar todo y venir a Denver. También nos agarraron en el aeropuerto.

—¿Cómo es posible que todo se haya puesto mal tan de repente? —preguntó Brenda—. Nosotros estuvimos acá hace tres días.

El hombre lanzó una risa corta y amarga.

—La ciudad está plagada de idiotas que creen que han estado conteniendo el virus. Ha sido una agonía lenta y prolongada, pero al final todo explotó en nuestra propia cara. El mundo no tiene solución, el virus es demasiado fuerte. Algunos de nosotros lo vimos venir desde hace mucho tiempo.

La mirada de Thomas recorrió el lugar lleno de gente. Al toparse con Aris, se quedó helado.

—Minho, mira —dijo, dándole un codazo y señalando con la mano.

El chico del Grupo B ya había esbozado una sonrisa y se dirigía rápidamente hacia ellos. Detrás de él, Thomas divisó a un par de chicas que habían estado en el grupo de Aris en el Laberinto. Quienesquiera que fueran las personas que los habían atrapado, sabían hacer su trabajo.

Aris se acercó a Thomas y lo miró como si fuera a darle un abrazo, pero después le tendió la mano. Thomas se la estrechó.

—Me alegro de que estén bien —dijo.

—Lo mismo digo —repuso Thomas. Al ver el rostro familiar de Aris, descubrió que ya se había disipado aquella sensación amarga que le había quedado tras lo ocurrido en el Desierto—. ¿Dónde están todos?

La expresión de Aris se ensombreció.

—La mayoría ya no está con nosotros. Otro grupo los apresó.

Antes de que Thomas pudiera procesar sus palabras, apareció Teresa. Tuvo que aclararse la garganta para librarse del nudo que súbitamente se le había formado.

—¿Teresa? —dejó escapar con dificultad debido a la catarata de emociones encontradas que lo inundaron.

—Hola, Tom —lo saludó y se acercó a él con mirada triste—. Estoy tan feliz de ver que estás bien —comentó con los ojos húmedos por las lágrimas.

—Sí, yo también —por un lado, la odiaba; por el otro, la había extrañado. Deseaba gritarle por haberlos abandonado en CRUEL.

—¿Ustedes adónde fueron? —preguntó ella—. ¿Cómo lograron llegar hasta Denver?

Thomas estaba confundido.

—¿Qué quieres decir con eso de *adónde fuimos?*

Ella lo miró fijamente durante varios segundos.

—Tenemos mucho de qué hablar.

Thomas entornó los ojos.

—¿Qué estás tramando ahora?

—No estoy… —comenzó a decir con voz desafiante—. Es obvio que ha habido algunos malentendidos. Mira, la mayor parte de nuestro grupo fue capturado ayer por diferentes cazadores de recompensas. Es probable que ya hayan sido devueltos y vendidos a CRUEL. Incluyendo a Sartén. Lo siento.

La imagen del cocinero surgió en la mente de Thomas. No estaba seguro de poder enfrentar la pérdida de otro amigo.

Minho se inclinó hacia ellos para hablar.

—Veo que estás tan alegre como siempre. Cómo me agrada volver a disfrutar de tu luminosa presencia.

Teresa lo ignoró por completo.

—Tom, ellos nos van a trasladar pronto. Te pido por favor que vengas a hablar conmigo. A solas. Ahora.

Se odió a sí mismo por desear hablar con ella y trató de ocultar su entusiasmo.

—La Rata ya me dio su discurso solemne. No me digas que estás de acuerdo con él y crees que debería regresar a CRUEL.

—No tengo idea de qué estás hablando —hizo una pausa como si estuviera reprimiendo su orgullo—. Por favor.

Thomas la observó un rato sin saber bien qué sentía. Brenda se encontraba muy cerca y se notaba que no estaba contenta de ver a Teresa.

—¿Bueno? —insistió y apuntó hacia un rincón alejado—. No hay mucho que hacer acá salvo esperar. ¿Estás demasiado ocupado como para hablar conmigo?

Thomas tuvo que contenerse para no poner los ojos en blanco. Señaló un par de sillas vacías en el extremo opuesto de la gran habitación.

—Vamos, pero que sea rápido.

44

Thomas se sentó con la cabeza contra la pared y los brazos cruzados. Teresa puso las piernas debajo del cuerpo y se acomodó frente a él. Mientras se alejaban, Minho le había advertido que no escuchara una sola de sus palabras.

—Bueno —dijo Teresa.

—¿Bueno qué?

—¿Por dónde empezamos?

—Esto fue idea tuya. Decide tú. Si no tienes nada que decir, aquí concluimos.

Teresa suspiró.

—Tal vez podrías comenzar por no ser tan duro conmigo y dejar de actuar como un idiota. Yo sé que hice ciertas cosas en el Desierto, pero también sabes por qué las hice: para salvarte. En ese entonces yo no sabía que todo estaba relacionado con Variables y los Paradigmas. Podrías confiar en mí y hablarme como a una persona normal.

Antes de responder, Thomas dejó que el silencio flotara un poco en el aire.

—Está bien. Pero tú huiste de CRUEL y me abandonaste, lo que demuestra…

—¡Tom! —gritó ella como si hubiera recibido una bofetada—. ¡Nosotros *no* te abandonamos! ¿Qué estás diciendo?

—¿Qué estás diciendo *tú?* —insistió, completamente confundido.

—¡No te dejamos! Salimos detrás de ustedes. ¡Fueron *ustedes* los que nos abandonaron a *nosotros!*

Thomas se quedó mirándola.

—¿Realmente piensas que soy tan estúpido?

–En las instalaciones de CRUEL sólo se hablaba de que tú, Newt y Minho se habían fugado y estaban en algún lugar del bosque circundante. Nosotros los buscamos pero no hallamos rastros de ustedes. Desde ese momento he tenido la esperanza de que hubieran logrado regresar a la civilización. ¿Por qué crees que estaba tan emocionada al verte con vida?

Thomas sintió que se despertaba en él ese enojo que le resultaba tan familiar.

–¿Cómo puedes esperar que yo crea eso? Es probable que supieras perfectamente lo que la Rata intentó decirme: que me necesitaban, que yo soy el "Candidato Final".

Teresa dejó caer los hombros.

–Tú crees que soy la persona más malvada del mundo, ¿no es cierto? –preguntó sin esperar respuesta–. Si hubieras recuperado tus recuerdos como se suponía que lo harías, verías que soy la misma Teresa que siempre fui. Lo que hice en el Desierto fue para salvarte, y desde entonces he estado intentando compensarte por lo que hice.

A Thomas se le estaba haciendo difícil seguir enojado, pues ella no parecía estar fingiendo.

–Teresa, ¿cómo esperas que te crea?

Ella levantó la mirada hacia él con los ojos vidriosos.

–Te juro que sólo sé algunas cosas acerca del Candidato Final: eso fue desarrollado después de que fuimos al Laberinto, de modo que no conservo recuerdos. Pero sí me enteré de que CRUEL no va a interrumpir las Pruebas hasta no tener el plano. Thomas, están preparándose para comenzar otra serie de experimentos. CRUEL está reuniendo más Inmunes para comenzar a examinarlos si las Pruebas no resultan suficientes. Y yo no puedo pasar otra vez por eso. Me fui para encontrarte. Eso es todo.

Thomas no respondió. Una parte de él deseaba creerle. Fervientemente.

–Lo siento tanto –dijo Teresa con un suspiro. Desvió la mirada y se pasó la mano por el pelo. Después de varios segundos, volvió los ojos hacia él–. Todo lo que puedo decirte es que estoy destrozada por dentro. Deshecha.

Yo realmente creí que una cura sería posible y sabía que ellos necesitaban de ti para conseguirla. Pero ahora es diferente. Aun con los recuerdos recuperados, ya no pienso como antes. Ahora puedo ver que las cosas nunca van a terminar.

Se quedó callada, pero Thomas no tenía nada que decir. Escrutó el rostro de Teresa y percibió un dolor desconocido hasta entonces. Estaba diciendo la verdad.

Ella siguió hablando sin esperar que él contestara.

—Entonces me prometí a mí misma que haría lo que fuera necesario para reparar mis errores. Primero quería salvar a mis amigos y, de ser posible, a otros Inmunes. Y mira qué éxito que tuve.

Thomas buscó las palabras adecuadas.

—Bueno, a nosotros no nos fue mucho mejor.

Teresa arqueó las cejas.

—¿Esperaban detenerlos?

—¿Qué importancia puede tener eso ahora que estamos a punto de ser vendidos nuevamente a CRUEL?

Ella tardó un rato para responder. Thomas habría dado cualquier cosa por estar dentro de su cabeza, y no como antes. Por un instante se sintió triste al pensar que habían compartido infinitas horas juntos que ya no recordaba. Alguna vez habían sido amigos íntimos.

Finalmente, ella dijo:

—Si hubiera algo que pudiéramos hacer, yo espero que puedas encontrar la manera de volver a confiar en mí. Y sé que podemos convencer a Aris y a los demás de que nos ayuden. Ellos piensan igual que yo.

Thomas sabía que debía tener cuidado. Era raro que justo ahora que ella había recobrado los recuerdos, estuviera de acuerdo con él acerca de CRUEL.

—Ya veremos qué ocurre —concluyó él.

Ella frunció el ceño con firmeza.

—No confías en mí, ¿verdad?

—Ya veremos qué ocurre —repitió. No podía soportar la expresión dolida que había en el rostro de Teresa. Se puso de pie y se alejó, odiándose a sí mismo porque, después de todo lo que ella le había hecho, todavía le importaba.

45

Cuando Thomas regresó, se encontró a Minho sentado con Brenda y Jorge. A juzgar por la mirada de desagrado, su amigo no parecía muy feliz de verlo.

—¿Y qué es lo que dijo esa traidora miertera?

Thomas se sentó a su lado. Varios desconocidos se habían congregado cerca de ellos y se dio cuenta de que estaban escuchando.

—¿Bueno? —lo apuró Minho.

—Dijo que la razón por la cual se fugaron fue porque habían descubierto que la gente de CRUEL estaba dispuesta a empezar todo de nuevo si fuera necesario. Que estaban recolectando Inmunes, como nos contó Gally. Me juró que les habían hecho creer que nosotros ya habíamos escapado, y que nos buscaron —Thomas hizo una pausa, pues sabía que a Minho no le gustaría lo que venía a continuación—. Y que le gustaría ayudarnos.

Minho sacudió la cabeza.

—Eres un tonto. No deberías haber hablado con ella.

—Gracias —repuso Thomas y se frotó la cara. Minho tenía razón.

—Detesto tener que entrometerme, *muchachos* —dijo Jorge—. Pueden pasarse el día discutiendo esas tonterías, pero no sirve de nada a menos que podamos largarnos de este agradable rinconcito, sin importar de qué lado esté cada uno.

En ese mismo instante, se abrió la puerta de la habitación e ingresaron tres de sus captores con grandes bolsas. Detrás de ellos apareció otro con un Lanzador y una pistola. Recorrió el recinto para ver si había algún problema mientras los otros comenzaron a distribuir lo que había en el interior de las bolsas: pan y botellas de agua.

–¿Por qué siempre nos metemos en estos líos? –preguntó Minho–. Al menos antes podíamos culpar a CRUEL de todo lo que nos sucedía.

–Bueno, en realidad todavía podemos –murmuró Thomas.

Minho lanzó una sonrisa burlona.

–Menos mal. Esos malditos garlopos.

A medida que la gente comenzaba a comer, un silencio incómodo fue envolviendo la habitación. Si pretendían continuar con la charla, Thomas comprendió que tendrían que susurrar.

Minho le dio un leve codazo.

–Sólo uno de ellos está armado –murmuró–. Y no parece tan terrible. Estoy seguro de que puedo encargarme de él.

–Quizá –respondió Thomas en voz muy baja–. Pero no hagas ninguna tontería. Además del Lanzador tiene una pistola. Y, hazme caso, no te agradaría recibir un disparo de ninguno de los dos.

–Sí, claro, tú hazme caso a *mí* esta vez –dijo Minho guiñándole el ojo, ante lo cual Thomas simplemente suspiró. Las posibilidades de realizar un ataque exitoso eran escasas.

Los secuestradores se acercaron a Thomas y a Minho y se detuvieron frente a ellos. Thomas agarró un pan y una botella de agua, pero cuando el hombre intentó entregarle pan a Minho, él lo apartó con el brazo.

–¿Por qué habría de aceptar algo de ti? Seguramente está envenenado.

–Por mí puedes morirte de hambre –replicó el hombre y siguió de largo.

Había dado sólo unos pocos pasos cuando Minho se puso de pie de un salto y tacleó al hombre que sostenía el Lanzador. Thomas retrocedió justo en el momento en que el arma se deslizaba de sus manos, lanzando una descarga. La granada salió disparada hacia el techo y explotó en un despliegue de fuegos artificiales. Minho se abalanzó sobre su secuestrador, que continuaba en el piso, y comenzó a golpearlo mientras luchaba por asir la pistola con la mano libre.

Por unos segundos todos se paralizaron. Pero antes de que Thomas pudiera reaccionar, el movimiento estalló de golpe. Los otros tres guardias dejaron caer las bolsas para perseguir a Minho, pero antes de que lograran dar un paso, seis personas se arrojaron encima de ellos y los derribaron. Jorge ayudó a Minho a mantener al guardia inmovilizado contra el piso y le aplastó el brazo con el pie hasta que por fin el hombre soltó la pistola. Minho la pateó hacia el otro lado del recinto y una mujer la levantó. Thomas notó que Brenda había tomado el Lanzador.

—¡Deténganse! —gritó ella, apuntando el arma hacia los secuestradores.

Minho se incorporó y, al alejarse del hombre que estaba en el piso, Thomas alcanzó a ver que el tipo tenía el rostro cubierto de sangre. La gente arrastró a los otros tres guardias junto a su compañero y los colocó boca arriba y en fila, uno al lado del otro.

Todo había sucedido con tanta rapidez que Thomas seguía inmóvil en el piso, pero enseguida se puso a trabajar.

—Tenemos que hacerlos hablar —dijo—. Hay que apurarse antes de que lleguen más refuerzos.

—¡Deberíamos dispararles en la cabeza! —gritó un hombre—. Matarlos y largarnos de aquí —afirmó y varios dieron voces de aprobación.

Thomas comprendió que el grupo se había transformado en una turba enardecida. Si quería información, tendría que actuar con celeridad antes de que la situación se descontrolara. Se puso de pie y se encaminó hacia la mujer que sostenía el arma y la convenció de que se la entregara. Luego se arrodilló junto al tipo que le había dado el pan y le apoyó el arma en la sien.

—Voy a contar hasta tres. Comienzas a decirme qué planea hacer CRUEL con nosotros y dónde ibas a encontrarte con ellos o aprieto el gatillo. Uno.

El hombre no vaciló.

—¿CRUEL? No tenemos nada que ver con CRUEL.

—Estás mintiendo. Dos.

—¡No, lo juro! ¡Ellos no tienen nada que ver con esto! Por lo menos, que yo sepa.

—¡No me digas! ¿Entonces podrías explicarme por qué andas secuestrando a un montón de personas inmunes?

El hombre miró de soslayo a su amigo, pero luego respondió con la vista fija en Thomas.

—Trabajamos para el Brazo Derecho.

46

–¿**Q**ué quieres decir con eso de que trabajas para el Brazo Derecho? –preguntó Thomas. No tenía sentido.

–No entiendo qué me estás preguntando –dijo el hombre, a pesar de tener un arma contra la cabeza–. Trabajo para el maldito Brazo Derecho. ¿Por qué te resulta tan difícil entenderlo?

Confundido, apartó el arma y se sentó.

–¿Entonces por qué andas capturando Inmunes?

–Porque se nos da la gana –agregó sin quitar los ojos del arma–. No hay nada más que debas saber.

–Dispárale y pasa al siguiente –gritó alguien entre la multitud.

Thomas se inclinó sobre el hombre una vez más y presionó la pistola contra su sien.

–Teniendo en cuenta que yo sostengo el arma, eres increíblemente valiente. Voy a contar nuevamente hasta tres. Dime por qué el Brazo Derecho habría de querer Inmunes o tendré que pensar que estás mintiendo. Uno.

–Niño, tú sabes que no miento.

–Dos.

–No vas a matarme. Puedo verlo en tu mirada.

El hombre lo había puesto en evidencia. Thomas no podía dispararle en la cabeza a un extraño. Levantó el arma con un suspiro.

–Si trabajas para el Brazo Derecho, se supone que estamos en el mismo bando. Cuéntanos qué está sucediendo.

El captor se incorporó lentamente y lo mismo hicieron sus tres amigos. El de la cara ensangrentada gruñó por el esfuerzo.

—Si quieres respuestas —dijo uno—, entonces tendrás que preguntarle al jefe. Nosotros no sabemos nada.

—En serio —acotó el hombre que se hallaba al lado de Thomas—. No somos importantes.

Brenda se aproximó con el Lanzador.

—¿Y cómo llegamos a tu jefe?

El hombre levantó los hombros.

—No tengo la menor idea.

Con un resoplido, Minho le arrebató el arma a Thomas.

—Suficiente garlopa para mí —exclamó y apuntó el arma al pie del hombre—. Bien, no te mataremos pero si no empiezas a hablar ya mismo, dentro de tres segundos te van a arder los dedos terriblemente. Uno.

—Ya lo dije, no sabemos nada —la cara del tipo estaba alterada por la furia.

—Muy bien —comentó Minho y disparó la pistola.

Atónito, Thomas contempló cómo el hombre se agarraba el pie y gemía del dolor. Minho le había disparado en el dedo más pequeño. Parte del zapato y el dedo mismo habían desparecido, y en su lugar había una herida que sangraba.

—¿Cómo pudiste hacer eso? —gritó la mujer que se encontraba en el piso junto a él, mientras trataba de ayudar a su amigo. Extrajo una pila de servilletas de sus pantalones y las presionó con fuerza contra el pie.

Thomas no podía creer que Minho realmente lo hubiera hecho, pero sintió respeto por su amigo. Él nunca habría apretado el gatillo y, si no conseguían respuestas en ese mismo instante, jamás lo harían. Le echó una mirada a Brenda, quien se encogió de hombros como muestra de que estaba de acuerdo. Con expresión inescrutable, Teresa observaba a cierta distancia.

Minho insistió.

—Bueno, mientras ella intenta hacer algo con ese pobre dedo, es mejor que alguien comience a hablar. Dígannos qué está sucediendo o vamos a perder otro dedo —agitó el arma hacia la mujer y después hacia los otros dos tipos—. ¿Por qué están secuestrando gente para el Brazo Derecho?

—Ya les dijimos, no sabemos nada —respondió la mujer—. Ellos nos pagan y nosotros hacemos lo que nos piden.

—¿Y tú? —preguntó Minho dirigiendo el arma hacia uno de los hombres—. ¿Deseas decir algo… conservar un dedo o tal vez dos?

El tipo agitó los brazos.

—Te juro por mi madre que no sé nada. Pero…

De inmediato, pareció arrepentirse de la última palabra. Echó una mirada rápida a sus amigos y su rostro palideció.

—¿Pero qué? Suéltalo ya. Sé que ocultas algo.

—Nada.

—¿Es necesario que sigamos jugando a este juego? —preguntó Minho y colocó el arma directamente contra su pie—. Ya me harté de contar.

—¡Espera! —gritó el guardia—. Está bien, escucha. Un par de personas de tu grupo podrían venir con nosotros y preguntarles directamente. No sé si ellos les permitirán hablar con el que está a cargo, pero tal vez sí. No voy a dejar que me saquen un dedo sin una buena razón.

—Muy bien —dijo Minho mientras retrocedía y le indicaba que se pusiera de pie—. Eso no estuvo tan mal. Vayamos a visitar a tu jefe. Tú, yo y mis amigos.

Un coro de voces estalló en la habitación. Nadie quería quedarse y tampoco pensaban expresarlo de manera discreta.

La mujer que había traído el agua se levantó y comenzó a gritar. La multitud hizo silencio.

—¡Estarán mucho más seguros aquí! Créanme. Si todos intentamos llegar al sitio adonde tenemos que ir, les puedo asegurar que la mitad no lo logrará. Si estos tipos quieren ver al jefe, dejen que ellos arriesguen su cuello. Una pistola y un Lanzador no servirán de nada allá afuera. Pero aquí adentro no hay ventanas y podemos trabar la puerta.

Cuando terminó, otra catarata de quejas inundó el salón. La mujer se volvió hacia Minho y Thomas, y les habló por encima del alboroto.

—Escuchen, allá afuera es muy peligroso. Si fuera ustedes, no llevaría más que a un par de personas. Cuantos más sean, más llamarán la atención —se interrumpió para examinar el salón–.Y yo no me demoraría mucho. Por lo que veo, esta gente se está impacientando. Pronto no habrá forma de contenerlos.Y afuera…

Contrajo los labios con fuerza y luego prosiguió.

–Hay Cranks por todos lados. Matan a cualquiera que se interponga en su camino.

47

Cuando Minho apuntó el arma al techo y disparó, Thomas pegó un salto. El ruido de la multitud se extinguió en el más completo silencio.

Minho no tuvo que proferir una sola palabra. Le hizo un gesto a la mujer para que hablara.

—Afuera reina la locura. Todo ocurrió realmente rápido. Como si ellos hubieran estado al acecho esperando la señal para atacar. Esta mañana dominaron a la policía y abrieron las puertas. Algunos Cranks del Palacio se unieron a ellos. Ya se diseminaron por todos lados.

Hizo una pausa y se tomó unos segundos para recorrer algunos rostros.

—Les aseguro que el exterior no es nada agradable y les prometo que nosotros somos los buenos. No sé qué ha planeado el Brazo Derecho, pero sí sé que una parte de ese plan incluye sacarnos a todos de Denver.

—¿Entonces por qué nos están tratando como si fuéramos prisioneros? —gritó alguien.

—Sólo estoy haciendo aquello por lo cual me contrataron —volvió la atención hacia Thomas y continuó—. Creo que es una idea estúpida marcharse de aquí, pero como ya les dije, si van a hacerlo es mejor que no sean más de dos personas. Si esos Cranks divisan un grupo grande de carne fresca deambulando por los alrededores, será el fin. Con o sin armas. Y quizá al jefe no le agrade que aparezca una multitud. Si nuestros guardias ven venir una camioneta llena de desconocidos, es probable que empiecen a disparar.

—Iremos Brenda y yo —exclamó Thomas. No sabía que diría algo así hasta que brotó de su boca.

—Ni hablar —repuso Minho sacudiendo la cabeza—. Tú y yo.

Minho era un inconveniente. Tenía un temperamento explosivo. Brenda pensaba antes de actuar y eso era lo que necesitaban para salir de allí con vida. Además, Thomas no quería perderla de vista. Así de simple.

—Ella y yo. Nos fue bastante bien en el Desierto. Podemos hacerlo.

—¡Ni lo sueñes, viejo! —exclamó Minho. Thomas podía jurar que su amigo se sentía herido—. No deberíamos separarnos. Tendríamos que ir los cuatro, será más seguro.

—Minho, necesitamos que alguien se quede acá para hacerse cargo de la situación —dijo Thomas, y hablaba en serio. Tenían una habitación llena de gente que podría ayudarlos a destruir a CRUEL—. Y odio tener que decirlo, pero hay otra cosa. ¿Y si nos pasara algo? Quédate aquí y encárgate de que nuestros planes se lleven a cabo. Minho, ellos tienen a Sartén. Y quién sabe a cuántos más. Dijiste una vez que yo debería ser el Encargado de los Corredores. Bueno, déjame serlo hoy. Confía en mí. Como dijo la mujer: mientras menos seamos, mayores posibilidades tendremos de pasar inadvertidos.

Thomas posó los ojos en Minho y esperó una respuesta, que tardó un rato en llegar.

—Está bien —dijo finalmente—. Pero si mueres *no* voy a ponerme contento.

—Ésa es buena —comentó Thomas, asintiendo con la cabeza. No se había dado cuenta cuánto significaba que Minho todavía creyera en él. Le daba el valor que le faltaba para hacer lo que tenía por delante.

El hombre que había sugerido que podrían llevar a Thomas y a sus amigos a ver a su jefe terminó siendo el guía. Se llamaba Lawrence y, a pesar de lo que había en el exterior, parecía impaciente por salir de aquella habitación atestada de gente enojada. Destrabó la puerta y le hizo una seña a Thomas y a Brenda para que lo siguieran, Thomas con la pistola y Brenda con el Lanzador.

Retomaron el largo pasillo y Lawrence se detuvo ante la puerta que conducía hacia afuera del edificio. La luz débil del techo iluminó el rostro del hombre y Thomas pudo ver que estaba preocupado.

–Bueno, tenemos que tomar una decisión. Si vamos caminando, tardaremos un par de horas, pero es más probable que lleguemos. A pie es más fácil esconderse que si usamos la camioneta, que nos llevaría más rápido pero seguramente nos detectarían.

–Velocidad versus cautela –señaló Thomas y le echó una mirada a Brenda–. ¿Qué piensas?

–Camioneta –respondió ella.

–Sí –concordó Thomas. La imagen del Crank del día anterior con la cara bañada en sangre se había convertido en una obsesión–. La idea de andar caminando por allá afuera me aterra. Sin dudarlo, me quedo con la camioneta.

Lawrence hizo un gesto afirmativo.

–Bueno, entonces eso haremos. Mantengan la boca cerrada y las armas listas. Lo primero que tenemos que hacer es entrar en el vehículo y asegurar las puertas. Está justo frente a la puerta. ¿Vamos?

Thomas arqueó las cejas, miró a Brenda y ambos asintieron. Estaban más listos que nunca.

Lawrence metió la mano en el bolsillo, sacó un montón de tarjetas de acceso y destrabó todos los cerrojos que estaban alineados en la pared. Con las tarjetas apretadas en el puño, apoyó el cuerpo contra la puerta y la abrió poco a poco. Afuera, un farol solitario relucía débilmente en la oscuridad. Thomas se preguntó cuánto tiempo más aguantaría la electricidad antes de cortarse, como ocurriría a la larga con todo lo demás. En pocos días, Denver podría ser una ciudad fantasma.

A unos seis metros distinguió la camioneta estacionada en un callejón angosto. Lawrence asomó la cabeza, miró a ambos lados y volvió a meterla.

–Al parecer, está despejado. Vámonos.

Los tres salieron sigilosamente. Thomas y Brenda corrieron hacia la camioneta mientras Lawrence aseguraba la puerta. Thomas estaba alerta y lleno de energía. Por la ansiedad, no dejaba de mirar la calle una y otra vez, seguro de que en cualquier momento aparecería un Crank volando por el aire. Sin embargo, aunque alcanzó a oír el sonido lejano de una risa maniaca, el lugar se encontraba desierto.

Los seguros del vehículo se destrabaron. Brenda abrió la portezuela y se deslizó en el interior, al mismo tiempo que Lawrence. Thomas se unió a ellos en el asiento delantero y cerró la puerta. De inmediato, el conductor puso los seguros y encendió el motor. Estaba a punto de acelerar cuando se escuchó un fuerte estallido sobre sus cabezas y la camioneta se sacudió con un par de golpes secos. Luego, silencio. Unos segundos después, el sonido sordo de una tos.

Alguien había saltado sobre el techo de la camioneta.

48

Las manos de Lawrence estaban aferradas con fuerza al volante cuando la camioneta salió despedida hacia adelante. Thomas observó por las ventanillas traseras pero no vio nada. De alguna manera, la persona que se hallaba arriba de la camioneta había logrado sujetarse.

En el momento en que Thomas volvió a mirar hacia el frente, una cara comenzó a descender por el parabrisas delantero, observándolos boca abajo. Era una mujer. El viento azotó su pelo mientras Lawrence salía a toda velocidad por el callejón. Cuando los ojos de la mujer se toparon con los de Thomas, ella esbozó una sonrisa de dientes sorprendentemente perfectos.

—¿De qué está agarrada? —gritó Thomas.

Lawrence respondió con voz tensa.

—Quién sabe. Pero no puede durar mucho.

Con los ojos clavados en el rostro de Thomas, la mujer liberó una de sus manos, la apretó en un puño y empezó a golpear el vidrio. *Bum, bum, bum.* La sonrisa amplia, los dientes destellando levemente bajo la luz de los faroles.

—¿Podrías deshacerte de ella de una vez? —exclamó Brenda.

—Está bien —dijo Lawrence y pisó el freno.

Con los brazos girando como un molino y las piernas abiertas, la mujer salió despedida como si fuera una granada y se estrelló contra el piso. Thomas cerró los ojos y luego hizo un esfuerzo para ver qué había sido de ella. De manera asombrosa, ya se estaba poniendo de pie, sin dejar de temblar. Recobró el equilibrio y se volvió despacio hacia ellos: las luces delanteras de la camioneta iluminaron con intensidad todo su cuerpo.

La sonrisa ya se había desvanecido por completo de su rostro. En su lugar, los labios se habían contraído en un gruñido feroz y un gran hematoma enrojecía un lado de su rostro. Los ojos volvieron a dirigirse a Thomas y él se estremeció.

Lawrence aceleró el motor y pareció que la mujer iba a arrojarse frente al vehículo, como para detenerlo, pero en el último segundo retrocedió y los observó pasar. Thomas no podía despegar los ojos de ella y, al mirarla por última vez, la Crank tenía el ceño fruncido y la mirada despejada, como si acabara de comprender lo que había hecho. Como si todavía quedara en ella algo de la persona que alguna vez había sido.

Al ver eso, todo resultó más difícil para él.

—Era como una mezcla de persona sana y loca a la vez.

—Puedes dar gracias de que haya sido solo una —masculló Lawrence.

Brenda le dio un apretón a Thomas en el brazo.

—Es duro contemplarlo. Yo sé lo que significó para Minho y para ti ver lo que le había sucedido a Newt.

Thomas no contestó, pero apoyó su mano sobre la de ella.

Al llegar al final del callejón, Lawrence dio un volantazo hacia la derecha y accedió a una calle más grande. Más adelante se veían grupitos de gente desparramados por el área. Algunos parecían estar peleando, pero la mayoría escarbaba entre la basura o comía algo que Thomas no podía distinguir bien qué podría ser. Rostros atormentados y espectrales los miraban pasar con ojos muertos.

Adentro de la camioneta nadie hablaba, como si temieran que, de hacerlo alertarían a los Cranks que estaban afuera.

—No puedo creer que haya sucedido con tanta rapidez —dijo Brenda finalmente—. ¿Piensas que habían planeado tomar Denver? ¿Realmente podían *organizar* algo semejante?

—Es difícil saberlo —respondió Lawrence—. Hubo indicios. Primero comenzó a desaparecer gente de la zona, representantes del gobierno, se descubrieron cada vez más infectados. Pero parece que una enorme cantidad de esos imbéciles estaban escondidos, esperando el momento apropiado para atacar.

–Sí –dijo Brenda–. Da la impresión de que los Cranks superaron en número a la gente sana. Una vez que el equilibrio se rompe, todo el sistema se desmorona.

–A quién le importa cómo ocurrió –dijo Lawrence–. La cuestión es que es así. Miren alrededor. Este sitio se ha convertido en una pesadilla –señaló, a medida que disminuía la velocidad para tomar una curva pronunciada que lo condujo a un largo callejón–. Casi llegamos. Ahora tenemos que ser más cuidadosos –apagó las luces y volvió a acelerar.

Mientras recorrían las calles de la ciudad, el día se fue oscureciendo cada vez más, hasta que Thomas no pudo ver más que sombras largas y amorfas. No podía evitar imaginar que, de repente, pegarían un salto y se arrojarían sobre el frente de la camioneta.

–Tal vez no deberías conducir tan rápido.

–No te preocupes –repuso el hombre–. He viajado miles de veces por este camino. Lo conozco como la palma…

Thomas salió proyectado hacia adelante y luego volvió bruscamente hacia el asiento gracias al cinturón de seguridad. Habían chocado contra algo, que había quedado atascado debajo del vehículo. Por el sonido, parecía ser algo metálico. La camioneta se sacudió un par de veces y luego se detuvo.

–¿Qué fue eso? –susurró Brenda.

–No lo sé –replicó Lawrence en voz aún más baja–. Es probable que fuera un cubo de basura o algo así. Casi me muero del susto.

Avanzó lentamente y un chirrido estridente impregnó el aire. A continuación, se escuchó un golpe sordo, otro estallido y todo quedó en silencio.

–Ya se desenganchó –murmuró Lawrence sin molestarse en disimular el alivio. Después siguió andando pero redujo un poco la velocidad.

–Quizá deberías encender los faros nuevamente –sugirió Thomas, impresionado por lo rápido que latía su corazón–. No se ve nada allá afuera.

–Sí –añadió Brenda–. De todos modos, estoy completamente segura de que si había alguien allí, tuvo que oír el estruendo.

–Supongo que sí –acotó Lawrence y los encendió.

Las luces iluminaron todo el callejón con un rocío de luz blanca y azulada que, comparada con la oscuridad anterior, parecía brillar más que el sol. Thomas entornó los ojos ante el resplandor y luego los abrió totalmente: un soplo de horror se arremolinó en su interior. Unos seis metros adelante de ellos habían surgido unas treinta personas, que permanecían amontonadas bloqueando todo el camino.

Sus rostros estaban pálidos y demacrados, llenos de arañazos y moretones. De sus cuerpos colgaba ropa sucia y rasgada. Estaban todos de pie, imperturbables, con la mirada fija en las luces brillantes. Parecían cadáveres caminantes, resucitados de entre los muertos.

Thomas se estremeció ante los escalofríos que helaban todo su cuerpo.

La multitud comenzó a separarse. Se movieron de manera sincronizada y fueron abriendo un gran espacio en el centro mientras retrocedían hacia los costados del callejón. Después, uno de ellos agitó el brazo para indicarle a la camioneta que podía seguir adelante.

—Estos Cranks son terriblemente educados —susurró Lawrence.

49

–Tal vez todavía no estén más allá del Final –repuso Thomas, aunque la afirmación le resultó ridícula incluso a él–. O quizá no se encuentren de humor como para permitir que una camioneta los arrolle.

–Bueno, acelera –dijo Brenda–. Antes de que cambien de opinión.

Para tranquilidad de Thomas, Lawrence hizo caso a Brenda y el vehículo salió disparado hacia adelante sin reducir la velocidad. Alineados contra las paredes, los Cranks los observaban fijamente mientras ellos se pasaban a su lado. Al verlos tan de cerca –los rasguños, la sangre y los moretones, los ojos desquiciados– Thomas volvió a estremecerse.

Estaban aproximándose al final del grupo cuando sonaron varios estallidos. La camioneta dio unos tumbos, giró con violencia hacia la derecha y fue a incrustarse contra el muro del callejón, apretando a dos Cranks contra la pared. A través del parabrisas, Thomas contemplaba horrorizado los aullidos de agonía y los puños ensangrentados que martillaban el frente del vehículo.

–Maldición –bramó Lawrence mientras ponía marcha atrás.

Entre chirridos y sacudidas, retrocedieron varios metros. Los dos Cranks cayeron al suelo y de inmediato fueron atacados por aquellos que se hallaban próximos a la camioneta. Invadido por un terror nauseabundo, Thomas desvió la mirada con rapidez. Los Cranks comenzaron a golpear el vehículo con los puños. Al mismo tiempo, los neumáticos giraban y chirriaban sin lograr adherirse al suelo. La combinación de ruidos se asemejaba a una pesadilla.

–¿Qué pasa? –exclamó Brenda.

–¡Les hicieron algo a los neumáticos! O a los ejes. ¡No sé!

Lawrence seguía intentando una y otra vez meter la marcha atrás, pero sólo avanzó unos centímetros. Una mujer con pelo desgreñado se acercó a la ventanilla a la derecha de Thomas. Sostenía con ambas manos una pala inmensa, que descargó con toda su furia contra el vidrio, pero éste no cedió.

—¡Tenemos que largarnos de aquí urgentemente! —gritó Thomas. Impotente, no se le ocurrió qué más decir. Se habían comportado como unos estúpidos al permitirse caer en una trampa tan obvia.

Lawrence continuaba accionando la palanca y acelerando, pero sólo lograba sacudirse hacia adelante y hacia atrás. Desde el techo llegó una serie de golpes reconocibles: allí arriba había alguien. Los Cranks ya rodeaban el vehículo y atacaban las ventanillas con lo que tenían a mano, desde trozos de madera hasta sus propias cabezas. La mujer que se hallaba junto a la ventanilla de Thomas no se daba por vencida y estrellaba una y otra vez la pala en el vidrio. A la quinta o sexta vez, una rajadura finita atravesó la ventanilla.

El pánico iba en aumento y Thomas sintió que se le obstruía la garganta.

—¡Va a romper el vidrio!

—¡Sácanos de aquí! —chilló Brenda al mismo tiempo.

La camioneta se movió unos centímetros, lo suficiente como para que la mujer errara el siguiente golpe. Desde arriba, alguien aplastó una maza contra el parabrisas y una tela de araña enorme y blanca se dibujó en el vidrio.

Otra vez, la camioneta dio unos tumbos hacia atrás. El hombre que empuñaba la maza se desplomó sobre la cubierta del motor antes de golpear nuevamente el vidrio y aterrizó en la calle. Un Crank con un tajo profundo en la cabeza calva arrancó la herramienta de su mano y aporreó dos veces más el vehículo, hasta que otro grupo de gente comenzó a luchar con él para quitarle la herramienta. Las rajaduras del parabrisas nublaban casi por completo la visión desde el interior de la camioneta. Desde atrás, les llegó el sonido de vidrios rotos. Un brazo había ingresado por un orificio de la ventana; los bordes irregulares rasgaban su piel.

Thomas se desabrochó el cinturón de seguridad y se deslizó hacia la parte trasera de la camioneta. Tomó lo primero que encontró —un instrumento largo de plástico con un cepillo en un extremo y una punta filosa en el otro: un pico para la nieve– y gateó hasta la fila de asientos del medio. Descargó la herramienta en el brazo del Crank una vez, dos, tres veces. Aullando, éste retiró el brazo mientras los trozos de vidrio caían al pavimento.

–¿Quieres el Lanzador? –le preguntó Brenda.

–¡No! –gritó Thomas–. Es demasiado grande para usarlo aquí adentro–. ¡Busca la pistola!

La camioneta dio unos tumbos hacia adelante y luego volvió a detenerse. Thomas se golpeó la cara contra la parte de atrás del asiento de en medio y el dolor se extendió por la mejilla y el mentón. Observó que un hombre y una mujer desprendían los restos de vidrio de la ventanilla rota. A medida que el agujero se agrandaba, la sangre de sus manos chorreaba por los costados de la ventana.

–¡Aquí tienes! –gritó Brenda desde atrás.

Agarró el arma que ella le ofrecía, apuntó y disparó una vez, luego otra más y los Cranks se desplomaron en el piso. Los aullidos de agonía quedaron ahogados por los chirridos de los neumáticos, el exceso de trabajo del motor y los embates de los Cranks.

–¡Creo que estamos perdidos! –rugió Lawrence–. ¡No sé qué diablos hicieron!

Thomas lo miró: su rostro estaba empapado de sudor. En el centro de la tela de araña del parabrisas se había formado un agujero. Las grietas proliferaban en todas las demás ventanillas: ya resultaba casi imposible distinguir lo que sucedía en el exterior. Brenda sostenía el Lanzador, lista para dispararlo si la situación se tornaba completamente desesperada.

La camioneta se movió hacia atrás, después hacia adelante y otra vez hacia atrás. Parecía que Lawrence había logrado controlarla un poco más y se sacudía menos. Dos pares de brazos se introdujeron por el gran hueco de la parte de atrás y Thomas lanzó dos disparos más. Se oyeron gritos y la cara de una mujer, retorcida y repugnante, con los dientes cubiertos de mugre, apareció en la ventanilla.

—Chico, déjanos entrar —dijo con un tono casi inaudible—. Sólo queremos comida. Danos algo de comer. *¡Déjame entrar!*

Profirió a gritos las últimas palabras y metió la cabeza a través de la abertura como si realmente pensara que podía pasar por ella. A pesar de que Thomas no quería dispararle, levantó la pistola para estar preparado en caso de que lograra entrar de alguna manera. Sin embargo, cuando la camioneta volvió a sacudirse hacia delante, la mujer se cayó. Los bordes de la ventana destrozada quedaron cubiertos de sangre.

Thomas se sujetó, esperando que el vehículo retrocediera nuevamente. No obstante, después de una frenada corta y violenta, la camioneta avanzó algo más de un metro en la dirección correcta. Y luego otro poco más.

—¡Creo que lo conseguí! —aulló Lawrence.

Nuevamente hacia adelante, casi tres metros. Los Cranks aguantaban lo mejor que podían. El breve periodo de silencio que siguió después de que se rezagaran, no duró mucho. Enseguida los gritos y los golpes volvieron a comenzar. Blandiendo un cuchillo largo, un hombre introdujo el brazo por el hueco de la ventanilla trasera y empezó a lanzar cuchilladas ciegamente hacia todos lados. Thomas levantó la pistola y apretó el gatillo. ¿A cuántos había matado? ¿Tres? ¿Cuatro? *¿Realmente* lo había hecho?

Con un último chirrido, terrible e interminable, la camioneta salió disparada hacia adelante y ya no se detuvo. Sufrió algunas sacudidas al chocar contra los Cranks que se interponían en su camino y luego se estabilizó y comenzó a ganar velocidad. Thomas echó una mirada por el vidrio trasero y vio cuerpos que se desplomaban del techo hacia la calle. Unos pocos Cranks intentaron darles alcance, pero pronto los dejaron atrás.

Thomas se desplomó en el asiento, apoyó la espalda y se quedó observando el techo abollado. Tratando de retomar el control de sus emociones, inspiró varias veces de manera profunda. Percibió vagamente que Lawrence apagaba la única luz que no estaba destrozada, tomaba dos curvas más y se deslizaba a través de la puerta abierta de un garaje, que se cerró apenas entraron.

50

Cuando la camioneta se detuvo y Lawrence apagó el motor, el universo de Thomas quedó envuelto en el silencio. Sólo escuchó el rumor de la sangre que fluía dentro de su cabeza. Cerró los ojos e intentó disminuir el ritmo de su respiración. Durante un par de minutos, ninguno abrió la boca, hasta que Lawrence rompió el mutismo.

—Están afuera, alrededor de nosotros, esperando que salgamos.

Thomas se obligó a incorporarse y a volver a mirar hacia adelante. Del otro lado de las ventanillas rotas, la oscuridad era total.

—¿Quiénes? —preguntó Brenda.

—Los guardias del jefe. Ellos saben que esta es una de sus camionetas pero no se acercarán a nosotros hasta que no bajemos y puedan vernos. Tienen que confirmar quiénes somos. Supongo que debe haber unas veinte armas apuntándonos.

—¿Y qué hacemos? —indagó Thomas. Todavía no estaba preparado para otra confrontación.

—Salimos despacito. Me reconocerán de inmediato.

Thomas se arrastró por encima de los asientos.

—¿Bajamos todos al mismo tiempo o debería ir uno de nosotros primero?

—Yo bajo primero y les digo que está todo bien. Cuando golpee la ventanilla, ya pueden salir —respondió Lawrence—. ¿Listos?

—Supongo —dijo Thomas con un suspiro.

—Sería horrible —agregó Brenda— que nos dispararan después de haber pasado por todo esto. Estoy segura de que en este preciso instante parezco una Crank.

Lawrence abrió su puerta y Thomas esperó ansioso la señal. El golpeteo en el chasis lo sobresaltó, pero estaba listo.

Brenda abrió la puerta despacio y descendió. Forzando la vista para ver en la negrura, Thomas la siguió. La habitación estaba completamente a oscuras.

Se escuchó un fuerte chasquido y el recinto quedó bañado instantáneamente por una luz blanca y brillante. Thomas se llevó las manos al rostro y cerró los ojos. Luego, con las manos como visera, entornó la vista para ver qué sucedía. Montado en un trípode, un reflector enorme apuntaba directamente hacia ellos. Sólo pudo distinguir dos siluetas a ambos lados del aparato. Recorrió el lugar y comprobó que, como Lawrence había anunciado, había al menos otras doce personas que sostenían todo tipo de armas.

–Lawrence, ¿eres tú? –exclamó un hombre y el eco de su voz resonó a través de los muros de hormigón. Era imposible adivinar quién había hablado.

–Sí, soy yo.

–¿Qué le pasó a nuestra camioneta y quién es esta gente? No me digas que metiste infectados aquí adentro.

–En el callejón, no muy lejos de aquí, nos atacó un grupo enorme de Cranks. Y ellos son Munis. Me obligaron a que los trajera aquí. Quieren ver al jefe.

–¿Por qué? –preguntó la misma persona.

–Dicen que…

El hombre lo interrumpió súbitamente.

–No, quiero que ellos mismos me lo digan. Den sus nombres y expliquen por qué forzaron a uno de los nuestros a venir acá y destrozar uno de los escasos vehículos que aún nos quedaban. Y es mejor que tengan una buena razón.

Thomas y Brenda intercambiaron miradas para decidir quién debía hablar y Brenda le hizo una seña para que fuera él.

Thomas desvió los ojos hacia el reflector y se dirigió a la persona que se hallaba a la derecha, suponiendo que era la que había hablado.

—Me llamo Thomas. Ella es Brenda. Conocemos a Gally, estuvimos con él en CRUEL y, hace unos días, nos habló del Brazo Derecho y de lo que ustedes estaban haciendo. Nos comprometimos a colaborar, pero no de esta forma. Sólo deseamos saber qué están planeando, por qué están secuestrando gente inmune y encerrándola. Yo pensaba que esa era la forma de actuar de CRUEL.

Thomas no sabía qué había esperado que ocurriera, pero el tipo comenzó a reírse.

—Creo que voy a dejar que vean al jefe sólo para que se saquen de la cabeza esa condenada idea de que nosotros podríamos llegar a hacer algo parecido a lo de CRUEL.

Thomas hizo un gesto de indiferencia.

—Bueno. Vayamos a ver a tu jefe —señaló. El disgusto que el hombre había demostrado por CRUEL le pareció sincero. No obstante, no estaba claro por qué habían tomado a toda esa gente.

—Hijo, espero que estés diciendo la verdad —dijo el tipo—. Lawrence, tráelos adentro. Que alguien revise la camioneta para ver si hay armas.

Thomas se mantuvo en silencio mientras ascendían por una vieja escalera de metal y atravesaban un sucio pasillo con un solo foco y el papel de las paredes despegado. Unos minutos después, llegaron a un amplio espacio que, cincuenta años atrás, podría haber sido un perfecto salón de conferencias. Ahora, sólo se veía una mesa desvencijada con sillas de plástico esparcidas al azar.

Había dos personas sentadas en el extremo más alejado de la mesa. Thomas distinguió primero a Gally, a la derecha. Lucía cansado y desaliñado, pero le hizo un saludo ligero y esbozó una pequeña sonrisa, un surco poco agraciado en su cara destrozada. Junto a él había un hombre corpulento, más gordo que musculoso. Los brazos de la silla blanca de plástico donde se hallaba sentado apenas lograban contener su circunferencia.

—¿Este es el cuartel general del Brazo Derecho? —preguntó Brenda—. Perdonen mi desilusión.

Cuando Gally respondió, la sonrisa se había borrado de su rostro.

—Ya no llevo la cuenta de la cantidad de veces que nos hemos mudado. Pero gracias por el elogio.

—¿Cuál de ustedes es el jefe? —indagó Thomas.

Gally hizo un movimiento de cabeza señalando a su compañero.

—Pescado, Vince está a cargo. Y sé más respetuoso. Él ha arriesgado la vida porque cree que el mundo tiene que cambiar.

Thomas alzó las manos en un gesto conciliatorio.

—No fue con mala intención. Pero por la forma en que te comportaste en tu apartamento, pensé que serías la persona que dirigía todo esto.

—Bueno, no lo soy. Es Vince.

—¿Y Vince habla? —preguntó Brenda.

—¡*Basta!* —rugió el hombre grandote con una voz profunda y atronadora—. Toda la ciudad está invadida por Cranks. No tengo tiempo para estar acá sentado escuchando charlas infantiles. ¿Qué quieren ustedes?

Thomas trató de esconder la ira que había comenzado a arder en su interior.

—Una sola cosa: saber por qué nos capturaron. Por qué están secuestrando gente para CRUEL. Gally nos dio mucha esperanza, pensamos que estábamos en el mismo bando. Imagínense nuestra sorpresa al descubrir que el Brazo Derecho era tan malo como la gente a la que se suponía que estaba combatiendo. ¿Cuánto dinero iban a recibir por vender seres humanos?

—Gally —dijo el hombre a modo de respuesta, como si no hubiera oído una sola palabra de lo que Thomas había dicho.

—¿Sí?

—¿Podemos confiar en estos dos?

Gally evitó enfrentar la mirada de Thomas.

—Sí —asintió—. Podemos.

Entonces Vince descansó sus brazos macizos sobre la mesa y se inclinó hacia adelante.

—Entonces, no podemos perder más tiempo. Hijo, esta es una operación idéntica y no pensamos sacar un solo centavo. Estamos reuniendo Inmunes para imitar a CRUEL.

Thomas se mostró sorprendido ante la respuesta.

—¿Por qué rayos querrían hacer algo así?

—Vamos a utilizarlos para ingresar en su cuartel general.

51

Thomas observó al hombre durante unos segundos. Si CRUEL era realmente responsable de las desapariciones de los otros Inmunes, la idea era tan simple que casi se echó a reír.

—Eso podría funcionar.

—Me alegra que lo apruebes —comentó Vince con expresión indescifrable y Thomas no alcanzó a distinguir si había un dejo de sarcasmo en su voz—. Tenemos un contacto y ya está hecho el trato para venderlos. Será nuestra forma de entrar. Debemos detener a esa gente. Impedir que desperdicien todavía más recursos en un experimento inútil. Si el mundo va a sobrevivir, tienen que usar lo que poseen para ayudar a la gente que está viva y dejar que la raza humana continúe en una dirección razonable.

—¿Piensas que hay alguna remota posibilidad de que encuentren una cura? —preguntó Thomas.

Vince lanzó una risa contenida, larga y grave, que hizo vibrar el pecho de Thomas.

—Si hubieras llegado a creer eso sólo por un segundo, no estarías frente a mí, ¿no te parece? No habrías escapado ni estarías clamando venganza, que es lo que yo supongo que *realmente* estás haciendo. Yo sé lo que has tenido que soportar, Gally me contó todo —hizo una pausa—. No, nosotros ya desistimos de su… *cura* hace mucho tiempo.

—No buscamos vengarnos —aclaró Thomas—. No es una cuestión personal. Por eso me gusta que ustedes hablen de utilizar los recursos de ellos para algo distinto. ¿Qué saben sobre lo que CRUEL está llevando a cabo?

Vince volvió a reclinarse en su asiento y la silla crujió con el movimiento.

—Acabo de contarte algo que es un secreto que guardamos con nuestra propia vida. Ahora es tu turno de devolver la confianza. Si Lawrence y su gente hubieran sabido quién eras, te habrían traído acá de inmediato. Te pido disculpas por el trato violento.

—No tienes que disculparte —repuso Thomas. Aunque sí le molestó la idea de que el Brazo Derecho lo habría tratado distinto que a los demás de haber sabido quién era él—. Sólo quiero conocer el plan.

—No vamos a seguir adelante hasta que compartas con nosotros lo que *tú* sabes. ¿Qué puedes ofrecernos?

—Cuéntale —susurró Brenda, dándole un codazo—. Para eso vinimos.

Tenía razón. Desde que había recibido la nota de Gally, su instinto le había dicho que podía confiar en él, y había llegado la hora de participar. Sin ayuda, nunca regresarían al Berg ni lograrían nada importante.

—Está bien —dijo—. CRUEL piensa que puede completar la cura, que están por lograrla. Yo soy la última pieza que les falta. Juran que es la verdad, pero ellos han manipulado y mentido tanto que se ha vuelto imposible distinguir qué es cierto y qué no lo es. Quién puede saber cuáles son ahora sus objetivos, cuán desesperados están o qué estarían dispuestos a hacer.

—¿Cuántos más hay allá? —preguntó Vince.

Thomas meditó unos segundos.

—Menos de cuatro y están esperando en el sitio donde Lawrence nos atrapó. Somos muy pocos pero tenemos un profundo conocimiento de la organización. ¿Ustedes cuántos son?

—Mira, Thomas, esa es una pregunta difícil de contestar. Si quieres saber cuántas personas se han unido al Brazo Derecho desde que comenzamos a reunirnos y a juntar fuerzas años atrás, entonces son muchas más de mil. Pero si preguntas cuántas andan todavía por acá, sanas y salvas, dispuestas a acompañarnos hasta el final… Bueno, entonces, lamentablemente, sólo estamos hablando de unos pocos centenares.

—Entre ustedes, ¿hay algunos que sean inmunes? —preguntó Brenda.

–Casi ninguno. Yo mismo no lo soy y, después de lo que se vio en Denver, estoy totalmente seguro de que ya debo tener la Llamarada. Con un poco de suerte, la mayoría de nosotros *no* tenemos el virus aún, pero en un mundo que se está cayendo a pedazos, es algo inevitable. Y queremos estar seguros de que se haga algo para rescatar lo que queda de la hermosa raza humana.

Thomas señaló un par de sillas cercanas.

–¿Podemos sentarnos?

–Por supuesto.

Tan pronto tomó asiento, Thomas comenzó a plantear la serie de preguntas que había acumulado en su cabeza.

–¿Qué es exactamente lo que planean hacer?

Vince volvió a lanzar su risa estruendosa.

–Tranquilízate, hijo. Dime qué tienes para ofrecer y después yo te contaré mis planes.

Thomas se dio cuenta de que estaba sentado en el borde de la silla y apoyado en la mesa. Se relajó y se echó hacia atrás.

–Mira, tenemos mucha información acerca del cuartel general de CRUEL y de cómo funcionan las cosas allá. Y algunas personas de nuestro grupo han recobrado sus recuerdos. Pero lo más importante es que CRUEL *quiere* que yo regrese. Y creo que tenemos que encontrar la forma de utilizar eso en nuestro favor.

–¿Nada más? –preguntó Vince–. ¿Es todo lo que tienes?

–Siempre dije que no llegaríamos muy lejos sin ayuda. Y sin armas.

Ante esa última afirmación, Vince y Gally intercambiaron una mirada de complicidad. Thomas supo que había tocado un punto sensible.

–¿Qué pasa?

Vince les echó una mirada, primero a Brenda y luego a Thomas.

–Tenemos algo que es infinitamente mejor que armas.

Thomas se inclinó hacia adelante otra vez.

–¿Y qué sería?

–Conocemos la forma de asegurarnos de que nadie pueda usar armas.

52

–¿**C**ómo? –preguntó Brenda antes de que Thomas pudiera abrir la boca.

–Dejaré que Gally les explique eso –dijo Vince, y le hizo una seña al chico.

–Bien, piensen en el Brazo Derecho –comenzó Gally poniéndose de pie–. Estas personas no son soldados. Son contadores, porteros, plomeros, maestros. CRUEL tiene su pequeño ejército propio, entrenado con el armamento más costoso y sofisticado. Aun cuando lográramos encontrar el mayor cargamento de Lanzadores del mundo y el resto del equipo que ellos utilizan, estaríamos en completa desventaja.

Thomas no lograba imaginar adónde quería llegar.

–¿Y entonces cuál es el plan?

–La única manera de equilibrar el juego es asegurarnos de que no usen armas. En ese caso, tendríamos alguna posibilidad.

–¿Piensan robar el complejo? –preguntó Brenda–. ¿Detener un cargamento? ¿Qué?

–No, nada de eso –respondió Gally, sacudiendo la cabeza. A continuación, una expresión de entusiasmo infantil llenó su rostro–. No se trata de *cuántos* consigas reclutar para la causa, sino de *quiénes*. De todos aquellos que se han unido al Brazo Derecho, hay una mujer que es fundamental.

–¿Quién? –inquirió Thomas.

–Se llama Charlotte Chiswell. Era la ingeniera principal de la compañía fabricante de armas más grande del mundo. Al menos del armamento de avanzada que utiliza tecnología de segunda generación. Cada pistola, cada Lanzador, todo lo que imaginen que usa CRUEL proviene de ahí, y su funcionamiento depende de sistemas electrónicos y de computación ultra modernos. Y Charlotte ha descubierto la manera de lograr que sus armas se vuelvan inútiles.

—¿En serio? —exclamó Brenda con un tono voz cargado de dudas. A Thomas también le parecía una idea difícil de creer, pero escuchó con atención la explicación de Gally.

—Todas sus armas tienen el mismo chip, y ella dedicó los últimos meses a descifrar la forma de reprogramarlos a distancia, de interferir el sistema. Finalmente lo logró. Una vez que comienza, le tomará unas horas, y para que funcione habrá que colocar un pequeño dispositivo dentro del edificio. De modo que nuestra gente hará ese trabajo cuando entregue a los Inmunes. Si da resultado, nosotros tampoco tendremos armas, pero al menos la lucha será equitativa.

—Y es posible que tengamos una ventaja —agregó Vince—. Los guardias y la gente de seguridad están tan entrenados en el uso de esas armas, que deben ser como una parte más de su cuerpo. Pero estoy seguro de que ya no son tan buenos en el combate cuerpo a cuerpo, en la pelea de verdad, con cuchillos, bates y palas, maderas, piedras y puños —sonrió con picardía—. Será una riña a la vieja usanza. Y pienso que podemos vencerlos. Si no lo hacemos de esta manera y si sus armas funcionaran, nos aplastarían antes de comenzar.

Thomas recordó el combate que habían mantenido con los Penitentes dentro del Laberinto. Había sido exactamente como Vince acababa de describirlo. La evocación le produjo un escalofrío, pero seguramente sería peor tener que enfrentar armas auténticas.

Y si daba resultado, eso significaría que tendrían una posibilidad. Una oleada de entusiasmo lo invadió.

—¿Y cómo lo harán?

Vince hizo una pausa.

—Tenemos tres Bergs. Vamos a entrar con unas ochenta personas, las más fuertes del grupo. Entregaremos a los Inmunes a nuestro contacto dentro de CRUEL, colocaremos el dispositivo –que será la tarea más ardua– y cuando comience a funcionar abriremos un hoyo en la pared con explosivos y dejaremos que ingresen todos los demás. Una vez que las instalaciones se hallen bajo nuestro poder, Charlotte nos ayudará a volver a poner en funcionamiento las armas necesarias para mantener el control. Eso es lo que haremos o moriremos en el intento. Si no hay más remedio, volaremos el sitio.

Thomas reflexionó sobre el plan. Su grupo podría ser esencial en un asalto semejante. Especialmente aquellos que tenían sus recuerdos intactos. Conocían muy bien el trazado del complejo de CRUEL.

Como si hubiera leído la mente de Thomas, Vince continuó hablando.

–Si lo que Gally dice es verdad, tú y tus amigos serán una gran ayuda para nuestro equipo, ya que algunos conocen el lugar a la perfección. Y por más viejas o jóvenes que sean, todas las personas cuentan.

–Nosotros también tenemos un Berg –añadió Brenda–. A menos que los Cranks lo hayan hecho pedazos. Está justo afuera de los muros de Denver, en el sector noroeste. El piloto está con nuestros otros amigos.

–¿Dónde se encuentran sus naves? –preguntó Thomas.

Vince agitó la mano hacia el fondo de la habitación.

–En esa dirección. Sanas y salvas. La hora se aproxima. Nos encantaría tener otra semana más o dos para seguir haciendo planes, pero no tenemos otra opción. El dispositivo de Charlotte está listo. Las primeras ochenta personas también. Podemos dedicar un par de días a intercambiar información, hacer los últimos preparativos y luego ponernos en movimiento. No hay mucho más qué decir. Simplemente entramos y lo hacemos.

Al escucharlo definir las cosas de esa manera, Thomas sintió que todo era más real.

–¿Confías en que el plan saldrá bien?

–Hijo, presta atención –dijo Vince con expresión grave–. Durante años no escuchamos hablar más que de la misión de CRUEL, que cada centavo, cada hombre y cada recurso, todo debía dedicarse a la causa de encontrar una cura para la Llamarada. Nos dijeron que habían encontrado Inmunes, y si podíamos descubrir por qué sus mentes no sucumbían al virus, ¡entonces el mundo estaría a salvo! Entretanto, las ciudades se desmoronan; la educación, la seguridad, los medicamentos para el resto de las enfermedades conocidas por el hombre, la ayuda humanitaria, el mundo entero se viene abajo para que CRUEL pueda hacer lo que le dé la gana.

—Entiendo —dijo Thomas—. Sé muy bien a qué te refieres.

Vince no podía dejar de hablar y derramaba ideas que obviamente llevaban años agitándose en su interior.

—Hubiera sido mejor dedicarnos a detener la *propagación* de la enfermedad en vez de intentar *curarla*. Pero CRUEL absorbió todo el dinero y a los mejores. Y no sólo eso: nos dieron falsas esperanzas y nadie se preocupó como correspondía. Pensaron que la cura mágica al final los salvaría. Pero si esperamos más tiempo, no habrá más gente a quien salvar.

Vince lucía cansado. La habitación quedó en silencio mientras él permanecía sentado observando a Thomas, a la espera de una respuesta. Pero Thomas estaba de acuerdo con todo lo que el hombre había explicado.

Un rato después, Vince volvió a hablar.

—La gente que se encargará de vender a los Inmunes no tendría problemas en colocar el dispositivo una vez que esté adentro, pero sería mucho más fácil si el aparato ya estuviera en su lugar al momento de su llegada. Tener a los Inmunes nos permitirá entrar en el espacio aéreo y obtener el permiso para aterrizar, pero… —se interrumpió y miró a Thomas levantando las cejas, como si esperara que él agregara lo que resultaba obvio.

Thomas asintió.

—Ahí es donde entro yo.

—Sí —dijo Vince con una sonrisa—. Creo que es ahí donde entras tú.

53

Thomas sintió que una calma insospechada se instalaba en su interior.

—Pueden dejarme a unos pocos kilómetros del complejo y el resto lo haré caminando. Fingiré que regresé para concluir las Pruebas. De acuerdo con lo que he visto y oído, me recibirán con los brazos abiertos. Muéstrenme qué debo hacer para colocar el dispositivo.

Otra sonrisa genuina iluminó el rostro de Vince.

—Voy a pedirle a Charlotte que lo haga ella misma.

—Pueden obtener ayuda e información de mis amigos: Teresa, Aris y los demás. Brenda también sabe mucho —agregó. La decisión de Thomas fue rápida e incuestionable: había aceptado la peligrosa tarea. Era la mejor oportunidad que tenían.

—Muy bien, Gally —dijo Vince—. ¿Cuál es nuestro siguiente paso? ¿Cómo haremos esto?

El antiguo enemigo de Thomas se puso de pie y lo miró.

—Voy a traer a Charlotte para que te explique todo acerca del dispositivo. Luego te llevaremos al hangar donde se encuentran los Bergs; un piloto te llevará cerca del cuartel general de CRUEL y te hará descender. Entretanto, los demás terminaremos de preparar el equipo principal de ataque. Más vale que tu actuación en CRUEL sea convincente. Para que no resulte sospechoso, deberíamos esperar un par de horas antes de entrar con los Inmunes.

—Todo saldrá bien —afirmó Thomas mientras respiraba profundamente para tranquilizarse.

—Bueno. Cuando te marches, traeremos a Teresa y a los demás hasta aquí. Espero que no te moleste hacer otra pequeña excursión a través de la ciudad.

Charlotte era una mujer callada, menuda y muy dedicada a su tarea. Le mostró a Thomas el funcionamiento del dispositivo de desactivación de manera breve y eficiente. Era lo suficientemente pequeño como para caber dentro de la mochila que le proporcionaron, junto con un poco de comida y ropa extra para la fría caminata que tendría que realizar. Una vez que el aparato estuviera colocado y activado, buscaría las señales de cada una de las armas y se conectaría con ellas. Luego, neutralizaría el sistema. Le tomaría alrededor de una hora anular todas las armas de CRUEL.

Muy sencillo, pensó Thomas. *La parte difícil será, una vez adentro de las instalaciones, poner el dispositivo sin levantar sospechas.*

Gally decidió que Lawrence sería el encargado de llevar a Thomas y al piloto al hangar abandonado donde guardaban los Bergs. Volarían desde allí directamente al cuartel general de CRUEL. Eso implicaría otro viaje en camioneta por las calles de Denver infestadas de Cranks, pero tomarían la ruta más directa, que iba por una de las autopistas más importantes. Además, ya había amanecido y, por alguna razón, eso hizo que Thomas se sintiera un poco mejor.

Se hallaba ocupado ayudando a reunir los últimos suministros para el trayecto, cuando apareció Brenda. Le hizo un saludo con la cabeza y le dirigió una leve sonrisa.

—¿Me vas a extrañar? —preguntó Thomas en tono de broma, pero deseaba verdaderamente que ella dijera que sí.

Brenda puso los ojos en blanco.

—No hables así, parece como si ya estuvieras dándote por vencido. Antes de que te des cuenta, todos estaremos juntos de nuevo, riéndonos de los viejos tiempos.

—Pero hace muy pocas semanas que nos conocemos —agregó él y volvió a sonreír.

—Como sea —dijo ella; le echó los brazos al cuello y le habló al oído—; yo sé que me enviaron a esa ciudad en el Desierto para buscarte y fingir que era tu amiga. Pero quiero que sepas que *realmente* eres mi amigo. Tú…

Él se apartó para poder ver su rostro una vez más, pero le resultó indescifrable.

—¿Qué?

—Solamente… no dejes que te maten.

Sin saber qué responder, Thomas tragó saliva.

—¿Entonces? —dijo ella.

—Tú también cuídate —fue todo lo que logró articular.

Brenda se estiró y le dio un beso en la mejilla.

—Eso es lo más dulce que me has dicho —dijo ella poniendo los ojos en blanco otra vez, pero sonriendo al mismo tiempo.

Su sonrisa echaba un poco de luz en la vida de Thomas.

—Controla que ellos no hagan líos —añadió—. Asegúrate de que todos los planes sean lógicos.

—Lo haré. Nos veremos en un día o dos.

—Está bien.

—Y yo no dejaré que me maten si tú tampoco lo haces. Te lo prometo.

Thomas la envolvió en un último abrazo.

—Es un trato.

54

El Brazo Derecho les entregó una camioneta nueva. Lawrence era el conductor y la mujer que oficiaría de piloto se ubicó a su lado, en el asiento del acompañante. Hablaba poco y no parecía muy amistosa. Lawrence tampoco estaba del mejor humor, probablemente porque había pasado de ser un distribuidor de alimentos en una instalación cerrada a hacer de conductor a través de una ciudad atestada de Cranks. En dos ocasiones.

El sol había salido y brillaba sobre los edificios de una ciudad totalmente distinta a la de la noche anterior. Por algún motivo, la luz hacía que el mundo pareciera un lugar más seguro.

Thomas había recuperado su pistola, completamente cargada, y la había encajado en la cintura de sus jeans. A pesar de que sabía bien que, si les tendían otra emboscada, doce balas no serían de gran ayuda, le daba cierta tranquilidad.

–Bueno, recuerden el plan –dijo Lawrence rompiendo el silencio.

–¿Y cuál era el plan? –preguntó Thomas.

–Llegar al hangar con vida.

A Thomas le pareció bien.

Volvieron a quedarse callados. Sólo se oía el ruido del motor y de los baches del camino. Esas circunstancias llevaron a Thomas a pensar en todas las cosas horribles que podrían salir mal durante los días que tenían por delante. Hizo un gran esfuerzo por bloquear su mente y concentrarse en la ciudad en ruinas que veía pasar por la ventanilla.

Hasta ese instante sólo había divisado unas pocas personas aisladas y a la distancia. Se preguntó si la mayoría se habría acostado tarde por temor a lo que podría asaltarlos desde la oscuridad o… porque ellos mismos habían sido los asaltantes.

El sol se reflejaba en las ventanas altas de los imponentes rascacielos: los edificios parecían extenderse interminablemente en todas las direcciones. La camioneta pasó por el centro de la ciudad, a lo largo de una calle ancha salpicada de autos abandonados. Thomas distinguió algunos Cranks escondidos en el interior de los vehículos, espiando por las ventanillas como si estuvieran agazapados y listos para atacar.

Después de un par de kilómetros, Lawrence tomó una carretera larga y recta que conducía a una de las puertas de la ciudad amurallada. Había barricadas a ambos lados del camino, que seguramente habían sido construidas en épocas mejores para impedir que el ruido de los innumerables automóviles molestara a los ciudadanos cuyos hogares se encontraban cerca de la autopista. Parecía imposible que alguna vez hubiera existido un mundo semejante, donde no se vivía cada día con temor a morir.

—Este es un camino muy directo —dijo Lawrence—. El hangar debe ser el sitio más protegido que tenemos, de modo que lo único que hay que hacer es llegar allí. En una hora estaremos en el aire, sanos y salvos.

—Ésa es buena —comentó Thomas, aunque después de la noche anterior, le sonó demasiado fácil. La piloto no salía de su mutismo.

Habían recorrido unos cinco kilómetros cuando Lawrence comenzó a disminuir la velocidad.

—¿Qué diablos… ? —murmuró.

Cuando Thomas volvió su atención a la ruta, notó la presencia de varios automóviles que daban vueltas en círculo.

—Intentaré rebasarlos —dijo Lawrence como si hablara consigo mismo.

Thomas no contestó, pues sabía muy bien que cualquier suceso imprevisto sólo significaba problemas.

Lawrence aceleró nuevamente.

—Nos llevaría una eternidad retroceder y tomar otra ruta. Voy a tratar de seguir adelante.

—No hagas ninguna estupidez —dijo la mujer repentinamente—. Nunca llegaríamos al hangar si tenemos que caminar.

Mientras se aproximaban, Thomas se inclinó hacia adelante para mirar qué estaba pasando. Junto a un enorme montón de algo imposible de identificar, unas veinte personas arrojaban escombros, se golpeaban y se empujaban. A treinta metros de distancia, los autos giraban violentamente y chocaban unos con otros. Era un milagro que todavía no hubieran lastimado a ninguno de los que estaban en la ruta.

—¿Qué intentas hacer? —preguntó Thomas. Ya casi se encontraban sobre la muchedumbre y Lawrence no reducía la velocidad.

—¡Tienes que detenerte! —gritó la mujer.

Lawrence ignoró la orden.

—No. Voy a continuar.

—¡Nos vas a matar!

—No nos pasará nada. ¡Quédate callada!

Se acercaron al grupo de gente, que seguía riñendo y husmeando en esa extraña montaña de cosas. Para ver mejor, Thomas se movió hacia el costado de la camioneta. Los Cranks estaban destrozando unas inmensas bolsas de basura y extrayendo del interior viejas cajas de alimentos, carne medio podrida y restos de comida. Apenas alguno conseguía agarrar algo, venía otro e intentaba arrebatárselo. Volaban los golpes, los rasguños y los manotazos. Un hombre tenía un corte profundo debajo del ojo y la sangre chorreaba por su rostro como si fueran lágrimas rojas.

Con un chirrido, la camioneta viró violentamente y Thomas miró hacia adelante. Los vehículos —modelos antiguos despintados, con la carrocería abollada— se habían detenido y tres de ellos se habían ubicado en hilera, enfrentando a la camioneta que venía en dirección contraria. En vez de frenar, Lawrence giró ligeramente el volante para dirigirse hacia el espacio más grande, que había quedado entre el auto de la derecha y el del centro. Luego, como un relámpago, el coche de la izquierda se adelantó y viró bruscamente para tratar de interceptar a la camioneta antes de que lograra pasar.

—¡Sujétense! —rugió Lawrence y pisó el acelerador.

Mientras volaban hacia el hueco, Thomas se aferró al asiento. Los vehículos que se encontraban a ambos lados no se movieron, pero el tercero enfilaba directo hacia ellos. Thomas notó que no tenían posibilidad de salvarse. Estuvo a punto de gritar que se detuviera, pero era demasiado tarde.

El frente de la camioneta ya había comenzado a entrar en el espacio libre cuando el tercer auto se incrustó en la parte trasera del lado izquierdo. Thomas salió despedido hacia la izquierda y se golpeó contra el travesaño que separaba las dos ventanillas laterales, que se hicieron añicos con un crujido terrible. Los vidrios volaron por el aire y la camioneta comenzó a girar en círculos. La cola semejaba a un látigo. Thomas rebotaba por los asientos mientras intentaba agarrarse de algo. El aire se llenó de chirridos de neumáticos y de sonidos de metal raspando contra el metal.

El ruido se apagó cuando el vehículo finalmente se estrelló contra la pared de cemento.

Herido y apaleado, Thomas acabó de rodillas en el piso. Se incorporó a tiempo para ver a los tres vehículos alejándose. El rugir de los motores se fue desvaneciendo a medida que se perdían por la carretera larga y recta por donde Thomas había venido. Echó un vistazo a Lawrence y a la piloto: ambos se hallaban bien.

Después, ocurrió algo muy extraño. Thomas miró por la ventanilla y, a seis metros de distancia, distinguió a un Crank maltrecho que lo observaba. Le tomó un segundo darse cuenta de que ese Crank era su amigo.

Newt.

55

Newt se veía muy mal. Parte del pelo había sido arrancado de su cabeza, que estaba llena de marcas hinchadas y enrojecidas. Su cara estaba cubierta de rasguños y moretones. Una camisa destrozada colgaba de su cuerpo débil y los pantalones estaban manchados de lodo y sangre. Era como si finalmente se hubiera entregado a los Cranks, uniéndose a sus filas en cuerpo y alma.

Sin embargo, miró a Thomas como si se hubiera dado cuenta de que se había topado con un amigo.

Lawrence estaba hablando pero recién entonces Thomas procesó sus palabras.

—Estamos bien. La camioneta está completamente destrozada, pero con un poco de suerte nos llevará sólo unos kilómetros más hasta el hangar.

Puso marcha atrás y el vehículo retrocedió con dificultad, alejándose de la pared de cemento. El silencio mortal que sobrevolaba la ruta se vio quebrado por el crujido del plástico y el metal, y por el chirrido de los neumáticos. Cuando comenzaron a alejarse por el camino, Thomas sintió como si una lamparita se encendiera adentro de su cabeza.

—¡Frena! —gritó—. ¡Detén la camioneta! ¡Ahora!

—¿Qué? —exclamó Lawrence—. ¿De qué estás hablando?

—¡Sólo detén la maldita camioneta!

Lawrence pisó el freno con fuerza, al tiempo que Thomas se ponía de pie con dificultad y se dirigía hacia la puerta. Cuando comenzó a abrirla, el conductor lo sujetó de la camisa y lo jaló hacia adentro.

—¿Qué demonios haces? —aulló.

Thomas no iba a permitir que nada lo detuviera. Extrajo la pistola de sus pantalones y le apuntó a Lawrence.

—Suéltame. ¡Déjame ir!

Lawrence lo hizo y levantó las manos en el aire.

—Está bien, muchacho. ¡Cálmate! ¿Qué te ocurre?

Thomas se apartó de él.

—Mi amigo está allí afuera y quiero ver si está bien. Si hay algún problema, volveré corriendo a la camioneta. Estate listo para escapar apenas regrese.

—¿Piensas que eso que está allá todavía es tu amigo? —preguntó la mujer fríamente—. Esos Cranks están mucho más allá del Final. ¿No te das cuenta? Tu amigo ya no es más que un animal. O algo peor.

—Entonces será una despedida breve, ¿no creen? —respondió Thomas. Abrió la puerta y bajó a la calle—. Cúbranme si es necesario. Tengo que hacerlo.

—Antes de que subamos al Berg, te voy a dar una buena paliza. Te lo prometo —gruñó Lawrence—. Date prisa. Si esos Cranks que están junto a la pila de basura enfilan hacia acá, comenzaremos a disparar. No me importa si tu mamita o tu tío Frank se encuentran entre ellos.

—Ésa es buena —repuso Thomas y se alejó de ellos mientras volvía a meter la pistola en sus jeans. Caminó lentamente hacia su amigo, que se encontraba solo, muy lejos de la banda de Cranks que seguía husmeando en la montaña de desperdicios. Por el momento parecían satisfechos con su tarea y no estaban interesados en él.

Thomas recorrió la mitad de la distancia que lo separaba de Newt y se detuvo. Lo peor era la ferocidad que habitaba en sus ojos. La locura acechaba detrás de ellos: dos lagunas rebosantes de enfermedad. ¿Cómo había ocurrido con tanta rapidez?

—Hola, Newt. Soy yo, Thomas. Todavía te acuerdas de mí, ¿no es cierto?

Una claridad repentina surgió en los ojos de Newt y casi hizo retroceder a Thomas de la sorpresa.

—Claro que te recuerdo, Tommy. Fuiste a verme al Palacio, a restregarme en las narices que habías ignorado mi nota. No puedo haberme vuelto completamente loco en tan pocos días.

Esas palabras hirieron el corazón de Thomas aún más que el aspecto lastimoso de su amigo.

—¿Entonces qué haces acá? ¿Por qué estás con… ellos?

Newt echó una mirada a los Cranks y luego volvió la vista hacia él.

—Va y viene, viejo. No puedo explicarlo. A veces no soy capaz de controlarme y apenas sé lo que estoy haciendo. Pero en general es como una picazón en el cerebro, que trastorna todo y me vuelve irritable.

—Ahora pareces estar bien.

—Sí, bueno. La única razón por la que estoy con estos chiflados del Palacio es porque no tengo nada mejor que hacer. Se pelean, pero también son un grupo. Si uno está solo, se le acabaron las oportunidades.

—Newt, ven conmigo ahora mismo. Podemos llevarte a un lugar más seguro, mejor que…

Newt se echó a reír y su cabeza se agitó un par de veces de una forma rara.

—Vete de aquí, Tommy. Lárgate.

—Ven conmigo —rogó Thomas—. Te ataré si eso te hace sentir mejor.

De golpe, el rostro de Newt se puso rígido de ira y sus palabras brotaron con rabia.

—¡Shuck! ¡Cierra la boca, traidor! ¿Acaso no leíste mi nota? ¿No puedes hacer ni una miserable cosa por mí? ¿Tienes que ser el mismo héroe de siempre? ¡Te odio! ¡Siempre te odié!

No habla en serio, se dijo Thomas con firmeza. Pero no eran más que palabras.

—Newt…

—¡Tú eres el culpable de todo! Cuando murieron los primeros Creadores, podrías haberlos detenido. De alguna manera. ¡Pero no! Tuviste que continuar, tratar de salvar al mundo, ser un héroe. Y fuiste al Laberinto y seguiste adelante. ¡Sólo te preocupas por ti mismo! ¡Admítelo! ¡Tienes que ser el único a quien la gente recuerde y venere! ¡Deberíamos haberte arrojado por el hueco de la Caja!

El rostro de Newt se había teñido de un intenso color rojo y, al gritar, la saliva escapaba de su boca. Con los puños apretados, comenzó a avanzar torpemente hacia él.

—¡Voy a dispararle! —aulló Lawrence desde la camioneta—. ¡Apártate!

—¡No lo hagas! ¡Esto es entre él y yo! ¡No intervengas! —le ordenó Thomas y luego volvió a dirigirse a su amigo—. Detente, Newt. Escúchame. Yo sé que puedes comprender lo que te digo.

—¡Te odio, Tommy! —bramó a unos pocos centímetros de Thomas, quien dio un paso hacia atrás: su dolor se había transformado en miedo—. ¡Te odio, te odio, te odio! ¡Después de todo lo que hice por ti, después de toda la garlopa que soporté en el maldito Laberinto, no puedes hacer la única cosa que te pedí en toda mi vida! ¡Ni siquiera puedo tolerar la asquerosa visión de tu cara miertera!

Thomas retrocedió dos pasos más.

—Newt, tienes que detenerte. Te van a disparar. ¡Quédate quieto y escúchame! Sube a la camioneta, deja que te ate. ¡Dame una oportunidad! —exclamó. No podía matar a su amigo. Le resultaba imposible.

Newt pegó un alarido y salió volando hacia adelante. Desde la camioneta, brotó un haz de luz, que chisporroteó por el pavimento pero no dio en el blanco. Thomas se quedó paralizado y Newt lo derribó, cortándole la respiración. Luchó por llenar de aire sus pulmones mientras su viejo amigo trepaba encima de él y lo inmovilizaba.

—Debería arrancarte los ojos —dijo Newt rociándolo con saliva—. Darte una lección sobre la estupidez. ¿Quién te mandó venir acá? ¿Esperabas que te recibiera con un maldito abrazo? ¿Eh? ¿Que pasáramos un buen rato recordando los buenos momentos vividos en el Área?

Presa del terror, Thomas sacudió la cabeza y, con la mano libre, buscó sigilosamente la pistola.

—Tommy, ¿quieres saber por qué tengo esta renguera? ¿Alguna vez te lo dije? Me parece que no.

—¿Qué sucedió? —preguntó Thomas tratando de ganar tiempo mientras deslizaba los dedos alrededor del arma.

—Traté de matarme en el Laberinto. Trepé hasta la mitad de uno de esos malditos muros y salté. Alby me encontró y me arrastró de regreso al Área antes de que se cerraran las puertas. Odiaba ese lugar, Tommy. Detesté hasta el último segundo de cada día que pasé allí. ¡Y todo fue por… *tu… culpa!*

De repente, Newt giró y sujetó la mano de Thomas que sostenía la pistola. Lo atrajo bruscamente hacia él, obligándolo a levantar el arma hasta que el extremo chocó contra su propia frente.

—¡Intenta redimirte! ¡Mátame antes de que me convierta en uno de esos monstruosos caníbales! ¡Mátame! ¡Yo te confié la nota! ¡A ti y a nadie más! ¡Sácame de esta tortura!

Thomas intentó desprender la mano, pero Newt era muy fuerte.

—No puedo, Newt, no puedo.

—¡Arrepiéntete de lo que hiciste! —las palabras salían como látigos, haciendo temblar todo su cuerpo. Después su voz se convirtió en un suspiro áspero y urgente—. Mátame, maldito cobarde. Demuéstrate a ti mismo que puedes hacer lo correcto. No me hagas sufrir más.

Las palabras de Newt horrorizaron a Thomas.

—Newt, tal vez podamos…

—¡Cállate de una vez! ¡Yo confié en ti! ¡Hazlo de una vez!

—No puedo.

—¡Hazlo!

—¡No puedo! —¿cómo podía Newt pedirle que hiciera algo así? ¿Cómo podría matar a uno de sus mejores amigos?

—Mátame o yo te mataré a ti. ¡Hazlo! ¡Mátame!

—Newt…

—¡Hazlo antes de que me convierta en uno de ellos!

—Yo…

—¡MÁTAME! —rugió y luego los ojos de Newt se iluminaron como si hubiera recibido un último soplo de cordura y su voz se suavizó—. Por favor, Tommy. Por favor.

Cuando apretó el gatillo, el corazón de Thomas se desbarrancó por un abismo negro.

56

En el momento de disparar, Thomas había cerrado los ojos. Escuchó el impacto de la bala en la piel y en los huesos, sintió cómo el cuerpo de Newt se sacudía y luego se desplomaba en la calle. Se impulsó hacia arriba para ponerse de pie y no abrió los ojos hasta que comenzó a correr. No podía permitirse contemplar lo que le había hecho a su amigo. El horror, la tristeza, la culpa y lo nauseabundo de toda la situación parecieron consumirlo. Con los ojos llenos de lágrimas, se dirigió con rapidez hacia la camioneta blanca.

—¡Sube! —le gritó Lawrence.

La puerta todavía estaba abierta. Thomas entró de un salto y la cerró. De inmediato, el vehículo se puso en movimiento.

Para Thomas, el resto del viaje transcurrió en una nebulosa. Pasaron delante de varios Cranks y un par de veces tuvieron que disparar algunas granadas por la ventanilla con el Lanzador. Un rato más tarde ya habían atravesado el muro exterior de la ciudad, la valla del pequeño aeropuerto y el enorme portón del hangar, que estaba fuertemente custodiado por más miembros del Brazo Derecho.

Sin hablar demasiado, Thomas hizo lo que le habían dicho y fue adonde se suponía que debía ir.

Abordaron el Berg y acompañó a la gente que recorrió la nave para hacer la inspección. Pero no dijo una sola palabra. La piloto se encaminó a encender la inmensa nave, Lawrence desapareció por algún lado y Thomas encontró un sofá en el área común. Se echó boca arriba y se quedó mirando fijamente la rejilla metálica del techo.

Desde que había matado a Newt, no había pensado ni una sola vez en lo que estaba por hacer. Ahora que finalmente había logrado liberarse de CRUEL, estaba regresando por su propia voluntad.

Ya no le importaba nada. Que pasara lo que tuviera que pasar. Sabía que lo que había visto lo atormentaría durante toda su vida. Chuck tratando de respirar mientras agonizaba y ahora Newt gritándole con una locura salvaje y aterradora. Y ese último instante de cordura, en que sus ojos le habían suplicado clemencia.

Thomas cerró los ojos, pero las imágenes seguían allí. El sueño tardó en llegar.

Lawrence lo despertó.

—Arriba, muchacho, ya es hora de levantarse. Estaremos allá en un rato. Te arrojaremos y luego nos largaremos rápidamente de ese maldito lugar. No lo digo para asustarte.

—No, todo está bien —gruñó Thomas y bajó las piernas del sofá—. ¿Cuánto tendré que caminar?

—Unos pocos kilómetros. No te preocupes, no creo que tengas que enfrentarte con muchos Cranks: esas zonas desérticas se han puesto muy frías. Aunque tal vez te encuentres con algún alce enojado o los lobos traten de devorarte las piernas. Nada grave.

Thomas echó una mirada al hombre esperando ver una gran sonrisa pero él estaba ocupado en el rincón revisando el equipo.

—Un abrigo y tu mochila te esperan junto a la escotilla —dijo Lawrence mientras trasladaba algunas provisiones hasta un estante—. Tienes agua y comida. Queremos estar seguros de que tu caminata será agradable, que disfrutarás de los placeres de la naturaleza y todo eso —comentó. Seguía sin sonreír.

—Gracias —masculló Thomas. Estaba haciendo un gran esfuerzo para no volver a caer en el oscuro pozo de tristeza en el cual se había dormido. Todavía no lograba arrancarse a Chuck y a Newt de la cabeza.

Lawrence dejó lo que estaba haciendo y le habló.

—Te voy a preguntar esto sólo una vez.

—¿Qué?

—¿Estás seguro de lo que vas a hacer? Todo lo que sé acerca de esta gente es perverso. Secuestran, torturan, asesinan: hacen cualquier cosa con tal de conseguir lo que desean. Parece una locura dejar que entres ahí solo tan alegremente.

Por alguna razón, Thomas ya no tenía miedo.

—Estaré bien. Lo único que les pido es que no se olviden de regresar.

Lawrence sacudió la cabeza.

—Eres el chico más valiente que he conocido o estás completamente chiflado. De todas maneras, ve a ducharte y ponte ropa limpia. Encontrarás algo en los armarios.

En ese momento, Thomas no sabía qué aspecto tenía, pero se imaginó algo así como un zombi pálido y sin vida, con ojos de muerte.

—Bueno —dijo y se alejó para intentar lavar algo del horror.

El Berg se inclinó y Thomas se agarró de una barra que había en la pared mientras la nave bajaba hacia la tierra. A unos treinta metros de altura, la rampa comenzó a abrirse y una ráfaga de aire helado azotó el interior. En medio de las llamaradas, los propulsores rugieron con todas sus fuerzas. Thomas vio que estaban volando sobre un pequeño claro dentro de un inmenso bosque de pinos nevados. Había tantos árboles que al Berg se le haría imposible aterrizar: tendría que saltar.

Cuando la nave descendió, Thomas se preparó.

—Buena suerte, muchacho —exclamó Lawrence haciendo un gesto hacia el suelo—. Te diría que te cuides, pero no eres tonto, de modo que no lo haré.

Thomas le sonrió esperando recibir otra sonrisa a cambio. Sintió que la necesitaba, pero no llegó.

—Muy bien. Apenas entre, colocaré el dispositivo. Estoy seguro de que no habrá ningún problema. ¿No es cierto?

—Si no tenemos problemas, me saldrán lagartijas por la nariz —respondió Lawrence, pero su tono era amable—. Ahora vete. Una vez que estés abajo, camina en esa dirección —apuntó hacia la izquierda, donde terminaba el bosque.

Thomas se puso el abrigo, deslizó los brazos por las correas de la mochila, caminó despacio por la gran plancha metálica de la escotilla y se agachó en el borde. A pesar de que se encontraba a poco más de un metro del suelo nevado, tenía que ser cuidadoso. Pegó un salto y aterrizó en una zona blanda, un banco de nieve fresca. Mientras tanto, se sentía muerto por dentro.

Había matado a Newt.

Le había pegado un tiro en la cabeza a su amigo.

57

En el claro del bosque había troncos de árboles dispersos, que habían caído largo tiempo atrás. Los pinos altos y enormes rodearon a Thomas como un muro de torres majestuosas que se extendían hacia el cielo. Se protegió los ojos del viento feroz mientras el Berg accionaba los propulsores y se elevaba en el aire. Observó cómo se perdía hacia el sudoeste.

El aire estaba seco y frío, y el bosque le resultó puro y limpio, como si se encontrara en un mundo flamante: un espacio intacto, no afectado por la enfermedad. Estaba seguro de que muy poca gente podía ver algo así y se sintió afortunado.

Resuelto a llegar lo más rápido posible, se ajustó la mochila y marchó en la dirección que Lawrence le había indicado. Cuanto menos tiempo tuviera para afligirse con lo que le había hecho a Newt, mejor. Pero sabía que no sería de gran ayuda estar solo en medio de la naturaleza salvaje. Dio los últimos pasos en el claro nevado y se adentró en la oscuridad del bosque de pinos gigantescos. Se dejó inundar por su irresistible aroma y se obligó a bloquear la mente otra vez y a no pensar más.

Logró concentrarse en el camino, en la vista y en los sonidos de los pájaros, de las ardillas y de los insectos, en los olores maravillosos. Sus sentidos no estaban acostumbrados a algo semejante, ya que había estado encerrado la mayor parte de su vida, al menos la que recordaba. Por no mencionar el Laberinto y el Desierto. Mientras caminaba a través del bosque, le resultó difícil creer que en el mismo planeta pudiera existir un sitio tan diferente como el Desierto. Su mente divagaba. Se preguntó cómo sería la vida para todos esos animales si los seres humanos realmente desaparecieran para siempre.

Había andado más de una hora cuando finalmente arribó al borde del bosque y a una extensa zona pedregosa y yerma. Islotes de tierra color café, desprovistos de vegetación, veteaban el terreno donde la nieve había sido arrasada por el viento. Rocas escarpadas de todos los tamaños salpicaban el suelo, que descendía hacia una pendiente abrupta: un acantilado descomunal. Más allá, se extendía el océano con su azul profundo, que terminaba en el horizonte, donde repentinamente se transformaba en el celeste brillante del cielo. Y recostado en el borde del barranco, a unos dos kilómetros, se encontraba el cuartel general de CRUEL.

El complejo era monumental y estaba formado por varias construcciones amplias y sencillas interconectadas entre sí. En los muros había rendijas angostas diseminadas por el cemento blanco, que servían de ventanas. Una construcción circular se erguía como una torre en medio de las demás. La ferocidad del clima, junto con la humedad del mar, habían afectado la fachada de los edificios —las grietas formaban una telaraña en el exterior del complejo— pero parecían estructuras que se mantendrían en pie eternamente, inquebrantables ante cualquier cosa que el hombre o el clima les arrojaran. Le trajo a la memoria un tenue recuerdo de cierto libro de cuentos: una especie de asilo embrujado. Era el sitio perfecto para albergar a la organización que intentaba precisamente impedir que el mundo se convirtiera en semejante manicomio. Un sendero largo y angosto salía del complejo y se adentraba en el bosque.

Thomas marchó por el terreno sembrado de rocas. Una quietud casi perturbadora se había instalado en la tierra. Además del sonido de sus pisadas y su propia respiración, lo único que alcanzaba a oír era el ruido distante de las olas rompiendo contra el fondo del acantilado, e incluso ese sonido era débil. Estaba seguro de que la gente de CRUEL ya lo había divisado: la seguridad tenía que ser estricta y rigurosa.

Un repiqueteo metálico contra la piedra lo hizo detenerse y mirar a su derecha. Como convocado por sus pensamientos, distinguió un escarabajo posado en una roca: el ojo rojizo lanzaba destellos en su dirección.

Recordó cómo se había sentido la primera vez que había contemplado uno de esos adentro del Área, justo antes de que se escurriera en el bosquecito. Parecía que había transcurrido toda una vida desde entonces.

Saludó al escarabajo con la mano y siguió caminando. En diez minutos, estaría tocando la puerta de CRUEL pidiendo, por primera vez, que lo dejaran entrar en vez de salir.

Recorrió la última sección de la pendiente y accedió a una acera de hielo que rodeaba las instalaciones. Daba la impresión de que alguna vez había existido la intención de hacer que el sitio luciera un poco más agradable que el páramo que se desplegaba a su alrededor, pero los arbustos, las flores y los árboles habían sucumbido al invierno mucho tiempo atrás. Los parches de tierra gris que alcanzó a divisar en medio de la nieve sólo estaban poblados de maleza. A medida que caminaba por el sendero pavimentado, Thomas se preguntó por qué nadie habría salido a recibirlo. Tal vez la Rata se encontraba en el interior, observando, suponiendo que, al fin, Thomas se había puesto de su lado.

Dos escarabajos más atrajeron su atención: deambulaban por la maleza nevada de los peñascos, escudriñando a derecha e izquierda con sus rayos rojos. Thomas levantó la mirada hacia las ventanas más cercanas, pero no vio más que oscuridad, pues los vidrios eran opacos. A sus espaldas percibió el rugido de una tormenta que se aproximaba. Las nubes eran negras y densas, pero aún se encontraban a varios kilómetros. Varios relámpagos serpentearon a través del cielo gris y lo transportaron al Desierto, a aquella espantosa tormenta eléctrica que había salido a recibirlos al llegar a la ciudad. Esperaba que estando tan al norte el tiempo no fuera tan inclemente.

Retomó la marcha a lo largo de la vereda y, al acercarse a la entrada principal, disminuyó el paso. Cuando divisó la larga serie de puertas vidriadas, un repentino aluvión de recuerdos, casi doloroso, golpeó con fuerza dentro de su cerebro. La fuga del Laberinto, la carrera por los pasillos de CRUEL, la salida por esas puertas a la lluvia torrencial. Hacia su derecha vio un pequeño estacionamiento, donde había un viejo autobús agazapado junto a una hilera de automóviles. Debía ser el mismo que, tras atropellar a esa pobre mujer infectada por la Llamarada, los había conducido a toda prisa a la residencia, donde jugaron con sus mentes y finalmente fueron trasladados al Desierto a través de una Trans-Plana.

Y ahora, después de todo lo que había soportado, estaba allí, en el umbral de CRUEL, por su propia voluntad. Estiró la mano y golpeó el vidrio frío y oscuro que se encontraba frente a él. No podía ver lo que había del otro lado.

De inmediato se destrabaron una serie de cerrojos, uno detrás del otro, y una puerta giró hacia afuera. Janson –quien, para Thomas, siempre sería la Rata– le tendió la mano.

–Bienvenido, Thomas –exclamó–. Aunque nadie me creía, yo siempre dije que ibas a regresar. Me alegra que hayas tomado la decisión correcta.

–Comencemos de una vez por todas –repuso Thomas. Iba a representar su papel, pero no pensaba comportarse amablemente.

–Me parece una idea excelente –dijo Janson mientras retrocedía unos pasos y hacía una ligera reverencia–. Adelante.

A tono con el clima gélido del exterior, un escalofrío le recorrió la espalda. Pasó delante de la Rata e ingresó en el cuartel general de CRUEL.

58

Thomas entró en un amplio vestíbulo que tenía sillas y sofás colocados frente a un escritorio grande y vacío. Era diferente de los que había visto la última vez que había estado allí. A pesar de que los muebles eran brillantes y coloridos, no lograban animar el ambiente lúgubre.

—Pensé que podríamos pasar unos minutos por mi oficina —dijo Janson señalando el corredor que se abría hacia la derecha del vestíbulo. Empezaron a caminar en esa dirección—. Lamentamos muchísimo lo ocurrido en Denver. Es una pena perder una ciudad con semejante potencial. Una razón más para hacer esto con toda rapidez.

—¿Y qué es lo que tiene que hacer? —se obligó a preguntar.

—Conversaremos sobre eso en mi oficina. Allí nos espera nuestro equipo líder.

Thomas sólo pensaba en el dispositivo que llevaba escondido en la mochila. Tenía que encontrar la manera de colocarlo lo antes posible para que el tiempo comenzara a correr.

—Está bien —dijo—, pero primero tengo que ir al baño —fue la idea más simple que se le ocurrió. Y la única forma segura de estar a solas unos minutos.

—Hay uno allá adelante —respondió la Rata.

Doblaron la esquina y continuaron andando por un pasillo aún más sombrío que conducía al baño de hombres.

—Esperaré afuera —anunció Janson señalando la puerta con la cabeza.

Thomas entró sin decir una palabra. Extrajo el dispositivo de la mochila y miró a su alrededor. Encima del lavatorio, había un armario de madera para guardar artículos de tocador. En la parte superior, tenía un borde lo suficientemente alto como para que Thomas deslizara el aparatito y quedara oculto. Oprimió la palanca del retrete y luego dejó correr el agua del lavabo.

Activó el dispositivo como le habían enseñado y se estremeció al escuchar el leve pitido que emitió. Se estiró y lo depositó sobre el armario. Cerró el agua y, mientras sonaba el zumbido del secador de manos, se tranquilizó.

De inmediato, volvió al pasillo.

—¿Todo listo? —preguntó Janson con una amabilidad irritante.

—Todo listo —contestó Thomas.

En el camino pasaron frente a algunos retratos torcidos que colgaban de las paredes. Eran de la Ministra Paige e iguales a los que había visto en los carteles en Denver.

—¿Alguna vez conoceré a la Ministra? —preguntó finalmente Thomas. La mujer despertaba su curiosidad.

—La Ministra Paige está muy ocupada —respondió Janson—. No debes olvidar que completar el plano y finalizar la cura es sólo el principio. Todavía estamos organizando la logística de cómo lo daremos a conocer a las masas. En este mismo instante, todo el equipo está trabajando con gran empeño.

—¿Por qué están tan seguros de que esto funcionará? ¿Por qué solamente yo?

Janson lo observó unos segundos con su sonrisa de roedor.

—Estoy seguro, Thomas. Creo en esto con todo mi ser. Y te prometo que recibirás el reconocimiento que mereces.

Por alguna razón, Thomas pensó de pronto en Newt.

—No quiero ningún reconocimiento.

—Hemos llegado —repuso el hombre sin prestar atención a las palabras de Thomas.

La puerta era igual a todas las demás y la Rata lo hizo entrar. Thomas no reconoció a las dos personas que se hallaban sentadas frente a un escritorio.

La mujer llevaba saco y pantalones oscuros, tenía pelo largo y rojo y unos lentes de marco finito apoyados en la nariz. El hombre era calvo, de rostro anguloso y delgado, y vestía uniforme verde de cirujano.

–Estos son mis socios –dijo Janson tomando asiento detrás del escritorio. Le hizo un ademán a Thomas para que se sentara en la tercera silla, entre los dos visitantes, y así lo hizo–. La doctora Wright –acotó señalando a la mujer– es nuestra psicóloga principal, y el doctor Christensen es nuestro médico líder. Discúlpenme si las presentaciones son un poco breves, pero tenemos mucho que discutir.

–¿Por qué soy el Candidato Final? –preguntó Thomas, yendo directamente al grano.

Janson puso en orden sus pensamientos mientras jugueteaba con los objetos que había encima del escritorio. Luego se reclinó y juntó las manos sobre las rodillas.

–Excelente pregunta. Teníamos un puñado de –perdón por el término– reclutados destinados al comienzo para… competir por este privilegio. Recientemente se redujo a Teresa y a ti. Pero ella tiene una manera de obedecer las órdenes de la que tú careces. Tu tendencia al librepensamiento es lo que finalmente determinó que seas el Candidato Final.

El juego llegó a su fin, pensó Thomas con amargura. Sus propios intentos de rebelión terminaron siendo exactamente lo que ellos querían. Toda su cólera se orientó hacia el hombre que se encontraba sentado frente a él. Hacia la Rata. Para Thomas, Janson era la perfecta encarnación de CRUEL.

–Acabemos con esto de una vez –dijo. A pesar de que hizo un gran esfuerzo para ocultar su furia, alcanzó a percibirla en su propia voz.

Janson parecía inmutable.

–Un poco de paciencia, por favor. Esto no llevará mucho tiempo. Recuerda que reunir los Paradigmas de la Zona Letal es una operación delicada. Estamos tratando con tu mente, y el más ligero contratiempo en lo que estás pensando, interpretando o percibiendo puede hacer que las conclusiones resultantes carezcan de valor.

–Sí –añadió la doctora Wright colocándose el pelo detrás de la oreja–. Yo sé que A.D. Janson te mencionó cuán importante es que hayas regresado.

Y estamos contentos de que hayas tomado esta decisión —su tono suave y agradable destilaba inteligencia.

El doctor Christensen se aclaró la garganta y luego habló con una voz débil y aguda que a Thomas le desagradó de inmediato.

—Yo creo que esta era la única decisión posible. El mundo entero está al borde del colapso y tú puedes ayudar a salvarlo.

—Si usted lo dice —repuso Thomas.

—Exactamente —intervino Janson—. Nosotros lo decimos. Todo está listo. Pero todavía hay una cosita más que tenemos que contarte para que puedas entender exactamente la decisión que has tomado.

—¿Una cosita más? —repitió Thomas—. ¿Acaso no es precisamente la intención de las Variables que yo no sepa todo? ¿Me van a arrojar a una jaula con gorilas o algo así? ¿O tal vez hacerme atravesar un campo minado? ¿Lanzarme al mar y ver si soy capaz de regresar nadando a la orilla?

—Cuéntale el resto —replicó el doctor Christensen.

—¿El resto? —exclamó Thomas.

—Sí, Thomas —dijo Janson con un suspiro—. El resto. Después de todas las Pruebas y de todos los estudios, luego de todos los Paradigmas que se recolectaron y analizaron, y de todas las Variables a las que te expusimos a ti y a tus amigos, todo se reduce a esto.

Thomas permaneció callado. Una extraña sensación le impedía respirar con normalidad: los deseos simultáneos de saber y *no* saber.

Janson se inclinó hacia adelante y apoyó los codos en el escritorio; una mirada grave ensombrecía su rostro.

—Una última cuestión.

—¿Cuál es?

—Thomas: necesitamos tu cerebro.

59

Los latidos del corazón de Thomas se aceleraron hasta convertirse en martillazos incesantes. Sabía que el hombre no estaba poniéndolo a prueba. Habían llegado lo más lejos posible en el análisis de reacciones y patrones cerebrales. Y en su esfuerzo por desarrollar la cura, habían elegido a la persona apropiada para... desarmarla.

De repente, sintió que el Brazo Derecho no lograría llegar a tiempo.

—¿Mi cerebro? —repitió con dificultad.

—Sí —respondió el doctor Christensen—. El Candidato Final posee la pieza que falta para completar la información del plano. Pero no tenemos forma de averiguar cuál es hasta no haber contrastado el monitoreo de los Paradigmas con el de las Variables. La vivisección nos dará la información final y, mientras la realizamos, todo tu organismo estará funcionando normalmente. No vas a sentir ningún dolor... te vamos a dar un sedante muy fuerte hasta que...

No fue necesario que terminara la frase. Sus palabras se fueron apagando hasta quedar en silencio y los tres científicos de CRUEL esperaron la respuesta de Thomas. Pero él no podía hablar. De acuerdo con lo que recordaba de su vida, había enfrentado la muerte infinidad de veces. Sin embargo, siempre lo había hecho con la desesperada ilusión de sobrevivir, haciendo lo que estuviera a su alcance para durar un día más. Pero eso era diferente. No tenía que tratar de sobrevivir a alguna prueba hasta que llegaran sus salvadores. No había vuelta atrás. Si ellos no llegaban, sería su fin.

Lo asaltó un pensamiento terrible e imprevisto: *¿acaso Teresa estaba enterada de eso?* Se sorprendió de lo dolorosa que le resultaba esa posibilidad.

–¿Thomas? –preguntó Janson, cortando el hilo de sus pensamientos–. Yo sé que esto debe causarte un gran impacto. Quiero que entiendas que no se trata de una prueba. Esto no es una Variable y no te estoy mintiendo. Creemos que podemos completar el plano para la cura si analizamos tu tejido cerebral y la forma en que, combinado con los Paradigmas que hemos reunido, su estructura le permite resistir el poder del virus de la Llamarada. Las Pruebas fueron creadas simplemente para no tener que abrirlos a todos. Nuestro único objetivo fue salvar vidas, no perderlas inútilmente.

–Hemos dedicado años a reunir y examinar los patrones y tú has demostrado ser el más fuerte de todos en la manera de reaccionar ante las Variables –prosiguió la doctora Wright–. Hace mucho que sabemos que al final tendríamos que elegir al mejor candidato para esta última práctica, y era de extrema importancia no revelar esto a los reclutados.

El doctor Christensen continuó describiendo el proceso mientras Thomas escuchaba en completo silencio.

–Tienes que estar vivo pero no despierto. Te vamos a sedar para insensibilizar el área de la incisión, pero como no hay nervios en el cerebro, será relativamente indoloro. Lamentablemente, no podrás recobrarte de nuestras exploraciones neuronales: el procedimiento es mortal. Pero los resultados serán invaluables.

–¿Y si no funciona? –preguntó Thomas. No podía quitarse de la cabeza la imagen de los momentos finales de Newt. ¿Acaso así podría evitar que otras personas murieran de esa horrible manera?

Los ojos de la psicóloga parpadearon con incomodidad.

–Entonces seguiremos… trabajando en eso. Pero tenemos la más absoluta confianza…

Incapaz de contenerse, Thomas la interrumpió.

–Pero no están seguros, ¿no es cierto? Han estado pagándole a la gente para que robe más… *reclutados* inmunes –pronunció la palabra con un rencor despiadado– para volver a empezar.

Al principio, nadie contestó. Fue Janson el primero en hablar.

—Haremos lo que sea necesario para encontrar una cura. Con la menor pérdida posible de vidas humanas. No queda nada más que decir sobre este tema.

—¿Y entonces para qué nos molestamos en hablar? —preguntó Thomas—. ¿Por qué simplemente no me agarran, me atan y me arrancan el cerebro?

El doctor Christensen respondió.

—Porque tú eres nuestro Candidato Final. Formaste parte de ese eslabón que conectó a nuestros fundadores con la junta actual. Estamos tratando de mostrarte el respeto que mereces. Esperamos que tú mismo tomes la decisión.

—Thomas, ¿necesitas unos minutos? —inquirió la doctora Wright—. Yo sé que esto es difícil y te aseguro que no actuamos a la ligera. Te estamos pidiendo un enorme sacrificio. ¿Quieres donar tu cerebro a la ciencia? ¿Nos permitirás armar las últimas piezas del rompecabezas?, ¿dar un paso más hacia una cura para el bienestar de la raza humana?

Thomas no sabía qué decir. No podía creer el rumbo que habían tomado los acontecimientos. Después de todo, ¿sería verdad que ellos necesitaban una sola muerte más?

El Brazo Derecho estaba por llegar. La imagen de Newt cruzó por su mente.

—Necesito estar solo —logró articular por fin—. Por favor.

Por primera vez, una parte de él realmente quería entregarse y permitirles que lo hicieran. Aunque sólo existiera una pequeña posibilidad de que funcionara.

—Estarías haciendo lo correcto —dijo el doctor Christensen—. Y no te preocupes: no sentirás ni una pizca de dolor.

Thomas no quería escuchar una sola palabra más.

—Sólo necesito un rato en soledad antes de que todo comience.

—Está bien —dijo Janson poniéndose de pie—. Te acompañaremos a las instalaciones médicas y te dejaremos, durante un rato, en una habitación privada. De todos modos, tenemos que comenzar pronto.

Thomas se inclinó hacia adelante, colocó la cabeza entre las manos y se quedó mirando el piso. De golpe, el plan que había elaborado con el Brazo

Derecho pareció completamente estúpido. Aunque lograra evadirse de ahí
—y ahora realmente quería hacerlo—, ¿cómo se las arreglaría para sobrevivir hasta que llegaran sus amigos?

—¿Thomas? —insistió la doctora Wright mientras apoyaba la mano en su
espalda—. ¿Te encuentras bien? ¿Tienes más preguntas?

Thomas se incorporó y le apartó la mano.

—No… vayamos a donde dijeron.

De repente, el aire pareció escapar de la oficina de Janson y el pecho de
Thomas se puso tenso. Se levantó, abrió la puerta y salió al pasillo. Aquello
era demasiado.

60

Mientras seguía a los médicos, la mente de Thomas no cesaba de trabajar. No sabía qué hacer. No tenía forma de comunicarse con el Brazo Derecho y había perdido la capacidad de hablar dentro de la cabeza de Teresa y de Aris.

Doblaron unas cuantas veces y el camino sinuoso le hizo pensar en el Laberinto. Casi deseó estar de nuevo ahí: las cosas eran mucho más simples entonces.

—Hay una habitación un poco más adelante, a la izquierda —explicó Janson—. Ya coloqué una pantalla táctil por si quieres dejar algún mensaje a tus amigos. Ya encontraré la forma de enviárselos.

—Yo me encargaré de que te traigan algo de comer —agregó la doctora Wright, a sus espaldas.

La amabilidad de esa gente le resultaba desquiciante. Recordó antiguas historias de asesinos que habían sido condenados a muerte. A ellos también les habían dado una última comida. Como si la desearan tanto.

—Quiero un buen pedazo de carne —precisó e hizo una pausa para mirar a la doctora—. Y caviar. Y langosta. Y panqueques. Y una barra de chocolate.

—Lo lamento. Tendrás que conformarte con unos emparedados.

Thomas suspiró.

—Lo suponía.

Se sentó en un sillón mullido y observó la pantalla que se hallaba en la mesita frente a él. No tenía ninguna intención de escribirle un mensaje a nadie, pero no sabía qué otra cosa hacer. La situación había resultado mucho más complicada de lo que hubiera podido imaginar. No sabía con qué había pensado encontrarse; sin embargo, la idea de que lo diseccionarían vivo nunca había cruzado por su mente. Había supuesto que cualquier cosa que le hicieran, él siempre podría seguirles el juego hasta que el Brazo Derecho acudiera.

Pero en ese caso, si les seguía el juego ya no habría forma de volver atrás.

Finalmente, escribió mensajes de despedida para Minho y Brenda, por si terminaba muerto; después apoyó la cabeza entre los brazos hasta que apareció la comida. Comió despacio y luego volvió a descansar. Tenía la esperanza de que sus amigos llegaran a tiempo. De todos modos, no pensaba abandonar esa habitación hasta que fuera absolutamente necesario.

En medio del lento transcurrir de los minutos, se fue quedando adormilado.

Un golpe en la puerta lo despertó de un sobresalto.

—¿Thomas? —se oyó la voz apagada de Janson—. Tenemos que empezar ahora mismo.

Las palabras encendieron una hoguera de pánico en su interior.

—Todavía… no estoy listo —murmuró, sabiendo que sus palabras sonaban ridículas.

Después de una pausa prolongada, Janson continuó hablando.

—Me temo que no tenemos ninguna opción.

—Pero… —balbuceó. Y antes de que se le ocurriera algo, la puerta se abrió y Janson entró en la habitación.

—Thomas, esperar no hará más que empeorar las cosas. Tenemos que irnos.

No sabía qué hacer. Le sorprendió que, hasta ese momento, hubieran sido tan pacientes con él. Comprendió que ya había hecho todo lo que estaba en sus manos y que se le había acabado el tiempo. Respiró profundamente.

—Terminemos con esto de una vez.

La Rata sonrió.

—Sígueme.

Janson condujo a Thomas hasta una sala de preparación, donde había una cama con ruedas rodeada de toda clase de monitores y varias enfermeras. El doctor Christensen se hallaba ahí, vestido de pies a cabeza con el uniforme de cirujano y la mascarilla ya colocada sobre su rostro. Thomas sólo podía ver sus ojos, pero se notaba que estaba ansioso por comenzar.

—¿Esto es todo? —preguntó Thomas. Una ráfaga de horror le atravesó las tripas y sintió como si le dieran mordiscos en el pecho—. ¿Ya es hora de abrirme?

—Lo siento —respondió el doctor—, pero debemos empezar.

Cuando la Rata estaba por abrir la boca, una alarma estruendosa comenzó a sonar en todo el edificio.

El corazón de Thomas se sacudió y el alivio lo embargó: tenía que ser el Brazo Derecho.

La puerta se abrió de golpe y Thomas alcanzó a ver a una mujer con cara de desesperación.

—Acaba de llegar un Berg con un cargamento, pero era una trampa para ingresar en el complejo. Están intentando tomar el edificio principal en este mismo instante —anunció.

La respuesta de Janson casi le paralizó el corazón.

—Parece que tendremos que apresurarnos y comenzar ahora mismo el procedimiento. Christensen, hay que anestesiarlo ya.

61

El corazón de Thomas se contrajo y su garganta pareció expandirse. La inminencia del peligro lo dejó congelado.

Janson comenzó a dar órdenes a gritos.

—Doctor Christensen, ¡deprisa! Quién sabe qué estará tramando esta gente. No podemos perder un solo segundo. Voy a decirle al personal quirúrgico que se mantenga firme, pase lo que pase.

—Espere —dijo Thomas finalmente con voz ronca—. No sé si puedo hacerlo —las palabras sonaron vacías. Sabía que, a esas alturas, ya no se detendrían.

Los ojos de Janson echaban fuego. En vez de responderle, se volvió hacia el médico.

—Abra a este chico como sea.

Justo cuando Thomas iba a contestar, un pinchazo en el brazo le envió descargas de calor por todo el cuerpo. Sus músculos se relajaron y se desplomó sobre la camilla. Había perdido la sensibilidad del cuello hacia abajo, y el terror se desató en su interior. El doctor Christensen se inclinó sobre él y le pasó la jeringa usada a una enfermera.

—Lo lamento mucho, Thomas. Tenemos que hacerlo.

El médico y una enfermera lo acomodaron en la cama y levantaron sus piernas para que quedara acostado boca arriba. Thomas podía mover la cabeza levemente de un lado al otro, pero eso era todo. Se sintió abrumado al comprender cuáles serían las consecuencias. Estaba a punto de morir. A menos que el Brazo Derecho lograra encontrarlo inmediatamente, iba a morir.

Janson volvió a aparecer. Con una señal afirmativa, la Rata le dio una palmada en el hombro al doctor.

–Hágalo –ordenó sin más, y desapareció. Antes de que la puerta se cerrara, Thomas alcanzó a oír unos gritos en el corredor.

–Necesito realizar algunos análisis –explicó el doctor Christensen–. Después te llevaremos al quirófano –se dio vuelta y comenzó a acomodar el instrumental que se hallaba detrás de él.

Le pareció que el hombre estaba a cientos de kilómetros de distancia. Thomas yacía indefenso, su mente daba vueltas mientras el médico le extraía sangre y medía el tamaño de su cráneo. El doctor trabajó en silencio, casi sin parpadear. No obstante, las gotas de sudor que perlaban su frente revelaban que estaba en una carrera contra quién sabía qué. ¿Acaso tendría que terminar todo en una hora? ¿En varias horas?

Thomas cerró los ojos. Se preguntó si el dispositivo de desactivación de armas habría funcionado y si el Brazo Derecho llegaría a tiempo para salvarlo. Pero de inmediato descubrió que no sabía si realmente quería que lo hicieran. ¿Era posible que CRUEL estuviera a punto de conseguir la cura? Hizo un esfuerzo para respirar en forma regular y trató de mover los miembros. Pero nada ocurrió.

De repente, el médico se enderezó y le sonrió.

–Creo que ya estamos listos. Ahora te trasladaremos al quirófano.

El hombre cruzó la puerta y empujaron la camilla de Thomas hacia el pasillo.

Incapaz de moverse, se quedó mirando el destello de las luces del techo mientras rodaba por el corredor. Después de unos segundos, tuvo que cerrar los ojos.

Lo habían anestesiado. El mundo se desvanecería y él habría muerto.

Abrió los ojos bruscamente y volvió a cerrarlos. Su corazón latía con fuerza y tenía las manos cubiertas de sudor. Se dio cuenta de que sus puños aferraban con fuerza las sábanas y la camilla. Lentamente, comenzó a recuperar el movimiento. Los ojos volvieron a abrirse. Las luces zumbaban a su lado. Otro recodo, y luego uno más. La desesperación amenazó con arrancarle la vida antes de que pudieran hacerlo los médicos.

—Yo… —comenzó a decir, pero nada más brotó de su boca.

—¿Qué? —preguntó Christensen bajando la mirada.

Thomas hizo un gran esfuerzo para hablar, pero antes de que lograra emitir alguna palabra, un ruido atronador resonó en el corredor. El doctor se tropezó y, con el peso de su cuerpo, empujó la camilla hacia adelante mientras luchaba por no caerse. La cama salió despedida hacia la derecha y se estrelló contra la pared, luego rebotó y giró hasta chocar contra el otro lado. Thomas trató de moverse, pero continuaba paralizado, indefenso. Pensó en Chuck y en Newt, y una tristeza desconocida le oprimió el corazón.

Desde el sitio de donde había venido la explosión, se escuchó un aullido seguido de varios gritos, y después todo volvió a quedar en silencio. El doctor se puso de pie, corrió hacia la camilla, la enderezó y la empujó nuevamente. Abrieron de golpe unas puertas de vaivén y entraron en un quirófano blanco, donde los esperaban muchas personas con vestimenta quirúrgica.

Christensen empezó a dar órdenes en voz alta.

—¡Tenemos que apurarnos! Todos a sus puestos. Lisa, anestesia total. ¡Ahora!

Una mujer bajita respondió:

—No hemos hecho toda la prep…

—¡No importa! Es posible que incendien todo el edificio.

Ubicó la camilla junto a la mesa de operaciones y, antes de que la cama se detuviera por completo, varias manos levantaron a Thomas y lo trasladaron. Con la espalda apoyada en la mesa, trató de observar la actividad frenética de los médicos y las enfermeras, que eran nueve o diez.

Sintió un pinchazo en el brazo, miró hacia abajo y vio que la mujer bajita le colocaba el suero en la vena. Entretanto, sólo había conseguido mover ligeramente las manos.

Las luces se ubicaron encima de él. Le conectaron más cosas en varios lugares del cuerpo; los monitores comenzaron a sonar y la sala se llenó de gente que corría de un lado a otro como en una danza organizada con anticipación.

Y las luces, tan brillantes. A pesar de que estaba inmóvil, sintió que la habitación giraba como un remolino. Lo asaltó el terror creciente ante lo que le estaban haciendo, la consciencia de que, en ese preciso momento, había llegado el final.

–Espero que funcione –logró decir.

Unos segundos después, las drogas hicieron efecto y el mundo se desvaneció a su alrededor.

62

Durante un tiempo prolongado, Thomas no vio más que oscuridad. En el vacío de sus pensamientos había una grieta muy fina pero lo suficientemente amplia como para que él mismo estuviera consciente de la existencia de ese vacío. En algún lugar de su mente sabía que debía estar dormido, que lo mantenían con vida sólo para poder examinar su cerebro. Iban a desarmarlo, rebanada por rebanada.

De modo que aún no estaba muerto.

Mientras flotaba en esa bruma negra, percibió una voz que decía su nombre.

Después de oír *Thomas* varias veces, finalmente decidió ir tras ella, encontrarla. Se obligó a moverse hacia la voz.

Hacia su nombre.

63

—Thomas, confío en ti —le dijo una mujer mientras él hacía esfuerzos por recobrar la conciencia. No reconoció la voz, que era suave y autoritaria a la vez. Continuó peleando, se escuchó gemir, sintió que se movía en la cama.

Por fin, abrió los ojos. En medio del parpadeo ante el resplandor de las luces que brillaban en lo alto, notó que una puerta se cerraba detrás de la persona que lo había despertado.

—Un momento —dijo, pero su voz brotó apenas como un murmullo áspero.

Con toda la fuerza de su voluntad, se apoyó en los codos y se impulsó hacia arriba. Estaba solo en la habitación; los únicos sonidos eran unos gritos lejanos y un rugido ocasional, como de truenos. Su mente comenzó a aclararse y comprendió que, de no ser por un leve aturdimiento, se encontraba bien.

Eso significaba que, a menos que los milagros de la ciencia hubieran dado un gran salto, él aún conservaba su cerebro.

En la mesa junto a su cama había una carpeta color madera que llamó su atención. En la parte de arriba estaba escrito *Thomas* en grandes letras rojas. Movió las piernas hacia afuera para quedar sentado en el borde del colchón, y tomó la carpeta.

En su interior había dos hojas de papel. La primera era un plano del cuartel general de CRUEL, con varias rutas trazadas en marcador negro que atravesaban el edificio. Rápidamente observó la segunda: era una carta dirigida a él y firmada por la Ministra Paige. Dejó el plano y comenzó a leer la carta desde el principio.

Querido Thomas:

Creo que las Pruebas han concluido. Tenemos información más que suficiente para crear el plano. Mis socios no están de acuerdo conmigo en esta cuestión, pero logré interrumpir el procedimiento y salvar tu vida. Nuestra tarea actual es trabajar con la información que ya poseemos y desarrollar una cura para la Llamarada. Tu participación –al igual que la de los otros reclutados– ya no es necesaria.

Ahora tienes una gran tarea por delante. Cuando me convertí en ministra comprendí la importancia de crear en este edificio una especie de puerta trasera. La ubiqué en una sala de mantenimiento fuera de uso. Te estoy pidiendo que te vayas y te lleves a tus amigos y al considerable número de Inmunes que reunimos. Como supongo que habrás notado, no hay tiempo que perder. En el plano adjunto hay tres caminos trazados. El primero te enseña cómo abandonar este edificio a través de un túnel. Una vez afuera, podrás encontrar el lugar en que el Brazo Derecho creó su propia entrada para ingresar a otro edificio. Ahí, podrás reunirte con ellos. La segunda ruta te mostrará cómo llegar hasta donde se encuentran los Inmunes. La tercera te ayudará a encontrar la puerta trasera. Es una Trans-Plana que te transportará a lo que yo espero que sea una nueva vida. Llévate a todos y márchense.

Ministra Ava Paige

Con la mente en un torbellino, Thomas se quedó mirando el papel. Otro rugido sonó en la lejanía y lo trajo bruscamente a la realidad. Él confiaba en Brenda y ella confiaba en la Ministra. Había llegado la hora de entrar en acción.

Dobló la carta y el mapa y los guardó en el bolsillo trasero. Con cuidado, se fue poniendo de pie. Sorprendido ante la rápida recuperación de su fuerza, corrió hacia la puerta. Se asomó al pasillo y comprobó que se hallaba desierto. Cuando salía sigilosamente, aparecieron dos personas detrás de él, que apenas lo miraron. En ese momento Thomas comprendió que probablemente debía su salvación al caos provocado por el ataque del Brazo Derecho.

Extrajo el plano y lo estudió con atención mientras seguía la línea negra que conducía hacia el túnel. No le llevaría mucho tiempo llegar hasta ahí. Memorizó el camino y comenzó a correr por el pasillo, al tiempo que examinaba las otras dos rutas que la Ministra Paige había marcado en el mapa.

Había recorrido unos pocos metros cuando se detuvo asombrado ante lo que tenía delante. Acercó el plano para estar seguro: tal vez no lo había interpretado correctamente, pero no quedaba ninguna duda.

CRUEL había escondido a los Inmunes en el Laberinto.

64

En el mapa estaban los dos laberintos: el del Grupo A y el del Grupo B. Ambos debieron haber sido construidos en la profundidad de los cimientos, bajo los edificios principales del cuartel general de CRUEL. Thomas no podía determinar a cuál de los dos lo habían enviado, pero de cualquier manera, estaba regresando al Laberinto. Con un pavor tremendo, comenzó a correr hacia el túnel de la Ministra Paige.

Siguiendo las indicaciones del plano, recorrió un pasillo tras otro hasta que llegó a una larga serie de peldaños que descendían hacia el sótano. El camino lo llevó a través de habitaciones vacías y, por fin, a una puertecita que daba a un túnel. El interior estaba muy oscuro, pero Thomas se tranquilizó al notar que la negrura no era absoluta. Varios foquitos colgaban del techo en el angosto pasadizo. Después de unos sesenta metros, arribó a una escalera que se encontraba marcada en el mapa. Ascendió por ella y, al llegar arriba, encontró una puerta redonda de metal con una manivela que le recordó la entrada a la Sala de Mapas en el Área.

Giró la rueda, la empujó con toda su fuerza y brotó una luz tenue. Cuando la puerta se abrió, una fuerte ráfaga de aire helado pasó volando encima de su cabeza. Se impulsó a través de la abertura y salió al exterior. Había una enorme roca en la tierra yerma y nevada que se extendía entre el bosque y el cuartel general de CRUEL.

Cuidadosamente, cerró la tapa que llevaba al túnel y se agazapó detrás de la piedra. No percibió ningún movimiento, pero la noche estaba muy oscura como para ver bien. Levantó la vista al cielo y, al divisar las mismas nubes densas y grises que había visto al llegar al complejo, se dio cuenta de que no tenía idea de cuánto tiempo había pasado desde entonces.

¿Habría estado unas pocas horas adentro del edificio o ya habrían pasado un día y una noche completos?

La nota de la Ministra Paige decía que el Brazo Derecho había abierto su propia entrada a los edificios, seguramente con las explosiones que Thomas había escuchado antes, y era allí adonde tenía que ir primero. Comprendió la sabiduría de reunirse con el grupo —la unión hace la fuerza— y, además, debía hacerles saber dónde estaban ocultos los Inmunes. A juzgar por el mapa, la mejor opción que tenía era correr hacia el conjunto de edificios más alejado del sitio por donde había salido y examinar el área.

Rodeando la roca, se dirigió rápidamente a la construcción más cercana. Trató de correr agachado, para pasar inadvertido. Los relámpagos que surcaban el cielo iluminaban el cemento de los edificios y producían destellos sobre la nieve blanca. Los truenos no tardaron en llegar. Azotaron la tierra con sus rugidos e hicieron vibrar el pecho de Thomas.

Llegó a la primera construcción y se abrió paso a través de la hilera de arbustos ralos que se levantaban frente al muro. Bordeó el costado de la estructura, pero no encontró nada. Al llegar al primer recodo, se asomó y distinguió una serie de patios en el espacio que había entre los edificios. Sin embargo, seguía sin descubrir la manera de ingresar.

Recorrió las dos edificaciones siguientes, pero al aproximarse a la cuarta, escuchó voces y enseguida se echó al suelo. Lo más silenciosamente que pudo, se escabulló por la tierra congelada hacia unos arbustos muy crecidos y luego echó un vistazo para descubrir el origen del ruido.

Ahí estaba. Detrás de grandes montones de escombros diseminados por todo el patio, se destacaba un agujero gigantesco en la pared lateral del edificio. Eso significaba que la explosión se había originado en el interior. A través de la abertura se filtraba una luz débil que proyectaba sombras irregulares en el suelo. Sentadas en el borde de una de esas sombras, había dos personas vestidas de civil: el Brazo Derecho.

Thomas había comenzado a incorporarse cuando una mano helada se apoyó con fuerza sobre su boca y lo empujó hacia atrás. Otro brazo envolvió su pecho y lo arrastró por el suelo mientras sus pies escarbaban la nieve. En un intento por liberarse, Thomas lanzó patadas al aire, pero la persona era muy fuerte.

Doblaron la esquina del edificio y llegaron a otro patio, donde arrojaron a Thomas boca abajo en el piso. Su captor lo hizo girar hasta que quedó boca arriba, y volvió a taparle la boca con la mano. Thomas no lo reconoció. Otra figura se inclinó sobre él.

Janson.

—Estoy muy decepcionado —dijo la Rata—. Después de todo, parece que algunos miembros de mi organización no pertenecen al mismo equipo.

Thomas sólo atinó a luchar contra el que lo mantenía inmovilizado.

Janson lanzó un suspiro.

—Me temo que tendremos que hacer esto por la fuerza.

65

Janson sacó un cuchillo largo y delgado y lo inspeccionó con los ojos entornados.

—Niño, déjame decirte algo. Nunca me consideré un hombre violento, pero tú y tus amigos han puesto a prueba mi paciencia. Sin embargo, voy a actuar con moderación. A diferencia de ti, yo no pienso solamente en mí. Estoy trabajando para salvar gente y *voy* a terminar este proyecto.

Thomas hizo un gran esfuerzo para relajarse y quedarse quieto. Forcejear no lo había llevado a nada y tenía que ahorrar energía para cuando se presentara la oportunidad indicada. Estaba claro que la Rata había perdido la razón y, por el aspecto de ese cuchillo, estaba dispuesto a llevar a Thomas de vuelta al quirófano a cualquier precio.

—Eso es. Pórtate como un buen chico. No tienes que pelear contra esto. Deberías estar orgulloso, Thomas. Tú y tu mente salvarán al mundo.

El hombre que lo sujetaba —un tipo bajo y rechoncho de pelo negro— profirió unas palabras.

—Voy a quitar la mano de tu boca, muchacho. Si emites un solo sonido, A.D. Janson te va a dibujar un lindo rasguño con ese cuchillo que tiene. ¿Entendido? Te queremos vivo, pero eso no significa que no puedas recibir un par de heridas de guerra.

Thomas asintió lo más calmadamente posible. El hombre lo soltó y se echó hacia atrás.

—Qué chico tan listo.

Para Thomas, esa fue la señal para entrar en acción. Revoleó la pierna con violencia hacia su derecha y le pegó una patada a Janson en la cara. La cabeza del hombre se sacudió hacia atrás y su cuerpo se estrelló contra el suelo.

El matón de pelo negro intentó derribar a Thomas, quien logró escurrirse por debajo de él y volver a atacar a Janson. De otra patada consiguió que abriera la mano y dejara caer el cuchillo, que resbaló por el suelo hasta dar contra el costado del edificio.

Thomas desvió la atención hacia el arma y eso fue todo lo que necesitó el hombre regordete. Se abalanzó sobre Thomas, que aterrizó con su espalda encima de Janson. Continuaron la lucha mientras la Rata se retorcía debajo de ellos. Thomas sintió que la desesperación se apoderaba de él y la adrenalina explotaba dentro de su cuerpo. Gritó, empujó y pateó para lograr salir de en medio de esos dos hombres. Se arrastró con las manos y con los pies hasta que consiguió liberarse y se lanzó hacia el cuchillo. Aterrizó cerca del arma, la agarró y giró hacia ellos, esperando un ataque inmediato. Atónitos ante el súbito arranque de energía, los dos hombres sólo habían atinado a ponerse de pie.

Empuñando el cuchillo, Thomas también se levantó.

—Déjenme ir. Márchense y dejen que me vaya. Les juro que si me persiguen voy a perder el control y no dejaré de apuñalarlos hasta que estén los dos bien muertos. Lo juro.

—Somos dos contra uno —dijo Janson—. No me importa que tengas un cuchillo.

—Ustedes han visto lo que soy capaz de hacer —repuso Thomas, tratando de sonar tan peligroso como se sentía—. Me observaron en el Laberinto y en el Desierto —exclamó. Le dieron ganas de reírse al descubrir lo irónico de la situación. ¿Ellos lo habían convertido en un asesino… para salvar gente?

—Si piensas que vamos a… —se mofó el hombre bajito.

Sujetando el cuchillo por la hoja, Thomas se estiró hacia atrás y lo lanzó como lo había hecho Gally. El arma dio varias volteretas en el espacio que los separaba y se clavó en el cuello del hombre. Al principio no hubo sangre pero, con el rostro transformado por el impacto, su agresor llevó las manos hacia arriba y aferró el cuchillo. En ese instante la sangre comenzó a brotar a chorros, al ritmo de los latidos de su corazón. Abrió la boca, pero antes de que pudiera hablar, se desplomó de rodillas.

—Pequeño… —murmuró Janson con los ojos desorbitados por el horror ante la imagen de su colega.

Thomas estaba impresionado por lo que había hecho y se quedó inmóvil, pero el momento se quebró cuando Janson volvió a posar los ojos en él. Salió del patio a toda velocidad. Tenía que regresar al hueco del edificio y volver a ingresar.

—¡Thomas! —vociferó Janson. Podía escuchar las pisadas que lo perseguían—. ¡Vuelve acá! ¡No tienes idea de lo que estás haciendo!

Ni siquiera se detuvo. Pasó delante del arbusto detrás del cual se había escondido y corrió con toda su fuerza hacia el agujero en el costado del edificio. Un hombre y una mujer seguían sentados en las cercanías, agachados en el piso de modo que sus espaldas se tocaban. Al verlo, se levantaron de un salto.

—¡Soy Thomas! —les gritó justo cuando abrían la boca para hacer preguntas—. ¡Estoy con ustedes!

Intercambiaron miradas y luego posaron la vista en Thomas justo cuando él frenaba dando un patinazo ante ellos. Respirando agitadamente, echó un vistazo hacia atrás y a unos quince metros divisó la sombra de Janson, que corría hacia ellos.

—Te buscaron por todos lados —dijo el guardia—. Se suponía que estarías adentro —agregó y señaló el hueco con el dedo.

—¿Dónde están todos? ¿Dónde esta Vince? —preguntó jadeando.

Sabía que Janson aún lo perseguía y se volvió para enfrentar a la Rata, cuyo rostro se había contraído con una furia inaudita. Era una expresión que Thomas ya había visto antes. La misma furia demencial que había notado en Newt: la Rata tenía la Llamarada.

Janson habló en medio de una respiración dificultosa.

—Ese chico… es propiedad… de CRUEL. Entréguenmelo.

La mujer ni parpadeó.

–Viejo, para mí CRUEL no es más que una montaña de excrementos. Si yo fuera usted, me largaría de aquí y no volvería a entrar. Algo muy malo les va a pasar a sus amigos que están adentro.

La Rata no contestó, simplemente continuó jadeando con los ojos moviéndose como dardos entre Thomas y los demás. Unos segundos después, comenzó a retroceder con lentitud.

–Ustedes no comprenden. Se creen moralmente superiores, pero esa arrogancia los llevará a la ruina. Espero que lo recuerden mientras se pudren en el infierno.

Después, salió corriendo y desapareció en la penumbra.

–¿Qué hiciste para que se enojara tanto? –preguntó la mujer.

Thomas intentaba recuperar el aliento.

–Es una larga historia. Tengo que ver a Vince o a quien esté a cargo. Debo encontrar a mis amigos.

–Cálmate, muchacho –dijo el hombre–. Por ahora la cosa está tranquila. Las personas se están ubicando en sus puestos, están plantando… encargándose de sus tareas.

–¿Plantando? –preguntó Thomas.

–Sí, plantando.

–¿Y eso qué quiere decir?

–Explosivos, idiota. Estamos por derribar todo el edificio. Le mostraremos al viejo y querido CRUEL que hablamos en serio.

66

En ese momento, Thomas vio todo claro. Alrededor de Vince había un fanatismo que apenas entonces alcanzó a percibir en toda su dimensión. Y también recordó la forma en que el Brazo Derecho los había tratado a él y a sus amigos en la camioneta después de tomarlos prisioneros cuando salieron del Berg. Además, ¿por qué tenían esos explosivos en vez de armas convencionales? Nada de eso tenía sentido, a menos que su objetivo no fuera tomar el poder sino destruir.

El Brazo Derecho no estaba exactamente en la misma sintonía que él. Quizá ellos pensaban que sus motivos eran honorables, pero Thomas estaba empezando a descubrir que en realidad la organización tenía un objetivo más oscuro.

Debía moverse con cuidado. Lo más importante era salvar a sus amigos y encontrar y liberar a los que habían sido capturados.

La voz de la mujer interrumpió sus reflexiones.

—Me parece que esa cabecita está pensando demasiado.

—Sí… lo siento. ¿Cuándo creen que harán estallar los explosivos?

—Supongo que muy pronto. Hace horas que los están colocando. Quieren que todos estallen al mismo tiempo, pero creo que no estamos tan entrenados como para lograrlo.

—¿Y qué pasa con toda la gente que está adentro? ¿Y los que vinimos a rescatar?

Los dos se miraron y luego se encogieron de hombros.

—Vince espera poder sacar a todo el mundo fuera.

—¿*Espera*? ¿Qué quieres decir?

—Que espera poder hacerlo.

–Es importante que hable con él –lo que Thomas realmente quería era encontrar a Minho y a Brenda. Con Brazo Derecho o sin él, sabía lo que tenían que hacer: ir al Laberinto, sacar a todos y conducirlos a la Trans-Plana.

La mujer señaló el orificio en el costado del edificio.

–Por ese hueco se llega a una zona alejada que ellos han tomado casi por completo. Es probable que encuentres ahí a Vince. Igual ten cuidado: CRUEL tiene guardias escondidos por todo el complejo. Y son unos condenados miserables.

–Gracias por la advertencia –dijo Thomas y se alejó, deseoso de entrar.

El hueco se alzaba amenazador; la polvorienta oscuridad acechaba en el interior. No había más alarmas ni luces rojas que destellaran. Cruzó el orificio y penetró en el edificio.

Al principio no vio ni oyó nada. Caminó en silencio, poniendo mucha atención a lo que podría surgir detrás de cada recodo. Cuanto más se internaba en la construcción, más brillantes se volvían las luces, y finalmente divisó una puerta abierta al final del pasillo. Corrió hasta ella y, al espiar en el interior, vio una gran habitación con mesas desparramadas por el piso, colocadas de costado como si fueran escudos. Había muchas personas agachadas detrás de ellas.

La gente tenía la vista clavada en unas enormes puertas dobles, que se encontraban en el lado opuesto de la sala, y nadie notó que él se asomaba, dejando la mayor parte de su cuerpo oculta desde el interior. Metió la cabeza adentro para ver mejor y reconoció a Vince y a Gally detrás de una de las mesas, pero no identificó a nadie más. En el extremo izquierdo de la habitación había una pequeña oficina y alcanzó a ver a unas nueve o diez personas agazapadas en el interior. Forzó la vista, pero no logró distinguir ningún rostro.

–¡Ey! –murmuró lo más fuerte que se animó–. ¡Gally!

El chico miró hacia todos lados pero le tomó unos segundos divisarlo. Entrecerró los ojos, como si creyera que sus ojos lo engañaban.

Thomas lo saludó con la mano para asegurarse de que lo viera y Gally le hizo una seña para que se acercara.

Echó una mirada a su alrededor para constatar que era seguro y luego se agachó, corrió hacia la mesa y se desplomó en el piso junto a su antiguo enemigo. Tenía tantas preguntas que no sabía por dónde comenzar.

—¿Qué pasó? —preguntó Gally—. ¿Qué te hicieron?

Vince le echó una mirada hostil, pero no dijo nada.

Thomas no sabía qué contestar.

—Hicieron… algunos análisis. Mira, descubrí dónde tienen a los Inmunes. No pueden derribar el edificio antes de que los saquemos de allí.

—Entonces ve a buscarlos —dijo Vince—. Esto se puede hacer una sola vez y no voy a desperdiciarla.

—¡*Tú* fuiste el que trajo a algunas de esas personas a este lugar! —exclamó y miró a Gally en busca de apoyo, pero sólo recibió un gesto de indiferencia.

Thomas estaba solo.

—¿Dónde están Brenda, Minho y todos los demás? —preguntó.

Gally apuntó con la cabeza hacia el cuarto de al lado.

—Están todos allí adentro; dijeron que no harían nada hasta que tú regresaras.

De pronto, Thomas sintió lástima por el chico cubierto de cicatrices que se encontraba a su lado.

—Ven conmigo, Gally. Dejemos que esta gente haga lo que quiera, pero ven a ayudarnos. ¿No desearías que alguien hubiera hecho lo mismo por nosotros cuando estábamos en el Laberinto?

Vince se dirigió hacia ellos con violencia.

—Ni lo piensen —bramó—. Thomas, cuando viniste acá sabías cuáles eran nuestros objetivos. Si nos abandonas ahora, te consideraré un desertor. Serás un blanco más.

Thomas seguía observando a Gally. La tristeza que percibió en sus ojos le partió el corazón. Y también notó en su expresión algo que nunca antes había visto: confianza. Una confianza genuina.

—Ven con nosotros —insistió.

En el rostro de su viejo enemigo se dibujó una sonrisa; respondió de una manera que él nunca hubiera imaginado.

–Bueno.

Thomas no esperó la reacción de Vince. Sujetó a Gally del brazo y se alejaron juntos con rapidez. Después corrieron hacia la oficina y se escabulleron en el interior.

Minho fue el primero que se acercó a Thomas y lo envolvió en un abrazo de oso, ante la mirada incómoda de Gally. Luego llegaron los demás. Brenda, Jorge, Teresa, hasta Aris. Thomas se sintió mareado entre el vértigo de tantos saludos e intercambios de palabras de aliento y bienvenida. Estaba especialmente emocionado de ver a Brenda y el abrazo de ella fue más largo que el de los demás. Pero por más agradable que fuera, sabía que no tenían tiempo para eso y se apartó.

–No puedo explicarles todo ahora. Tenemos que ir a buscar a los Inmunes que CRUEL secuestró, y después debemos encontrar una puerta trasera que me enteré que existe; es una Trans-Plana. Hay que hacer todo esto deprisa, antes de que el Brazo Derecho derribe el complejo.

–¿Dónde están los Inmunes? –preguntó Brenda.

–Sí. ¿Y de qué te enteraste? –añadió Minho.

Thomas nunca pensó que pronunciaría las palabras que dijo a continuación:

–Tenemos que regresar al Laberinto.

67

Thomas les mostró la carta que había encontrado junto a la cama en la sala de recuperación y, en unos instantes, todos estuvieron de acuerdo —incluso Teresa y Gally— en abandonar al Brazo Derecho y marcharse por su lado. Hacia el Laberinto.

Brenda examinó el mapa de Thomas y dijo que sabía exactamente cómo llegar allí. Luego le entregó un cuchillo, que él sujetó con fuerza en su mano derecha, al tiempo que se preguntaba si su supervivencia dependería de esa simple hoja delgada. Se deslizaron fuera de la oficina y se encaminaron a la puerta doble, ante los gritos de Vince y de los demás, que les advertían que estaban locos y que terminarían muertos en pocos segundos. Thomas ignoró cada una de sus palabras.

La puerta seguía apenas abierta y Thomas fue el primero en cruzarla. Esperando un ataque, se agachó, pero el corredor estaba vacío. Los otros lo imitaron y él decidió reemplazar la cautela por velocidad y salió corriendo raudamente por el largo pasillo. La luz tenue le confería al edificio una atmósfera fantasmal, como si los espíritus de todas las personas a quienes CRUEL había dejado morir estuvieran acechando en los huecos y en los rincones. Sin embargo Thomas, sintió que estaban de su lado.

Con Brenda como guía, doblaron un recodo y bajaron un tramo de escalones. Tomaron un atajo a través de un viejo depósito y anduvieron por otro largo pasillo. Descendieron más peldaños. Hacia la derecha y luego hacia la izquierda. Thomas mantenía un ritmo veloz, sin dejar de estar atento ante algún peligro. Nunca se detuvo, jamás hizo una pausa para recuperar el aliento ni dudó de las indicaciones de Brenda. Una vez más, era un Corredor y, a pesar de todo, la sensación le resultó agradable.

Se aproximaron al final de un pasillo y giraron hacia la derecha. Apenas había dado tres pasos, cuando alguien brotó de la nada y cayó encima de él, lo sujetó de los hombros y lo derribó.

Thomas cayó y rodó por el piso, al tiempo que forcejeaba para quitarse a la persona de encima. Escuchó gritos y los ruidos de los demás en el fragor de la lucha. Estaba oscuro y no podía distinguir quién era su contrincante, pero golpeó y pateó, lanzó puñaladas con el cuchillo y percibió que rasgaba algo. Una mujer aulló. Un puño se estrelló en la mejilla derecha de Thomas y unas uñas se clavaron en su muslo.

Se detuvo unos segundos, reunió fuerzas y luego empujó con todo su cuerpo. Su atacante se golpeó contra la pared y después volvió a saltar sobre él. Dieron unas vueltas por el suelo y chocaron contra otro par de combatientes. Thomas tuvo que utilizar toda su concentración para seguir empuñando el arma y continuar lanzando cuchilladas, pero la extrema cercanía de su enemigo hacía las cosas muy difíciles. Dio un puñetazo con la mano izquierda, que aterrizó en la mandíbula de su asaltante; después utilizó ese breve respiro para asestarle el cuchillo en el estómago. Otro grito, también de mujer, y obviamente de la persona que lo estaba atacando. Con un fuerte empujón, logró por fin liberarse del todo.

Se puso de pie y recorrió el sitio para ver a quién podía ayudar. Bajo la débil luz, vio a Minho montado encima de un hombre que no presentaba ninguna resistencia. Brenda y Jorge se habían unido para vencer a otro guardia, y justo cuando Thomas los observaba el hombre se levantó con dificultad y huyó. Teresa, Harriet y Aris estaban apoyados contra la pared, intentando recuperar la respiración. Todos habían sobrevivido. Tenían que huir.

—¡Vamos! —gritó—. ¡Minho, ya déjalo!

Su amigo lanzó un par de golpes más y después se levantó mientras le propinaba a su enemigo una última patada.

—Ya terminé. Podemos irnos.

Y el grupo partió a toda carrera.

Bajaron deprisa otra larga serie de escalones y tropezaron unos con otros al ingresar en la habitación que se encontraba al pie de la escalera. Thomas sufrió un gran impacto al descubrir dónde se hallaba. Era la cámara que albergaba las cápsulas de los Penitentes, la habitación a la que habían llegado después de escapar del Laberinto. Las ventanas de la sala de observación seguían destrozadas y los fragmentos de vidrio estaban desparramados por el piso. Unas cuarenta cápsulas alargadas, donde los Penitentes descansaban y se recargaban, parecían haber sido selladas desde que los Habitantes habían arribado, unas semanas antes. Una capa de polvo opacaba lo que había sido una superficie blanca y brillante la última vez que Thomas las había contemplado.

Sabía que, como miembro de CRUEL, había pasado innumerables horas y días en ese recinto trabajando en la creación del Laberinto, y la vergüenza volvió a invadirlo.

Brenda apuntó a la escalera que los conduciría hasta donde tenían que ir. Thomas se estremeció al recordar el descenso por aquella rampa viscosa de los Penitentes durante la evasión: podrían haber bajado por una escalera.

—¿Por qué no hay nadie aquí? —preguntó Minho mientras recorría la cámara—. Si tienen gente encerrada allí, ¿por qué no hay guardias?

Thomas meditó sobre el asunto.

—¿Quién necesita soldados para vigilarlos, si el Laberinto puede ocuparse de eso? Nos llevó mucho tiempo descubrir la forma de salir.

—No sé —comentó Minho—. Hay algo raro en todo esto.

Thomas se encogió de hombros.

—Bueno, si nos quedamos sentados aquí, no lograremos nada. A menos que se te ocurra algo útil, subamos hasta allá y ayudémoslos a salir.

—¿Algo útil? —repitió Minho—. No se me ocurre nada.

—Entonces tendremos que subir.

***

Thomas trepó la escalera y accedió a otra habitación muy familiar, donde se encontraba la computadora en la cual habían ingresado el código para desactivar a los Penitentes. Chuck había estado allí, aterrorizado pero valiente. Y menos de una hora después de eso, estaba muerto. El dolor ante la pérdida de su amigo lo asaltó una vez más.

—Hogar, dulce hogar —masculló Minho señalando un agujero redondo encima de sus cabezas. Era el hueco que conducía al Acantilado. Cuando el Laberinto funcionaba a pleno, se había utilizado la técnica holográfica para ocultarlo, para que pareciera que formaba parte del cielo falso e infinito que se extendía más allá del bordo rocoso del precipicio. Ahora todo estaba desactivado y, a través de la abertura, Thomas pudo distinguir los muros del Laberinto. Habían colocado una escalera de mano justo debajo del hueco.

—No puedo creer que estemos otra vez aquí —dijo Teresa, acercándose a Thomas. Había un dejo de angustia en su voz, que reflejaba lo que él sentía en su interior.

Y por alguna razón, con esa simple afirmación, Thomas comprendió que el hecho de que ambos se hallaran ahí significaba que finalmente estaban en igualdad de condiciones. Trataban de salvar vidas para reparar el daño ocasionado al participar en la gestación de todo aquello. Anhelaba creerlo con todas sus fuerzas.

—Qué loco, ¿no? —le dijo a Teresa, mirándola a los ojos.

Ella sonrió por primera vez desde… no podía recordarlo.

—Muy loco.

Aún había tanto que Thomas no recordaba —sobre él mismo, sobre ella—; sin embargo, Teresa estaba ahí, colaborando, y eso era todo lo que él necesitaba.

—¿No crees que es mejor que subamos ya? —preguntó Brenda.

—Sí —afirmó Thomas sacudiendo la cabeza—. Por supuesto.

Él trepó en último lugar. Después de que los demás cruzaron el hoyo, subió por la escalera de mano y se impulsó hasta la saliente. Luego caminó sobre dos tablas de madera que habían sido colocadas a través del hueco que conducía al piso de piedra del Laberinto, al borde del Acantilado. Debajo de él, lo que antes había parecido ser un declive interminable no era más que un área de trabajo rodeada de paredes negras. Levantó la mirada hacia el Laberinto y tuvo que hacer una pausa para abarcar todo el lugar con la mirada.

Donde alguna vez había brillado el cielo azul, no se veía más que el techo color gris pálido. La holografía que estaba frente a la ladera del Acantilado se encontraba completamente desactivada, y la vista que antes le había producido vértigo se había transformado en una simple pared de yeso negro. Pero ver los gigantescos muros cubiertos de enredadera que se alejaban del Acantilado lo dejó sin habla. Incluso sin la ayuda de la ilusión óptica, esas paredes habían dominado el área y se elevaban por encima de él cual antiguos monolitos verdes, grises y agrietados. Como si fueran a permanecer ahí durante miles de años, lápidas colosales que marcaban el lugar donde habían muerto tantos.

Estaba de regreso.

68

Esta vez, Minho fue adelante. Con los hombros erguidos durante la carrera, todo su cuerpo revelaba el orgullo que había sentido durante los dos años en que había liderado los pasadizos del Laberinto. Thomas iba detrás de él, estirando el cuello para ver las paredes de hiedra que se elevaban majestuosamente hacia el techo gris. Estar de vuelta después de todo lo que había ocurrido desde la fuga era una sensación realmente extraña.

Mientras corrían hacia el Área, no hablaron demasiado. Thomas se preguntó qué pensarían Brenda y Jorge acerca del Laberinto: sabía que debía parecerles inmenso. Un escarabajo nunca podría transmitir a las salas de observación la idea de semejante tamaño. Y se imaginaba todos los malos recuerdos que estarían retumbando en la mente de Gally.

Doblaron el último recodo que conducía al amplio corredor que se hallaba fuera de la Puerta del Este del Área. Cuando Thomas llegó a la sección de la pared donde había atado a Alby a la hiedra, levantó la vista hacia el sitio exacto y alcanzó a distinguir las lianas destrozadas. Después de todo el esfuerzo que había hecho para salvar al anterior líder de los Habitantes, había tenido que verlo morir unos días después, sin que su mente se recobrara por completo de la Transformación.

Una corriente de furia recorrió las venas de Thomas como si se tratara de fuego líquido.

Arribaron al enorme espacio en el muro que constituía la Puerta del Este, y Thomas disminuyó la velocidad para recobrar el aliento. Había cientos de personas pululando por el Área. Se horrorizó al constatar que había bebés y niños pequeños diseminados entre la gente. Tomó unos segundos que los murmullos se esparcieran entre la multitud de Inmunes, pero en unos instantes, todos los ojos estaban posados en los recién llegados y un silencio total se extendió sobre el Área.

—¿Sabías que eran tantos? —le preguntó Minho a Thomas.

Había personas por todos lados. Sin duda, era una cantidad mucho mayor que la de los Habitantes. Pero lo que dejó a Thomas sin palabras fue volver a ver el Área. El edificio torcido al que llamaban Finca; el patético bosquecito; el establo del Matadero; los jardines, que ahora sólo eran maleza reseca. La Sala de Mapas carbonizada con la puerta de metal ennegrecida y aún entreabierta. Desde donde se encontraba, logró distinguir el Cuarto Oscuro: una burbuja de emoción amenazó con explotar en su interior.

—Ey, soñador —dijo Minho, chasqueando los dedos—. Te hice una pregunta.

—¿Eh? Ah… Son tantos que el lugar parece mucho más pequeño que cuando nosotros estábamos acá.

Sus amigos no tardaron en divisarlos. Sartén y Clint, uno de los Docs. Sonia y otras chicas del Grupo B. Todos corrieron hacia ellos y hubo un breve revuelo de abrazos y reencuentros.

Sartén le dio unos golpes a Thomas en el brazo.

—¿No es increíble que hayan vuelto a ponerme en este sitio? Ni siquiera me permitieron cocinar: nos mandaban comida en la Caja tres veces por día. La cocina ya no funciona: no hay electricidad, nada.

Thomas se echó a reír y su enojo comenzó a disiparse.

—Pensar que eras un cocinero desastroso para cincuenta tipos; ¿qué pasaría si hubieras tenido que alimentar a este ejército?

—Siempre tan cómico, Thomas. Eres un tipo muy gracioso, estoy contento de verte —y sus ojos se agrandaron—. ¿Gally? ¿Está aquí? ¿Gally está *vivo*?

—Yo también me alegro de verte —respondió el chico secamente.

Thomas le dio a Sartén una palmada en la espalda.

—Es una larga historia. Ahora es un buen tipo.

Gally esbozó una sonrisa burlona, pero no contestó.

Minho se acercó a ellos.

—Muy bien, el momento feliz ya se terminó. Viejo, ¿cómo rayos vamos a salir de aquí?

—No debería ser muy terrible —dijo Thomas. En realidad, detestaba la idea de intentar retirar a toda esa gente no sólo del Laberinto, sino a través del complejo de CRUEL hasta la Trans-Plana. De todas formas, no quedaba alternativa.

—No me vengas con esa garlopa —dijo Minho—. Tus ojos no mienten.

Thomas sonrió.

—Bueno, lo que no se puede negar es que tenemos un montón de gente que peleará junto a nosotros.

—¿Les has echado un vistazo a estos pobres inocentes? —preguntó Minho disgustado— La mitad de ellos son más jóvenes que nosotros y la otra mitad no parece haber pegado un puñetazo en su vida.

—A veces, la cantidad es lo que importa —respondió Thomas.

Divisó a Teresa y le dijo que se aproximara. Luego buscó a Brenda.

—¿Cuál es el plan? —preguntó Teresa.

Si Teresa realmente estaba con ellos, ése era el momento en que Thomas la necesitaba... a ella y todos los recuerdos que había recuperado.

—Muy bien, vamos a dividirlos en grupos —les dijo a todos—. Debe haber unas cuatrocientas o quinientas personas, de modo que... haremos grupos de cincuenta. Después asignaremos un Habitante o un miembro del Grupo B para que se haga cargo de cada uno. Teresa, ¿sabes cómo llegar a esa sala de mantenimiento?

Él le mostró el plano y, tras examinarlo, ella asintió.

Thomas prosiguió.

—Después, yo voy a ayudar a trasladar a la gente mientras tú y Brenda encabezan la marcha. Todos los demás hagan de guías de grupo. Excepto Minho, Jorge y Gally. Creo que ustedes deberían cubrir la retaguardia.

—Me parece bien —dijo Minho, encogiéndose de hombros con expresión sorprendentemente aburrida.

—Lo que tú digas, *muchacho* —añadió Jorge. Gally sólo hizo un gesto con la cabeza.

Dedicaron los siguientes veinte minutos a separar los grupos y colocarlos en largas filas. Prestaron especial atención en reunir a la gente por edad y fuerza. Una vez que comprendieron que los desconocidos habían venido a rescatarlos, los Inmunes no tuvieron ningún problema en seguir las órdenes.

Con los grupos ya formados, Thomas y sus amigos se pusieron en hilera frente a la Puerta del Este. Thomas agitó las manos pidiendo silencio.

—¡Escuchen! —comenzó—. CRUEL está planeando utilizarlos para fines científicos. Sus cuerpos, sus cerebros. Durante años han estado estudiando gente, reuniendo información para desarrollar una cura para la Llamarada. Ahora quieren usarlos a ustedes también, pero merecen algo más que una vida de rata de laboratorio. Ustedes y nosotros, todos, somos el futuro. Y el futuro no va a suceder de la manera en que CRUEL lo desea. Por eso estamos aquí. Para sacarlos de este lugar. Vamos a atravesar una serie de edificios hasta encontrar una Trans-Plana que nos llevará a un sitio seguro. Si nos atacan, tendremos que pelear. No se separen de sus grupos; el más fuerte tiene que hacer lo que sea necesario para proteger a…

Las últimas palabras de Thomas fueron interrumpidas por un violento crujido, como si la piedra se agrietara. Y luego, nada. Sólo un eco resonando a través de las gigantescas paredes.

—¿Qué fue *eso?* —gritó Minho, mirando al cielo.

Thomas inspeccionó el Área; los muros del Laberinto que se erguían a sus espaldas, pero nada había cambiado de lugar. Estaba a punto de hablar cuando sonó otro estruendo, y después uno más. Un rugido estrepitoso cruzó el Área y fue aumentando el volumen y el alcance. La tierra comenzó a temblar y pareció que el mundo se iba a caer en pedazos.

Buscando el origen del estrépito, la gente giraba en círculos y Thomas percibió que el pánico se estaba extendiendo. No iba a lograr controlarlos durante mucho tiempo más. El suelo se sacudió con más fuerza;

los sonidos se amplificaron –truenos y el rechinar de la roca– y brotaron gritos de la masa de gente que se encontraba frente a él.

De repente, Thomas comprendió lo que estaba sucediendo.

–Los explosivos.

–¿Qué? –exclamó Minho.

Thomas miró a su amigo.

–¡El Brazo Derecho!

Un bramido atronador sacudió el Área. Thomas alzó la vista. Hacia la izquierda de la Puerta del Este se había desprendido una enorme porción del muro y grandes trozos de piedra volaban por el aire. Una sección inmensa quedó sostenida en un ángulo increíble y luego se desplomó hacia el suelo.

Thomas no llegó a lanzar un grito de advertencia cuando ya el pedazo colosal de roca aterrizaba sobre un grupo de personas y las aplastaba al partirse en dos. Mudo, observó cómo brotaba la sangre y formaba un charco en el piso de piedra.

69

Los heridos aullaban. El estruendo, combinado con el sonido de la roca resquebrajándose, formaba un coro siniestro mientras el suelo debajo de Thomas continuaba temblando. Alrededor de ellos, el Laberinto se estaba derrumbando: tenían que escapar de allí.

—¡Corre! —le gritó a Sonia.

Ella no vaciló y de inmediato desapareció entre los pasillos del Laberinto. La gente que se hallaba en su fila no necesitó que le dieran la orden.

Thomas trastabilló, recuperó el equilibrio y se acercó a Minho.

—¡Ve a la retaguardia! ¡Teresa, Brenda y yo tenemos que ir a la cabeza del pelotón!

Minho asintió y le dio un empujón para que arrancara. Thomas echó un vistazo hacia atrás justo cuando la Finca explotaba como una calabaza partida por el centro: la mitad de su frágil estructura se desmoronó en el suelo en una nube de polvo y astillas. Su mirada viró hacia la Sala de Mapas: las paredes de hormigón ya se estaban viniendo abajo.

No había tiempo que perder. Thomas recorrió el caos hasta que encontró a Teresa. Tomando la mano de su vieja amiga, atravesaron juntos la abertura y penetraron en el Laberinto. Brenda y Jorge se hallaban ahí, ayudando a organizar la partida de los grupos, para impedir que todos salieran como en una estampida y la mitad muriera.

Desde arriba se escuchó otro rugido de rocas que se agrietaban. Cuando Thomas alzó los ojos, un trozo de pared se hacía pedazos contra el suelo, cerca de los cultivos. Por suerte no había nadie debajo. Con un súbito estremecimiento de terror, comprendió que el techo no tardaría en venirse abajo.

—¡Vamos! —le gritó Brenda—. ¡Estoy detrás de ti!

Teresa lo sujetó del brazo, le pegó un tirón hacia adelante y los tres pasaron frente al borde izquierdo de la Puerta y entraron en el Laberinto zigzagueando entre la muchedumbre que se dirigía en la misma dirección. Thomas aceleró el paso para alcanzar a Sonia: ignoraba si, en el Laberinto del Grupo B, ella había sido Corredora o si recordaría el trazado tan bien como él, en caso de que fueran iguales.

La tierra seguía temblando y sacudiéndose con cada una de las explosiones lejanas. A izquierda y derecha, la gente tropezaba, volvía a ponerse de pie y continuaba corriendo. Mientras avanzaba, Thomas se agachaba, esquivaba gente y en un momento dado saltó por encima de un hombre caído. Las piedras rodaban por los muros. Contempló cómo una roca golpeó a un Inmune en la cabeza y lo arrojó al suelo. Sus compañeros se acercaron a su cuerpo inerte e intentaron levantarlo, pero había tanta sangre que Thomas supo que ya era tarde.

Alcanzó a Sonia y pasó delante de ella mientras guiaba a todo el tropel por los innumerables recodos.

Sabía que se estaban aproximando. Esperaba que el Laberinto hubiera sido el primer lugar que había explotado y que el resto del complejo estuviera intacto, para que pudieran llegar hasta la salida. De repente, la tierra saltó debajo de sus pies y un crujido ensordecedor perforó el aire. Cayó de bruces y trató de levantarse. A unos sesenta metros, una sección del piso de piedra se había elevado. Mientras observaba, la mitad de la roca estalló, enviando una lluvia de polvo y escombros en todas las direcciones.

No se detuvo. Había un espacio angosto entre la saliente del piso y la pared. Lo atravesó, con Teresa y Brenda detrás. Sin embargo, supo que ese cuello de botella reduciría el paso de la multitud.

—¡Apúrense! —rugió por encima del hombro. Bajó la velocidad para mirar y logró percibir la desesperación en los ojos de la gente.

Sonia emergió del paso estrecho y frenó para ayudar a los demás a atravesarlo, aferrando manos, jalando y empujando. Fue más rápido de lo que Thomas había imaginado, y la marcha continuó hacia el Acantilado.

Anduvo por el Laberinto mientras el mundo se agitaba, las piedras se desmoronaban y caían a su alrededor, la gente gritaba y lloraba. Lo único que podía hacer era conducir a los sobrevivientes hacia adelante. Doblaron hacia la izquierda y luego hacia la derecha. Otra vez hacia la derecha. Arribaron a un largo pasadizo que terminaba en el Acantilado. Más allá del borde, distinguió el techo grisáceo que terminaba en las paredes negras, el hueco redondo de la salida y una grieta enorme que se perdía hacia arriba a través de lo que alguna vez había sido el falso cielo.

Se volvió hacia Sonia y hacia los demás.

—¡Rápido! ¡Muévanse!

Al acercarse, Thomas pudo contemplar el terror en toda su dimensión. Rostros pálidos, retorcidos por el miedo, gente cayendo al piso y levantándose nuevamente. Vio a un chico de no más de diez años arrastrando a una mujer hasta que ella por fin logró ponerse de pie. Un pedrusco del tamaño de un auto pequeño se desmoronó desde lo alto del muro y golpeó a un anciano, quien se desplazó unos metros dando tumbos y cayó desplomado en el suelo.

Impactado por el horror, Thomas siguió corriendo mientras gritaba palabras de aliento a quienes lo rodeaban.

Finalmente llegaron al Acantilado. Las dos tablas seguían allí y Sonia le hizo una señal a Teresa para que cruzara el improvisado puente y se deslizara por la vieja Fosa de los Penitentes. A continuación, Brenda cruzó con una hilera de gente detrás.

Thomas esperó en el borde del Acantilado, apurando a la multitud. Sabiendo que el lugar estaba a punto de estallar en cualquier momento, contemplar a la gente escapando del Laberinto tan lentamente era una tarea agotadora, casi insoportable. Uno a uno, todos corrían por las tablas y se arrojaban por el agujero. Thomas se preguntó si, para apresurar las cosas, Teresa los estaría mandando por el tobogán y no por la escalinata.

—¡Ve tú! —le gritó Sonia a Thomas—. Es importante que sepan qué hacer una vez que estén allí abajo.

A pesar de que se sentía muy mal por tener que marcharse, Thomas asintió. La primera vez que había escapado, también había tenido que abandonar a los Habitantes, pues debía ingresar el código. Pero sabía que ella tenía razón. Le echó una última mirada al tembloroso Laberinto: se desprendían trozos del techo y la piedra se levantaba desde el suelo, donde antes el terreno había sido liso. No sabía si todos lograrían sobrevivir y le dolió el corazón al pensar en Minho, Sartén y los demás.

Se abrió paso entre la marea humana y pasó por las tablas de madera que lo conducían al hueco. Después se alejó de la multitud que descendía por el tobogán y corrió hacia la escalera de mano. Bajó por los travesaños tan rápido como pudo y, al llegar abajo se tranquilizó al comprobar que el daño no había alcanzado todavía esa sección del complejo. Teresa se encontraba allí, ayudando a la gente a incorporarse después del aterrizaje e indicándole qué dirección tomar.

—¡Yo me encargo de esto! —le dijo—. ¡Ve al frente del pelotón! —y apuntó hacia las puertas dobles.

Ella estaba por responderle cuando vio algo detrás de él que le hizo abrir los ojos del miedo.

Algunas de las polvorientas cápsulas de los Penitentes comenzaban a abrirse como si fueran tapas de ataúdes.

70

—¡**E**scúchame! —gritó Teresa. Lo sujetó por los hombros y lo obligó a mirarla a los ojos—. En la parte trasera de los Penitentes —explicó señalando la cápsula más cercana—, dentro de la piel viscosa, hay un interruptor con forma de manija. Tienes que meter la mano en la piel y jalar hacia afuera. Si logras hacerlo, las criaturas morirán.

Thomas hizo una señal afirmativa.

—Bueno. ¡Tú sigue haciendo pasar a la gente!

Mientras Thomas salía disparando hacia la más cercana, las cápsulas continuaban abriéndose. Cuando llegó, la tapa ya iba por la mitad y él escudriñó el interior. El cuerpo enorme de la babosa temblaba y se retorcía, al tiempo que aspiraba humedad y combustible por unos tubos conectados a sus flancos.

Thomas corrió hasta la parte más alejada y se impulsó hasta la tapa del contenedor. Luego se tendió por encima y se inclinó hacia el Penitente que se encontraba adentro. Estiró la mano a través de la piel húmeda para encontrar lo que Teresa había descrito. Resoplando por el esfuerzo, empujó hasta que se topó con una manija dura y jaló de ella con toda su fuerza. El interruptor se desprendió por completo y el Penitente se convirtió en una masa floja de gelatina que se extendió en el fondo de la cápsula.

Arrojó la manija y corrió a la siguiente cápsula, cuya tapa ya estaba por tocar el suelo. Le llevó unos pocos segundos introducirse en el costado, hundir la mano en la piel viscosa y pegarle un tirón al interruptor.

Mientras se dirigía a la próxima, Thomas echó una rápida mirada a Teresa. Ella continuaba ayudando a la gente a levantarse del piso después de haberse deslizado por el tobogán y la enviaba hacia las puertas. Bajaban con gran rapidez, aterrizando unos sobre otros. Sonia se encontraba allí, luego llegaron Sartén y Gally. En ese momento, Minho llegó volando. Thomas se acercó a la cápsula, cuya tapa ya estaba completamente abierta, y contempló uno por uno los tubos que conectaban al Penitente al contenedor. Trepó, sepultó la mano en la piel del monstruo y arrancó la manija.

Se arrojó al piso y se encaminó hacia el cuarto receptáculo, pero el Penitente ya había comenzado a moverse. El frente se deslizaba por encima del borde de la cápsula abierta, mientras los apéndices se proyectaban fuera de la piel para facilitarle la maniobra. Thomas logró llegar justo a tiempo. Saltó y se abalanzó sobre la pared del costado. Empujó la mano en el interior de la babosa y sujetó la manija. Un par de tijeras filosas se extendieron hacia su cabeza, pero él se agachó a tiempo y quitó la pieza del cuerpo de la criatura. Ésta murió al instante y su masa se retrajo dentro del ataúd.

Thomas se dio cuenta de que era demasiado tarde para detener al último de los Penitentes antes de que emergiera de su cápsula. Cuando se detuvo para evaluar la situación, comprobó que su cuerpo ya chapoteaba por el suelo. Con un pequeño dispositivo de observación que salía del frente, comenzó a recorrer el área. Luego, como tantas veces lo había visto, la criatura se transformó en una pelota y unas púas brotaron de su piel. La maquinaria que se hallaba dentro de su panza emitió un zumbido metálico y la bestia rodó hacia adelante. El concreto voló por el aire mientras las púas del Penitente rasgaban el piso. Impotente, Thomas observó cómo se estrellaba contra un pequeño grupo de personas que habían surgido del tobogán. Con las hojas extendidas, acuchilló a varios Inmunes antes de que pudieran reaccionar.

Thomas miró a su alrededor en busca de algo que le sirviera de arma. Un trozo de tubería del largo de su brazo se había desprendido del techo. Corrió hacia él y lo levantó. Cuando se dirigía hacia la criatura, vio que Minho ya había arremetido contra ella y le pegaba patadas con una fuerza aterradora.

Gritando a los demás que se alejaran, Thomas embistió en contra del monstruo, que lo acometió, como si hubiera escuchado la orden, alzándose sobre su bulbosa parte trasera. Thomas frenó de golpe al ver dos apéndices que surgían de sus flancos: un nuevo brazo de metal zumbaba con una sierra mecánica; el otro tenía una garra siniestra que terminaba en cuatro cuchillas.

—¡Minho, déjame distraerlo! —rugió—. ¡Saca a todos de aquí y que Brenda los conduzca a la sala de mantenimiento!

Mientras hablaba observó a un hombre que intentaba apartarse del camino del Penitente gateando. Antes de que lograra cubrir unos metros, una vara se proyectó fuera de la criatura y le rasgó el pecho. Escupiendo sangre, la víctima se desplomó en el piso.

Enarbolando el tubo, Thomas cargó sobre la bestia dispuesto a abrirse paso entre los apéndices y llegar hasta el interruptor. Estaba muy cerca cuando, desde su derecha, Teresa surgió como un rayo y se arrojó sobre el Penitente. De inmediato, éste se enroscó en una bola, sus brazos metálicos se retrajeron y la apretaron contra la piel.

—¡Teresa! —aulló Thomas deteniéndose en seco, sin saber qué hacer.

Ella se retorció para mirarlo.

—¡Vete! ¡Llévatelos de aquí! —exclamó mientras comenzaba a patear y rasguñar. Sus manos desaparecieron en la piel grasosa, pero aparentó no haber recibido heridas de importancia.

Empuñando el tubo con fuerza, Thomas se acercó despacio en busca de un espacio para atacar sin lastimar a Teresa.

Los ojos de ella volvieron a clavarse en los suyos.

—Lárgate de…

Pero sus palabras se perdieron en el aire. El Penitente había succionado su cara adentro de la piel viscosa y la atraía con fuerza, asfixiándola.

Paralizado, Thomas se quedó mirando. Había muerto mucha gente. Demasiada. Y él no iba a permanecer ahí y dejar que ella se sacrificara para salvarlo a él y a los demás. No podía permitirlo.

Gritó y corrió a toda velocidad. Pegó un salto en el aire y se estrelló contra el Penitente. La sierra mecánica apuntó hacia su pecho y él la eludió moviéndose hacia la izquierda mientras agitaba el arma. Golpeó con dureza a la criatura y la sierra se desprendió y salió volando por el aire. Thomas oyó cómo se estampaba contra el suelo y repiqueteaba por la habitación. Utilizó su equilibrio para volver a revolear el tubo y descargarlo sobre el cuerpo bulboso, a un costado de la cabeza de Teresa. Con gran esfuerzo, extrajo el arma y lo golpeó una y otra vez.

Un apéndice con una garra lo sujetó, lo levantó en el aire y lo arrojó lejos. Chocó contra el cemento duro, rodó y se puso nuevamente de pie. Teresa había logrado ponerse de rodillas sobre el cuerpo de la bestia e intentaba pegarle a los brazos metálicos. Thomas volvió a cargar sobre la criatura, saltando y aferrándose a su piel gelatinosa. Utilizó el tubo para aporrear cualquier cosa que se le acercara. Teresa luchaba desde abajo cuando el Penitente se sacudió de costado, giró y la lanzó un par de metros por el aire.

Cuando la garra inició un nuevo ataque, de una patada Thomas consiguió sujetar el brazo metálico y arrojar la garra lejos. Afirmó los pies en el cuerpo de la criatura, se descolgó por el costado y se estiró. Sumergió el brazo en la piel fofa y tanteó la zona. Algo le cortó la espalda y el dolor se extendió por su cuerpo. Continuó escarbando en busca de la manija. Cuanto más profundo se hundía, la piel se volvía más espesa, como el lodo.

Finalmente, las puntas de los dedos rozaron el plástico duro y estiró la mano unos centímetros más, agarró la manija, jaló con toda su energía y, de una voltereta, saltó del Penitente. Levantó la vista y vio a Teresa devolviendo los golpes de las cuchillas que se acercaban peligrosamente a su rostro. Luego, un silencio repentino se instaló en la habitación mientras el núcleo de la máquina del monstruo chisporroteaba y se extinguía. Se desplomó en un montón alargado de grasa y engranajes, y sus apéndices cayeron al piso sin vida.

Thomas descansó la cabeza en el suelo y tomó profundas bocanadas de aire. Luego Teresa llegó hasta él y le ayudó a tenderse con la espalda contra el suelo. Él vio el dolor, los rasguños y la piel enrojecida y sudorosa del rostro de Teresa. Aun así, ella le sonrió.

–Gracias, Tom –le dijo.

–De nada –el descanso después de la batalla era increíble.

Ella lo ayudó a ponerse de pie.

–Larguémonos de aquí.

Thomas notó que ya nadie bajaba por el tobogán y Minho acababa de guiar a las últimas personas a través de las puertas. Después, observó a Thomas y a Teresa.

Con las manos en las rodillas, se agachó para recuperar el aliento.

–Ya están todos –anunció y se enderezó con un resoplido–. Bueno, los que sobrevivieron. Supongo que ahora entendemos por qué nos dejaron entrar tan fácilmente: los mierteros Penitentes se encargarían de rebanarnos para que no lográramos salir. Chicos, tienen que ir al frente para ayudar a Brenda.

–¿Entonces ella está bien? –preguntó Thomas mientras una inmensa paz se apoderaba de él.

–Sí. Ya está adelante.

Thomas se levantó con gran esfuerzo, pero no bien había dado un par de pasos volvió a detenerse. Un rugido intenso se escuchó desde algún lado, desde todos lados. La habitación tembló unos segundos y luego se acalló.

–Será mejor que nos demos prisa –exclamó, y salió disparado detrás de los demás.

71

Al menos doscientas personas habían logrado escapar del Laberinto pero, por alguna razón, habían dejado de moverse. En el pasillo abarrotado, Thomas tuvo que eludir a mucha gente cuando intentó llegar hasta el frente.

Zigzagueó entre hombres, mujeres y niños hasta que por fin divisó a Brenda. Ella se abrió camino hasta él, lo envolvió en un abrazo y le dio un beso en la mejilla. Thomas deseó con todas sus fuerzas que la lucha acabara ahí mismo, que estuvieran seguros sin tener que dar un paso más.

—Minho me dijo que me fuera —se disculpó ella—. Me obligó y me prometió que él te ayudaría si fuera necesario. Me dijo que era muy importante que todo el mundo saliera y que ustedes podrían encargarse del Penitente. Debería haberme quedado. Lo siento.

—Yo se lo pedí —respondió Thomas—. Hiciste lo correcto. Lo que había que hacer. Pronto estaremos fuera de aquí.

Ella le dio un leve empujón.

—Entonces apurémonos, para que eso ocurra lo antes posible.

—Está bien —repuso él y le apretó la mano. Luego se unieron a Teresa y los tres se dirigieron otra vez hacia el frente de la multitud.

El pasillo estaba más oscuro que antes. Las pocas luces que funcionaban eran muy débiles e intermitentes. Agolpada y en silencio, la gente esperaba con ansiedad. Thomas vio a Sartén, quien no habló pero forzó una ligera sonrisa de aliento que, como siempre, pareció más bien una mueca burlona. En la distancia, el rugido ocasional atronó el aire y el edificio se sacudió. Las explosiones todavía sonaban muy lejos, pero Thomas sabía que eso no duraría demasiado.

Cuando Brenda y él llegaron al principio de la fila, descubrieron que el grupo se había detenido ante una escalera, sin saber si subir o bajar.

–Hay que subir –dijo Brenda.

Sin vacilar, Thomas le hizo a la gente una seña de que avanzara y comenzó a trepar, con Brenda a su lado.

Se negaba a sucumbir a la fatiga. Cuatro escalones, cinco, seis. Hizo una pausa en el rellano, respiró hondo, miró hacia abajo y comprobó que el resto venía detrás. Brenda los condujo por una puerta, otro largo corredor, hacia la izquierda, luego hacia la derecha y unos peldaños más. Otro pasillo y después bajaron una escalera. Un pie delante del otro. Thomas deseó que fuera verdad lo que había dicho la Ministra acerca de la Trans-Plana.

Adelante, se oyó otra explosión que sacudió todo el edificio y arrojó a Thomas al piso. El polvo saturó el ambiente y pequeños trozos del techo aterrizaron en su espalda. El aire se llenó de crujidos y estallidos. Finalmente, después de varios segundos de temblor, el silencio y la quietud se reestablecieron.

Extendió el brazo para ver si Brenda no estaba herida.

–¿Están todos bien? –gritó por el pasillo.

–¡Sí! –contestó alguien.

–¡No se detengan! ¡Ya casi llegamos! –ayudó a Brenda a levantarse y siguieron andando mientras Thomas rogaba que el edificio se mantuviera en pie un rato más.

Thomas, Brenda y el resto del grupo arribaron por fin al área que la Ministra había marcado en el plano con un círculo: la sala de mantenimiento. Habían detonado varias bombas más, cada una más fuerte que la anterior. Pero ya nada podía detenerlos y se hallaban muy cerca de la meta.

La sala de mantenimiento estaba ubicada detrás de una inmensa zona de depósito. Ordenadas hileras de estanterías de metal llenas de cajas tapizaban la pared derecha. Thomas cruzó hacia ese lado de la habitación y luego comenzó a hacer señas a la gente para que ingresara. Quería reunir a todos antes de atravesar la Trans-Plana. En la parte trasera del recinto, había una puerta: tenía que ser la que habría de conducirlos al sitio que estaban buscando.

—Hazlos pasar y que estén preparados —le dijo a Brenda y después corrió hasta la puerta. Si la Ministra Paige había mentido sobre la Trans-Plana o si alguien de CRUEL o del Brazo Derecho había descubierto lo que estaban haciendo, estarían perdidos.

La puerta daba a una pequeña habitación atestada de mesas cubiertas de herramientas, fragmentos de metal y piezas de máquinas. En el extremo más alejado habían colgado un gran trozo de lona contra el muro. Thomas se lanzó sobre él y lo descolgó. Detrás, una pared gris brillaba débilmente, enmarcada por un rectángulo de color plateado resplandeciente; junto a él había una caja de control.

Era la Trans-Plana.

La Ministra había dicho la verdad.

Thomas se echó a reír ante la idea. CRUEL —la *líder* de CRUEL— lo había ayudado.

A menos que… Se dio cuenta de que necesitaba averiguar una cosa más. Antes de enviar a todos a través de ella, tenía que probarla para ver a dónde conducía. Thomas respiró profundamente. Era la prueba final.

Se obligó a pasar por la superficie helada de la Trans-Plana. Al salir, se encontró frente a la puerta totalmente abierta de una sencilla cabaña de madera. Más allá de ella vio… verde. Cantidades fabulosas de verde. Césped, árboles, flores, arbustos. Para él, eso era más que suficiente.

Lleno de júbilo, regresó a la sala de mantenimiento. Lo habían logrado, estaban prácticamente a salvo. Salió corriendo hacia la zona de almacenamiento.

—¡Vamos! —gritó—. ¡Traigan a todos acá… funciona! ¡Deprisa!

Una explosión hizo vibrar las paredes y las estanterías metálicas; del techo cayeron polvo y escombros.

—¡Deprisa! —repitió.

Teresa ya estaba dirigiendo a la gente hacia donde se encontraba Thomas, quien permaneció dentro de la habitación de mantenimiento, esperando a la primera persona que cruzaría el umbral. Una mujer fue la primera en entrar y él la guió hasta la pared gris de la Trans-Plana.

—Sabes qué es esto, ¿no? —le preguntó.

Ella asintió valientemente, tratando de ocultar su impaciencia por atravesar la pared y escapar de allí.

—Ya he vivido bastante, hijo.

—¿Te puedo pedir que te quedes aquí y ayudes a pasar a la gente?

Al principio, la mujer palideció, pero después sacudió la cabeza afirmativamente.

—No te preocupes —la tranquilizó Thomas—. Quédate aquí el tiempo que puedas.

Apenas ella estuvo de acuerdo, él voló hacia la puerta.

La pequeña habitación estaba atestada de gente y Thomas dio un paso atrás.

—Es por allí. ¡Hagan espacio del otro lado!

Se escurrió a través de la maraña de personas y regresó al depósito. Todos estaban entrando en fila a la sala de mantenimiento. Y al final de la muchedumbre se hallaban Minho, Brenda, Jorge, Teresa, Aris, Sartén y algunos miembros del Grupo B. Gally también se encontraba allí. Thomas se abrió paso entre la gente.

—Es mejor que se apuren —dijo Minho—. Las explosiones son cada vez más cercanas.

—Todo el complejo se va a derrumbar —agregó Gally.

Thomas observó el techo como si esperara que eso ocurriera en aquel mismo instante.

—Ya lo sé. Les dije que se dieran prisa. Todos tenemos que estar fuera de aquí en…

—Bueno, bueno: pero miren ustedes lo que tenemos aquí… —vociferó alguien desde la parte trasera de la habitación.

Se oyeron algunas exclamaciones mientras Thomas intentaba averiguar quién había hablado. La Rata acababa de cruzar la puerta y no estaba solo. Lo rodeaban los guardias de seguridad de CRUEL. Thomas contó siete en total, lo cual significaba que ellos todavía estaban en ventaja.

Janson se detuvo y ahuecó las manos alrededor de la boca para gritar por encima del estruendo de una nueva explosión.

—¡Extraño lugar para esconderse cuando todo está a punto de estallar!

Fragmentos de metal se despegaban del techo y caían al suelo con gran estruendo.

—¡Ya sabe lo que hay aquí! —exclamó Thomas—. ¡Es demasiado tarde, ya estamos saliendo!

Janson volvió a extraer el cuchillo largo que tenía afuera y lo blandió en el aire. Y como si esperaran esa señal, los otros enseñaron armas similares.

—Pero podemos rescatar a varios —dijo Janson—. Y parece que tenemos acá, delante de nosotros, a los más fuertes e inteligentes. ¡Y nada menos que a nuestro Candidato Final! Al que más necesitamos pero se niega a cooperar.

Thomas y sus amigos formaban una fila entre la multitud de prisioneros —cada vez más escasa— y los guardias. El resto de los integrantes del grupo de Thomas buscó en el suelo algún objeto que pudieran utilizar como arma: tubos, tornillos largos, el borde dentado de una rejilla de metal. Thomas divisó un trozo retorcido de cable grueso que terminaba en una púa de alambres rígidos, con el aspecto de una lanza letal. Lo agarró justo en el momento en que otra explosión sacudía la habitación y derribaba gran parte de las estanterías metálicas.

—¡Nunca había visto una banda de matones tan amenazadora! —gritó la Rata, pero su rostro tenía una expresión demencial y su boca se había retorcido en una sonrisa despectiva—. ¡Tengo que admitir que estoy aterrorizado!

—¡Cierra esa boca miertera y terminemos esto de una vez! —vociferó Minho.

Janson concentró su mirada gélida y enloquecida en los adolescentes que se hallaban frente a él.

–Con mucho gusto –contestó.

Thomas ansiaba arremeter contra ellos por todo el miedo, el dolor y el sufrimiento que habían marcado su vida durante tanto tiempo.

–¡Ahora! –bramó.

Los dos grupos chocaron. Los gritos de guerra fueron ahogados por otra repentina detonación de explosivos que sacudió el edificio.

72

A pesar de que toda la habitación temblaba por las explosiones cada vez más cercanas, Thomas logró mantener el equilibrio. La mayoría de las estanterías se desplomaron y los objetos salieron volando a través del recinto. Esquivó un trozo de madera puntiagudo y luego saltó por encima de una pieza de maquinaria que pasó rodando a su lado.

Gally tropezó y se cayó. Thomas lo ayudó a levantarse y continuaron el combate. Brenda se resbaló, pero consiguió mantenerse en pie.

Embistieron contra los otros como si se tratara de la primera línea de soldados en un antiguo combate a pie. Thomas se enfrentó a la mismísima Rata, que empuñaba su cuchillo y era por lo menos diez centímetros más alto que él. Desde arriba, le asestó un golpe en el hombro, pero Thomas alzó su cable rígido y le dio al hombre en la axila. Janson profirió un grito de agonía y dejó caer el arma, mientras un río de sangre manaba de la herida. Presionó la zona con la otra mano y retrocedió con una intensa mirada de odio.

A ambos lados de Thomas, la gente luchaba. En su cabeza retumbaban los sonidos del metal contra el metal, los aullidos, los gritos y los resoplidos. Algunos peleaban de a dos; Minho terminó combatiendo contra una mujer que parecía el doble de fuerte que cualquiera de los hombres. Brenda estaba en el suelo intentando arrebatarle el machete a un hombre flaquito. De un rápido vistazo Thomas contempló lo que estaba ocurriendo, pero luego volvió a concentrarse en su propio enemigo.

–No me importa morir –dijo Janson con una mueca–, siempre que sea después de haber conseguido llevarte otra vez allá arriba.

El suelo volvió a temblar bajo sus pies. Thomas trastabilló, soltó su arma improvisada y se estrelló contra el pecho de Janson. Ambos se desplomaron en el suelo y Thomas utilizó una mano para quitarse al hombre de encima mientras revoleaba la otra con todas sus fuerzas. El puño cerrado se estampó en la mejilla izquierda de Janson: la cabeza de la Rata se sacudió bruscamente hacia un costado y la sangre salió a chorros de su boca. Thomas llevó el brazo hacia atrás para asestar otro golpe, pero el hombre arqueó el cuerpo con violencia y lo lanzó lejos. Thomas cayó de espaldas contra el suelo.

Antes de que lograra moverse, Janson saltó sobre él, rodeó su torso con las piernas e inmovilizó los brazos con las rodillas. Thomas forcejeó para liberarse mientras soportaba la lluvia de puñetazos que la Rata descargó sobre su cara desprotegida. El dolor lo inundó. Sin embargo, la adrenalina se arremolinó adentro de su cuerpo. No pensaba morir ahí. Apoyó los pies en el suelo e impulsó el torso hacia el techo.

Se levantó apenas unos centímetros, pero fueron suficientes para liberar los brazos de las rodillas de su contrincante. Con los dos brazos logró bloquear el siguiente golpe; luego lanzó los dos puños hacia la cara de Janson y dio en el blanco. La Rata perdió el equilibrio; Thomas lo empujó, después enroscó las piernas y descargó la planta de los pies en el costado de su enemigo una y otra vez. Con cada patada, el cuerpo del hombre se alejaba. Pero cuando Thomas retrajo las piernas, de un giro imprevisto, Janson le sujetó los pies y lo arrojó a un costado. A continuación, se trepó otra vez encima de él.

Thomas se volvió loco. Pateó, golpeó, se retorció y manoteó para salir de abajo de su enemigo. Rodaron por el suelo. Cada uno lograba mantener la ventaja por una milésima de segundo antes de volver a caer. Balas de dolor acribillaban el cuerpo de Thomas mientras volaban los puñetazos y las patadas; Janson rasguñaba y mordía. Siguieron rodando sin dejar de pegarse hasta casi perder el sentido.

Finalmente, Thomas encontró un buen ángulo para asestar un codazo en la nariz de Janson, que quedó aturdido. Una corriente de energía recorrió el cuerpo de Thomas: se puso encima de la Rata, colocó los dedos alrededor de su cuello y comenzó a presionar. Janson lanzaba patadas y sacudía los brazos, pero Thomas se aferró con furia salvaje y fue cerrando las manos con fuerza mientras se inclinaba hacia adelante con todo su peso para aplastarlo. Sintió crujidos y chasquidos bruscos. Los ojos de Janson se abrieron desmesuradamente y la lengua se proyectó fuera de la boca.

Alguien le golpeó la cabeza con la palma de la mano; sabía que le hablaban, pero no escuchaba qué le decían. El rostro de Minho surgió ante el suyo. Le gritaba algo. La sed de venganza se había apoderado de Thomas. Se secó los ojos con la manga y volvió a observar con atención la cara de Janson. Inmóvil, pálido y apaleado, el hombre ya se había ido hacía un rato. Thomas desvió la vista hacia Minho.

—¡Está muerto! —gritaba su amigo—. ¡Está muerto!

Thomas hizo un esfuerzo por soltarlo, se apartó despacio y notó que Minho lo ayudaba a ponerse de pie.

—¡Dejamos a todos fuera de juego! — rugió Minho en su oído—. ¡Tenemos que irnos!

Dos explosiones sacudieron ambos lados del depósito al mismo tiempo y las paredes se desmoronaron sobre sí mismas, lanzando fragmentos de ladrillo y cemento hacia todos lados. Los escombros cayeron sobre las cabezas de Thomas y Minho. El polvo nubló el aire y unas figuras borrosas lo rodearon, tambaleándose, cayendo y volviéndose a levantar. Thomas se puso de pie y se dirigió a la sala de mantenimiento.

Los trozos de techo caían y se fragmentaban contra el suelo. Los sonidos eran horrorosos y ensordecedores. El suelo tembló violentamente; las bombas no cesaban de detonar, una tras otra, en todos lados a la vez. Thomas tropezó y Minho lo sostuvo para que no cayera. Unos segundos después fue Minho quien se desplomó y Thomas lo arrastró hasta que ambos corrían nuevamente. De repente, Brenda apareció frente a Thomas con los ojos llenos de terror. También creyó haber divisado a Teresa cerca de él; todos luchaban por no perder el equilibrio en su carrera hacia adelante.

Un estruendo rasgó el aire de manera estridente, obligando a Thomas a mirar hacia atrás. Cuando alzó los ojos, divisó un sector inmenso del techo que se había desprendido. Hipnotizado, observó cómo se desmoronaba encima de él. Apenas perceptible en medio de la polvareda, la imagen de Teresa surgió en el límite de su campo visual. Su cuerpo golpeó contra el suyo, empujándolo hacia la sala de mantenimiento. Con la mente en blanco, trastabilló y cayó hacia atrás justo en el momento en que el enorme pedazo de edificio aterrizaba encima de Teresa e inmovilizaba su cuerpo. Sólo el brazo y la cabeza sobresalían debajo del voluminoso fragmento.

—¡Teresa! —gritó Thomas con un sonido sobrenatural que, de alguna extraña manera, logró elevarse por encima de todo lo demás. Se arrastró hacia ella. La sangre surcaba su rostro y el brazo parecía destrozado.

Volvió a gritar su nombre y, dentro de su mente, vio a Chuck desplomándose en el suelo, cubierto de sangre, y los ojos desorbitados de Newt. Tres de sus amigos más cercanos. Y CRUEL se los había arrebatado a todos.

—Lo siento tanto —le susurró, aunque sabía que ella no podía escucharlo—. Lo siento tanto.

Teresa movió la boca en un esfuerzo por hablar y él se reclinó sobre ella para descifrar lo que trataba de decir.

—Yo… también —murmuró—. Lo único que siempre… me importó…

Y después sintió que lo levantaban y lo arrancaban de su lado. No tenía la energía ni la voluntad para oponerse. Ella se había ido. Le dolía todo el cuerpo y una punzada le atravesó el corazón. Entre Brenda y Minho lo pusieron de pie. Los tres se tambalearon hacia adelante y continuaron avanzando. El fuego había empezado a arder en el espacio que había dejado una explosión: las nubes de humo se agitaban en medio del polvo denso. Thomas tosió, pero sólo escuchó un rugido atronador en sus oídos.

Otro estruendo sacudió el aire. Sin detener la carrera, Thomas volvió la cabeza y vio la pared trasera del depósito volar en pedazos y las llamas filtrándose a través de los espacios abiertos. Una vez que los soportes desaparecieron, los restos del techo comenzaron a desmoronarse. De una vez por todas, el edificio completo se estaba viniendo abajo.

Llegaron a la puerta que daba a la sala de mantenimiento y se metieron justo en el momento en que Gally desaparecía a través de la Trans-Plana. Todos los demás ya se habían ido. Thomas y sus amigos caminaron tambaleándose entre las mesas. Unos segundos más y estarían muertos. A espaldas de Thomas, el estrépito de cosas que chocaban y se desmoronaban, los crujidos y las resquebrajaduras, los chirridos del metal y el rumor apagado de las llamas llegaron a niveles intolerables. A pesar de que percibió que todo se estaba viniendo abajo, Thomas se negó a mirar. Sentía como si sucediera muy cerca de él; como si le respirara en su propio cuello. Empujó a Brenda a través de la Trans-Plana. El mundo se derrumbaba alrededor de Minho y de Thomas.

Juntos, atravesaron la pared gris y helada.

73

Thomas apenas podía respirar. Tosía y escupía saliva. Su corazón latía a un ritmo acelerado y se negaba a calmarse. Aterrizó en el piso de madera de la cabaña y luego gateó hacia adelante para alejarse de la Trans-Plana en caso de que algún resto peligroso llegara volando a través de ella. Por el rabillo del ojo distinguió a Brenda. Ella oprimió unos botones en un panel de control y la superficie gris se evaporó instantáneamente; en su lugar aparecieron las tablas de cedro de la pared de la cabaña que se encontraba detrás. *¿Cómo supo que tenía que hacer eso?*, se preguntó Thomas.

—Tú y Minho vayan afuera —dijo con una urgencia en la voz que Thomas no alcanzó a entender. ¿Acaso no estaban a salvo?—. Tengo que hacer una cosa más.

Minho se puso de pie y se acercó a Thomas para ayudarle a levantarse.

—Mi cerebro miertero no puede pensar un segundo más. Que haga lo que quiera. Vámonos.

—Ésa es buena —repuso Thomas. Mientras intentaban recuperar el aliento, los dos se miraron un rato como reviviendo en esos breves segundos todo aquello que les había sucedido: la muerte, el dolor. Y mezclado con todo eso, había una sensación de alivio de que tal vez —sólo tal vez— todo hubiera concluido.

Pero lo que Thomas sentía más era el dolor ante la pérdida. Ver morir a Teresa —quien le había salvado la vida— había sido casi imposible de soportar. Al observar a la persona que se había convertido en su verdadero mejor amigo, tuvo que reprimir las lágrimas. En ese momento, se juró a sí mismo no contarle jamás a Minho lo que le había hecho a Newt.

—Sí, claro que es buena, garlopo —respondió finalmente Minho. Pero su famosa sonrisa burlona había desaparecido, reemplazada por una mirada que le decía a Thomas que comprendía. Y que ambos cargarían con la tristeza de haber perdido tantas vidas. A continuación, se alejó.

Después de unos minutos, Thomas salió tras él.

Al poner un pie fuera de la casa tuvo que detenerse a mirar. Habían llegado a un sitio que, según le habían dicho, ya no existía. Verde, exuberante y lleno de vida.

Se ubicó en la cima de una colina, que se hallaba sobre un campo de césped crecido y flores salvajes. Las personas que habían rescatado, que serían unas doscientas, deambulaban por la zona. Algunas corrían y saltaban. A su derecha, la colina descendía hacia un valle de árboles gigantescos que parecían extenderse por kilómetros y terminaban en un fondo de montañas que se elevaban hacia el cielo azul y despejado. A su izquierda, la pradera se iba transmutando lentamente en matorrales y luego en arena. Y más allá, el océano; olas enormes y oscuras con borde blanco chocaban contra la playa.

El paraíso. Estaban en el paraíso. Lo único que ansiaba era que, algún día, su corazón llegara a disfrutar la alegría que emanaba de ese lugar.

Oyó que se cerraba la puerta de la cabaña; después, el rumor del fuego a sus espaldas. Al volverse vio a Brenda. Suavemente, ella lo alejó unos pasos de la estructura, que ya estaba envuelta en llamas.

—¿Por las dudas? —preguntó él.

—Exactamente —repuso ella y le sonrió con tanta sinceridad que él se tranquilizó un poco y se sintió mínimamente reconfortado—. Lamento… lo de Teresa.

—Gracias —fue la única palabra que encontró.

Ella no dijo nada más y Thomas pensó que no era necesario. Caminaron juntos hasta el grupo que había peleado la última batalla contra Janson y los demás. Estaban cubiertos de la cabeza a los pies de moretones y arañazos. Igual que con Minho, su ojos se encontraron con los de Sartén. Enseguida todos desviaron la vista hacia la cabaña y se quedaron mirando cómo ardía hasta quedar reducida a cenizas.

Unas pocas horas después, Thomas se sentó en lo alto de un acantilado que daba al mar, con los pies colgando sobre el borde. El sol ya casi se había hundido detrás del horizonte, que parecía brillar como el fuego. Nunca había contemplado algo tan maravilloso.

Minho se encontraba abajo, en el bosque, donde habían decidido vivir. Estaba encargándose de organizar los grupos que buscarían comida, una junta para realizar la construcción y un análisis de la seguridad. Thomas estaba contento, pues no deseaba volver a cargar ninguna responsabilidad más sobre sus hombros. Estaba cansado, de cuerpo y alma. Esperaba que, dondequiera que se hallaran, estarían aislados y seguros mientras el resto del mundo buscaba la manera de enfrentar la Llamarada, con cura o sin ella. Sabía que el proceso sería largo, duro y difícil, y estaba completamente seguro de que no quería formar parte de él.

Todo eso había terminado.

—Hola.

Thomas miró hacia un costado y vio a Brenda.

—Hola de nuevo. ¿Quieres sentarte?

—Sí, claro. Gracias —contestó ella y se dejó caer junto a él—. Me recuerda los atardeceres en CRUEL, aunque nunca fueron tan brillantes.

—Puedes decir eso mismo acerca de muchas cosas —señaló Thomas, temblando de emoción al ver los rostros de Chuck, Newt y Teresa con los ojos de la mente.

Permanecieron unos minutos en silencio mientras observaban la luz del día que se desvanecía. El color del cielo y del agua pasó de anaranjado a rosa, de ahí a violeta y finalmente a azul oscuro.

—¿Qué está pasando por esa cabecita? —preguntó Brenda.

—Absolutamente nada. Por un tiempo, no voy a pensar más —afirmó, y hablaba en serio. Por primera vez en toda su vida, estaba libre y a salvo, y ese logro le había costado muy caro.

A continuación, Thomas hizo lo único que se le ocurrió. Extendió la mano y tomó la de Brenda.

En respuesta, ella le dio un apretón.

—Somos más de doscientos y todos Inmunes. Será un buen comienzo.

Ante la seguridad que Brenda había demostrado, Thomas la miró con cierto recelo, como si ella supiera algo que él ignoraba.

—¿Y qué quieres decir con eso?

Ella se inclinó y lo besó en la mejilla, luego en los labios.

—Nada. Absolutamente nada.

Mientras el último destello de sol desaparecía en el horizonte, Thomas apartó todo de su mente y la atrajo hacia él.

EPÍLOGO

CRUEL, Memorándum final, Fecha 232.4.10, Hora 12:45 pm.
Para: Mis Colegas
De: Ministra Ava Paige
RE: Un nuevo comienzo

Como podrán ver, hemos fallado.

Pero también hemos triunfado.

Nuestra visión original no llegó a concretarse; el plano nunca se terminó. No logramos descubrir una vacuna ni un tratamiento para la Llamarada. Pero yo preví este resultado y coloqué en su lugar una solución alternativa para salvar al menos a una parte de nuestra raza. Con la colaboración de mis compañeros –dos Inmunes sabiamente ubicados–, pude planear e implementar una solución que tendrá el mejor resultado que hubiéramos podido esperar.

Yo sé que la mayoría de la gente de CRUEL pensaba que debíamos endurecer nuestra postura, redoblar el esfuerzo, ser más inflexibles con nuestros reclutados, seguir buscando una respuesta. Comenzar nuevas series de Pruebas. Pero no prestamos atención a lo que teníamos delante de nuestros ojos: los Inmunes son el único recurso que le queda a este mundo.

Y si todo ha salido de acuerdo con lo planeado, hemos enviado a los reclutados más brillantes, fuertes y resistentes a un lugar seguro, donde podrán empezar una nueva civilización mientras el resto del mundo se extingue.

Espero que, con el paso de los años, nuestra organización haya pagado una parte del precio por el incalificable acto contra la humanidad que cometieron quienes nos precedieron en el gobierno. Aunque estoy completamente consciente de que se trató de un acto de desesperación después de las llamaradas solares, liberar el virus de la Llamarada como un método para controlar a la población fue un crimen repugnante e irreversible. Las desastrosas consecuencias fueron impredecibles. Desde que se cometió esa acción, CRUEL ha trabajado para enmendar ese terrible error y hallar una cura. Y, a pesar de que nuestro esfuerzo no tuvo éxito, al menos podemos decir que hemos plantado la semilla del futuro de la humanidad.

No sé cómo juzgará la historia las acciones de CRUEL, pero aquí dejo constancia de que la organización siempre tuvo un solo objetivo, que fue preservar la raza humana. Y en este último acto, eso es precisamente lo que hemos hecho.

Como intentamos inculcarles una y otra vez a cada uno de los reclutados, CRUEL es bueno.

¡Tu opinión es importante!
Escríbenos un e-mail a
miopinion@vreditoras.com
con el título de este libro en el "Asunto".

Conócenos mejor en:
www.vreditoras.com
facebook.com/vreditoras

 facebook.com/sagaMazeRunner

Las mejores sagas están en V&R

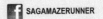
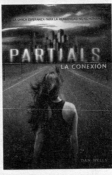